Toi POUR MOI, *Moi* POUR TOI

NATHALIE CHARLIER

Toi POUR MOI, *Moi* POUR TOI

ROMAN

&H

HARPERCOLLINS FRANCE
83-85, boulevard Vincent-Auriol, 75646 PARIS CEDEX 13.

www.harlequin.fr

ISBN 978-2-2804-1920-8 — ISSN 2271-0256

« Le chemin de l'enfer est pavé de bonnes intentions. »

Proverbe du XVIIe siècle.

Playlist ♫

Comme pour beaucoup d'auteurs, la musique occupe une place importante quand j'écris. Voici les morceaux qui ont accompagné la rédaction de ce roman et m'ont aidée à imaginer l'histoire de Mika et Yann. Cette playlist est consultable sur Deezer, sous le titre du roman.

Alan Walker — *Alone*
Feder — *Breathe*
Lauv — *Paris in the Rain*
Dennis Lloyd — *Nervermind*
Miles Davis (version Ginger Tunes) — *Round Midnight*
Coldplay — *Hymn for the Weekend*
Sting — *Fragile*
Calvin Harris & Dua Lipa — *One Kiss*
Kungs & Stargate — *Be Right Here*
Maroon 5 — *It Was Always You*
French Montana — *Unforgettable*
Bigflo & Oli — *Je suis*
William Sheller — *Un homme heureux*
Eagles — *I Can't Tell You Why*
Dire Straits — *Private Investigations*
Catriona Irving — *History & the Victors*

Prologue

Mika

— Il n'en est pas question !

— Oh que si, me rétorque Claude, mon directeur des programmes sans se laisser impressionner.

— Oh que non. Alors là, même pas en rêve !

Avant d'être directeur des programmes et, par conséquent, mon patron, Claude a été journaliste et animateur à succès. Depuis deux ans, il s'est retiré de l'antenne au profit d'un poste plus prestigieux, et c'est lui qui m'a recrutée.

Il me fusille du regard, cherchant sans doute un argument pour me persuader d'interviewer ce sale con de Nathan Leray. Mais il peut toujours courir. Cet enfoiré est responsable du départ de ma sœur Ella pour la Syrie. Chaque jour, elle risque sa vie et, moi, je risque de la perdre. Et tout ça pour quoi ? Pour un putain de chagrin d'amour à la con, causé par ce gros naze. Donc Claude, mon boss, peut sauter aussi haut qu'il veut, me menacer autant qu'il en a envie, il n'est pas envisageable que je me retrouve face à cette tanche de Leray. Je serais tentée de commettre un meurtre, et ce n'est pas tant que je tiens particulièrement à ma liberté, mais vingt ans de placard pour ce cloporte, c'est trop cher payé.

— Tu imagines combien de bites mes confrères des autres

chaînes et de la presse écrite seraient prêts à sucer pour décrocher cette interview ?

— Je m'en tape comme de ma première paire d'escarpins et…

— Ferme-la, Mika ! Il nous propose un entretien exclusif et, toi, tu fais la fine bouche ? Je ne peux pas croire que tu sois stupide au point de ne pas comprendre ce que cela pourrait apporter à ta carrière.

— Et moi, je ne peux pas croire que tu sois stupide au point de ne pas comprendre que si je me trouve face à lui, je lui explose la tronche à coups de talons aiguilles ! Ce connard a piégé ma frangine et a diffusé leurs ébats sur le net. Alors son entretien exclusif, je n'en ai rien à foutre !

— Mika, tu es une excellente journaliste, mais il faudrait que tu parviennes à contrôler ton foutu caractère de chiottes. Sinon, c'est clair, on est dans une impasse.

— Tu sais ce qu'il te dit, mon caractère de chiottes ?

— Fais gaffe, ne pousse pas le bouchon trop loin. Je suis ton patron. Tu ferais mieux de t'en souvenir, parce que j'ai encore le pouvoir de te foutre à la porte.

Son argument fait mouche et, pour le coup, je me tais. Claude poursuit, probablement persuadé que l'affaire est dans le sac.

— Donc, comme je te l'expliquais… Enfin, comme j'essayais de te l'expliquer avant que tu ne m'interrompes en virant hystéro, il exige que ce soit toi qui mènes cet entretien, et tu vas y aller.

Avec le recul, je réalise que j'aurais dû m'y attendre, j'aurais dû prévoir que cet abruti de Leray ne s'arrêterait pas là. Son appel, avant-hier, pour me demander des nouvelles d'Ella, n'était pas anodin. Connaissant le gugusse, c'était couru d'avance qu'il ferait tout pour parvenir à ses fins. Mais je n'ai pas dit mon dernier mot. Alors que j'ouvre la bouche, Claude lève une main pour m'interrompre avant même que j'aie pu en placer une. Mais cela ne me stoppe pas.

— Dans tes rêves !

— Il n'y a pas à discuter. Tu t'en occupes, et sans l'assassiner, si possible. Remarque, si tu faisais ça, ça te permettrait de te retrouver directement dans l'émission de Stéphane.

Stéphane Cordet est le chroniqueur judiciaire de la chaîne et le collègue dont je me sens le plus proche. Il anime un *prime time* hebdomadaire à succès, dans lequel il décortique une affaire non élucidée ou en cours. J'ai beaucoup d'admiration pour lui. En plus d'être très pro, c'est aussi un type super sympa, et je lui ai déjà fait comprendre à plusieurs reprises que j'aimerais beaucoup collaborer avec lui. Pour le moment, il fait la sourde oreille, estimant probablement que je suis trop jeune dans le métier et que je n'ai aucune expérience en matière de criminalité. En même temps, je ne travaille ici que depuis six mois. Mon domaine, c'est la rubrique sportive, et plus précisément les commentaires et debriefings des matchs de foot.

C'est super passionnant, sauf que je me sens de moins en moins motivée. J'apprécie toujours autant cette discipline, mais côtoyer certains joueurs de près m'a montré l'envers d'un décor finalement peu reluisant. Entre Nathan Leray, Chris et Enrique, il y a de quoi me dégoûter pour les cinq prochaines années. L'ennui, c'est que je n'ai aucune idée de la spécialité qui m'intéresserait réellement si j'arrêtais le journalisme sportif. Au départ, évoluer dans ce milieu me paraissait génial. Je m'éclatais vraiment, tout en rencontrant des mecs super canon. Et surtout, cela n'avait rien à voir avec la politique, ni de près ni de loin. J'avais donc la certitude que mon père n'interviendrait jamais dans ma vie professionnelle. Et ça, croyez-moi, ça valait tout l'or du monde. Parce que dans le genre gros lourd, Georges Moreau est un champion de classe internationale.

— J'aimerais beaucoup travailler avec lui, je t'en ai déjà fait part, tenté-je d'embrayer pour détourner la conversation.

— Fais d'abord cette interview, on en rediscutera après.

— N'essaie pas de m'enfumer comme une débutante…

— Débutante que tu es, Mika, tu as tendance à l'oublier ! Tu connais une ascension fulgurante dans un environnement exclusivement masculin, alors ne fous pas tout en l'air. Je sais que derrière ton allure de bimbo se cache une grande bosseuse. Les téléspectateurs t'adorent, les joueurs et les entraîneurs aussi. Jamais aucune journaliste n'a reçu autant de fleurs et de chocolats que toi depuis que je dirige les programmes de la chaîne.

— On s'éloigne du sujet, Claude. Désolée pour toi et pour les bites que sont prêts à sucer tes confrères, mais il n'est pas question que je parle à cet abruti de Leray.

— Putain, mais quelle bourrique ! Tu es vraiment une chieuse de compétition.

— Merde, voilà !

Mon boss se redresse brusquement et tape du poing sur son bureau, carrément énervé. Je crois que c'est la première fois que je le vois dans cet état. Je me force à me calmer, même si je n'en ai aucune envie. Je pensais pouvoir obtenir gain de cause et éviter l'épreuve qui s'annonce, mais j'ai comme l'impression que ce n'est pas le cas. Ma marge de manœuvre vient d'atteindre ses limites, c'est lui le chef. Il décide et j'exécute, c'est aussi simple que ça.

— Si tu voulais aider ta sœur, il fallait accepter de l'interviewer quand tu en avais la possibilité. Ce n'est pas comme si je ne te l'avais pas demandé un paquet de fois au moment où ce scandale a fait la une. J'ai respecté ton refus de mêler travail et vie de famille, mais ne viens pas pleurer maintenant !

Lorsque j'entends cette remarque, je vois rouge. Contrairement à Ella, j'ai un caractère aussi volcanique qu'impulsif. Il me suffit de fermer les yeux pour me souvenir de ses larmes, de son chagrin et de sa peur quand le scandale a éclaté. Il était où, Nathan Leray, pendant ce temps ? Planqué comme la poule mouillée qu'il est. Alors, non, pas question ! Cette fois, Claude devra se passer de moi.

À mon tour, je me redresse et lui rends son œillade meurtrière. Il va trop loin.

— Tu n'as pas honte ? Es-tu donc comme tous ces charognards qui n'avaient qu'une obsession : démolir la réputation d'une pauvre fille ?

— Comment oses-tu me parler ainsi ? Si elle ne voulait pas d'ennuis, ta sœur aurait été bien mieux avisée de rester chez elle au lieu de se faire sauter par un joueur de foot dans les chiottes d'un club !

Avec cette remarque fielleuse, il vient de dépasser définitivement les limites. Doucement, je retire un de mes escarpins et le brandis au-dessus de ma tête, pile dans sa direction. Claude semble perdre un peu de son assurance, puisque ses pommettes ont pris une teinte rose bonbon.

— Ella a été la victime d'un traquenard orchestré par Nathan Leray et…

— Tu n'as aucune preuve. Demande donc à Stéphane de mener l'enquête.

— Écoute-moi bien, sombre connard de journaleux ! On parle de ma jumelle, une femme de vingt-trois ans qui est déjà chirurgienne et la plus belle personne qu'il m'ait été donné de côtoyer. Toi, tu ne la connais pas, donc ferme ta grande gueule !

Cette fois, je pense que c'est moi qui dépasse allègrement les bornes. À voir sa tête, je crois que l'insulter n'était pas l'idée de l'année.

— Alors, madame la diva, ouvre bien tes oreilles, parce que je n'ai pas l'intention de me répéter. Ici, le patron, c'est moi, et je n'ai pas pour habitude de me laisser dicter ma conduite par une merdeuse qui s'imagine qu'elle est sortie tout droit de la cuisse de Jupiter. Au cas où ton cerveau de blonde ne l'aurait toujours pas imprimé, je donne les ordres, et tu les exécutes sans broncher.

Il lève un index pour me faire ravaler la protestation qui me vient déjà aux lèvres.

— Encore un mot, un seul, et je te vire. Je ne t'ai pas convoquée dans mon bureau pour te demander ton avis sur la question ou me faire traiter de tous les noms. Si tu as le malheur de me défier, je te jure que non seulement tu prends la porte illico, mais je m'arrangerai pour que tu sois grillée dans tout le milieu. L'unique option qui te restera, ce sera de jouer les attachées parlementaires pour ton père. C'est ce que tu veux ?

Bon… Clairement, j'ai commis une sacrée boulette en lui parlant comme je l'ai fait. Son avertissement m'épouvante au plus haut point. Bosser avec mon paternel, c'est la quasi-assurance que je ferai la une de la rubrique des faits divers au bout de quarante-huit heures pour lui avoir planté un talon dans l'œil. Et très sincèrement, ce serait dommage, surtout pour la chaussure ! Claude vient de dégainer l'artillerie lourde, la menace suprême. Il sait à quel point ma relation avec ce vieux schnock est conflictuelle, et ce n'est pas peu dire : je ne le supporte pas plus de dix minutes d'affilée. Même si je préférerais me faire arracher la langue plutôt que l'avouer ouvertement, mon boss a les moyens de m'obliger à plier avec son chantage à la con. Quelle stupide bécasse j'ai été de lui parler de mes parents, un jour autour d'un verre.

Note pour moi-même : les apéros du vendredi soir avec les collègues, c'est terminé. Une bouteille de bordeaux, un instant d'inattention dû à l'alcool et au cadre convivial du pub irlandais où nous avons nos habitudes, et voilà il est trop tard. Sans même vous en rendre compte, vous venez de livrer à votre patron une arme de destruction massive qu'il ne se gênera pas d'utiliser le moment venu. Et on y est…

Avec lenteur, j'enfile à nouveau ma chaussure. Je suis découragée, folle de rage, et frustrée de n'avoir aucune marge de manœuvre. Je cerne assez bien les gens, les hommes en particulier, et la détermination que j'ai lue dans les yeux de celui-là n'est pas à prendre à la légère. Il mettra ses menaces à exécution si je ne fais pas ce qu'il m'ordonne. Rien qu'à l'idée de me trouver face à Nathan Leray, mes poils se hérissent de dégoût.

— Je vois que nous nous sommes parfaitement compris, murmure-t-il en se rasseyant. Dis-toi juste qu'une demi-heure en compagnie du joueur phare du PSG sera toujours plus simple à gérer que toute une vie avec papa !

Et en plus il se fiche de moi ? Bientôt, très bientôt, je lui ferai ravaler ses propos chargés d'ironie. Dès que l'occasion se présentera, je lui en foutrai plein la vue, et il arrêtera de me traiter comme une gamine immature. Heureusement ou hélas pour moi, j'aime vraiment mon job et je sais qu'ici, si je décide de me spécialiser dans un autre domaine du journalisme, ce sera possible. Si je retournais travailler pour la presse écrite, ce serait beaucoup plus difficile. À BFM, on a déjà vu des reporters œuvrer dans plusieurs domaines parallèlement. C'est une petite structure où la polyvalence est appréciée, voire encouragée. Mieux vaut donc serrer les fesses et accepter ce qu'il me demande. Pour autant, je ne peux me retenir de grimacer de contrariété.

— Tu te rends compte que je préférerais qu'on m'arrache une dent, plutôt que de conduire cet entretien ?

— Avoue que ce serait dommage, non ? Ton sourire est magnifique.

— Si jamais je fais de la merde, ne viens pas te plaindre. Tu ne pourras t'en prendre qu'à toi-même.

Sans lui laisser le temps de savourer sa victoire devant moi, je saisis mon sac et lui tourne le dos. Sur le pas de la porte, dans un élan parfaitement puéril, je ne peux m'empêcher de crier par-dessus mon épaule :

— Allez l'OM !

Son rire résonne encore quand je referme le battant derrière moi. *Connard !*

Chapitre 1

Mika

À la fois fébrile et pleine d'appréhension, j'attends que Nathan Leray daigne enfin me rejoindre. Son entraîneur m'a fixé rendez-vous ce matin, soit seulement deux jours après mon altercation avec Claude. Hier soir, il a quand même fallu que je prépare cette entrevue, mais je vous jure que ça m'a coûté. Sans déconner, j'aurais préféré manucurer les ongles de Donald Trump avec mes dents plutôt que venir ici. Luc, le cameraman qui bosse habituellement avec moi, m'accompagne. J'ignore comment cette interview va se dérouler mais, ce que je sais, c'est que je ne vais pas lui faire de cadeau. Ce type est un débile profond qui s'imagine que le monde lui appartient, juste parce qu'il excelle au foot. Des comme lui, j'en ai rencontré des dizaines, même si dans le genre nuisible, aucun ne lui arrive à la cheville. Car en plus d'être un abruti, c'est aussi un fumier de la pire espèce qui a détruit ma sœur jumelle, ma moitié. Et ça, je ne l'oublierai jamais.

Nous sommes là depuis un quart d'heure et le plateau de tournage est prêt, lorsque l'abominable arrogant, comme je me plais à le surnommer, approche d'un pas nonchalant, escorté par un grand mec que je ne connais pas. À l'instant où mon regard croise celui de l'homme qui se tient à ses côtés, j'ai l'impression d'être frappée par la foudre.

Mes joues chauffent furieusement, alors que je ne rougis jamais. Mes jambes tremblent tellement que j'ignore par quel miracle je tiens encore debout. Quant à mon cœur, il bat si vite que je me demande s'il n'a pas décidé de défier Usain Bolt aux cent mètres. Incroyable ! Vous pouvez imaginer un truc pareil ? Et pourtant... En même temps, ce mec est juste sublime. Et quand je dis sublime, c'est vraiment sublime. Jamais, de toute ma vie, je n'ai rencontré un gars aussi beau. Ses cheveux sombres sont bouclés et un peu longs, ses traits sont fins et si parfaits que ça donne envie de pleurer. Et que penser de ses prunelles grises, si ce n'est qu'on aimerait simplement se noyer dedans. Je vous épargnerai les détails sur son corps qui est une merveille ambulante. Il est plus grand que Leray, plus massif également. De son T-shirt à manches courtes, je vois émerger des tatouages qui recouvrent l'intégralité de ses bras. Les *bad boy*, en général, ce n'est pas trop mon trip, je préfère les dégaines du style gendre idéal. Mais là, mon Dieu ! En toute objectivité, le seul défaut que je lui trouve, parce qu'il en faut bien un, c'est l'abruti qui se tient près de lui. Franchement, ce connard de Nathan gâche le tableau.

Par je ne sais quel miracle, je parviens à me reprendre avant de me liquéfier sur place, troublée par ma réaction tout à fait inédite. Je n'ai jamais ressenti ce genre d'émotion pour un membre de la gent masculine. J'ignore ce que ça peut signifier et je préfère ne pas le savoir. Pour retrouver un semblant de contrôle, je fais face à monsieur crétin arrogant. Cela a le mérite de m'obliger à revenir sur Terre, aussi sûrement que si on m'avait balancé un seau d'eau froide sur la tronche.

Nath tend la main pour me saluer, mais je l'ignore royalement, histoire de lui annoncer clairement la couleur. Il n'est pas question que je fasse ami-ami avec cet odieux personnage. Un simple hochement de tête fera parfaitement l'affaire. En revanche, quand son compagnon avance la sienne, je ne peux pas refuser.

— Mika, voici Yann, mon frère aîné, indique Leray au moment où nos paumes se touchent.

Un courant électrique traverse mon bras, et je rougis, une fois de plus. Bon sang, mais qu'est-ce qui m'arrive ? C'est complètement délirant !

— Bonjour, Mika, murmure-t-il d'une voix grave et rauque qui me fiche des frissons.

— Yann.

Ce son étranglé est la seule chose qui sort de ma bouche, soudain très sèche. Je commence à penser sérieusement que je ne suis plus moi-même, et avouez que ça tombe particulièrement mal. Par une malchance incroyable, la merveille qui se tient devant moi est le frangin du mec que je déteste le plus au monde. Au moins, apprendre leur lien de parenté a quelque peu calmé mes ardeurs, puisque je parviens assez facilement à me ressaisir, ce qui semblait impossible il y a trois minutes à peine.

Avec raideur, j'indique un fauteuil où Nathan s'installe. Maintenant que ce type n'est plus dans mon champ de vision, je réussis à retrouver un semblant de maîtrise, ainsi que mon sens de l'observation. Leray est super mal à l'aise, ça se voit comme le nez au milieu de la figure. Je m'oblige à dissimuler le sourire de satisfaction qui naît spontanément sur mes lèvres.

Tu n'es pas au bout de tes peines, pauvre type, songé-je avec un sadisme qui me réjouit au plus haut point.

Je prends place sur le siège en face du sien et décide de mettre immédiatement les points sur les *i*.

— Que les choses soient claires, Leray. J'ai autant envie de faire cette interview que de me faire arracher une dent. Mais je n'ai pas le choix. Mon directeur des programmes m'a ordonné de m'y coller ou de prendre la porte. Donc, ne m'emmerde pas aujourd'hui, je ne suis pas d'humeur !

— Comment va Ella ? s'enquiert-il sans tenir compte de mon avertissement.

Je sens que c'est uniquement pour cette raison qu'il est là. Or, je refuse catégoriquement de lui parler de ma jumelle, ça finirait mal. Ignorant délibérément sa question, je me tourne vers Luc, afin de m'assurer qu'il est prêt. Plus vite on commencera, plus vite on terminera.

— On peut commencer ?

— D'abord, dis-moi ce que devient ta sœur, insiste Nath.

Cette fois, je ne peux pas faire comme si je n'avais pas entendu. Si je ne lui donne pas au moins un os à ronger, il va me pourrir l'interview, et on y sera encore dans deux heures. Or, l'idée, c'est quand même de finir le plus rapidement possible. Pour autant, tout ce qui la concerne ne le regarde plus.

— Je n'en sais rien.

Et c'est la seule information qu'il obtiendra de moi.

— Comment ça ? Explique-toi.

Je ne réponds pas et pivote à nouveau vers mon collègue.

— L'entretien débute dans trois, deux, un.

Le voyant lumineux vert indique que je suis filmée. Mon professionnalisme, qui semblait s'être fait la malle, est miraculeusement de retour. Enfin ! Ce n'est pas trop tôt.

— Nathan Leray, bonjour. Tout d'abord, merci d'avoir accepté de nous recevoir dans les locaux du PSG. Depuis presque de deux ans, vous avez refusé tout contact de près ou de loin avec les médias. Pour quelle raison ?

Il s'éclaircit la voix, visiblement gêné. Si ce naze m'a imposé cette rencontre, il n'a aucun pouvoir sur le contenu de notre discussion et je n'ai pas l'intention de le ménager, petite vengeance personnelle oblige. Toutefois, à mon grand étonnement, il s'en tire plutôt bien. De toute évidence, il s'est préparé en amont. Durant tout l'entretien, cette idée se confirme. Il veut non seulement faire bonne impression, mais cherche à me faire passer un message au travers de ses propos, genre il n'est pas l'imbécile que tout le monde croit qu'il est et a beaucoup changé. Quand il me passe la brosse à reluire, je deviens méfiante. Et lorsqu'il évoque Ella en des termes élogieux, j'ai juste envie de le baffer. En même temps, je ne peux m'en prendre qu'à moi-même, puisque j'ai presque immédiatement mis le sujet de la *sextape* sur le tapis. J'espérais le coincer, mais il s'en sort haut la main, donnant l'impression d'être une pauvre victime.

Mais bien sûr, tu me prends pour une perdrix de l'année ?

Pourtant, au moment où il explique se ficher de ce que les gens pensent de lui, mais se préoccuper de la réputation de ma sœur, je suis déstabilisée. À quel jeu joue-t-il ? J'ai du mal à comprendre les motivations de sa démarche. En évoquant Ella, il prenait quand même un gros risque. À la fin de l'entretien, qui est relativement court, je fulmine littéralement.

Je conclus avec toute l'hypocrisie dont je suis capable :

— Merci pour ces instants partagés, Nathan.

— Tout le plaisir était pour moi, Mickaëlla, réplique-t-il avec la même amabilité parfaitement feinte.

Dès que la caméra s'éteint, je me redresse avec colère.

— Pourquoi fais-tu ça ?

— Quoi ? s'enquiert-il, avec la mine du parfait petit innocent, ce qui me donne envie de le claquer une fois de plus.

— Parler d'Ella comme si elle avait de l'importance pour toi. J'étais là, le soir où tu l'as lourdée. Tu lui as demandé si elle voulait se joindre à ta petite partouze, sale con ! Tu as été ignoble et, quand j'ai interrogé Chris après cette histoire, il a clairement indiqué que tu avais sérieusement envisagé de le laisser vous filmer pour te venger, à la fois de mon père et de ma sœur.

— C'est faux, proteste-t-il aussitôt.

— Ah bon ? Dans ce cas, comment est-ce qu'il savait que mon

paternel t'avait humilié ? Hein ? Comment est-ce qu'il pouvait être au courant ? Alors ? Tu ne réponds pas ? Tu as perdu ta langue ?

Je suis à deux doigts de lui sauter à la gorge, tellement je suis en pétard. Le revoir, lui parler de cette soirée cauchemardesque, a fait resurgir ma colère. Ma jumelle adorée a été détruite par ce type et s'est enfuie pour oublier. Seulement, elle a choisi le pire endroit au monde : un pays en guerre.

Alors que je suis sur le point d'en venir aux mains, Yann intervient pour la première fois.

— Nathan, tu es attendu. Quant à nous, mademoiselle, nous allons avoir une conversation tous les deux devant un café.

J'émerge de l'état second dans lequel la fureur m'a plongée pour croiser son regard, à la fois franc et déterminé. Immédiatement, je rougis, troublée comme rarement. Avant même d'avoir eu le temps de comprendre ce qui m'arrive, je me retrouve en train de le suivre vers le restaurant du club, plus docilement que si j'étais un agneau.

Chapitre 2

Yann

Quatre semaines plus tard

Comme à mon habitude, je me rends aux toilettes en pleine nuit. Je sais que c'est parfaitement con, mais je n'arrive pas à faire mes besoins si la porte est fermée. Alors, je fais ce que j'ai à faire la nuit, histoire de n'incommoder personne. Déjà en taule, je procédais de cette façon, pour ne pas me retrouver à caguer devant trois spectateurs. C'était juste terriblement humiliant. Un psy vous raconterait sans doute que j'ai développé une phobie de l'enfermement. Et je pense qu'en effet je ne veux plus ressentir l'impression horrible d'être comme un lion en cage, d'avoir le sentiment que plus jamais je ne pourrai être libre. On aurait pu supposer qu'après ma libération et avec le temps, tout allait rentrer dans l'ordre. Mais ce n'est pas le cas. Jamais je ne parviendrai à surmonter totalement ces années de détention, quand bien même je les ai méritées. Après tout, j'ai tué un homme, ne l'oublions pas. C'était un accident, mais le résultat est le même : cet enfoiré est mort. Au final, et c'est ce qu'il faut retenir, je suis irrémédiablement abîmé. J'ai fini par l'accepter.

Lorsque j'ai terminé — et, croyez-moi, je ne m'attarde jamais plus qu'il ne le faut : quand vous allez aux toilettes la porte ouverte, vous ne traînez pas pour faire des mots croisés —, je file vers la cuisine pour prendre une bouteille d'eau dans le réfrigérateur. Sur le pas de la porte, je me fige, avant de faire demi-tour pour regagner ma chambre au pas de course. Une fois ma porte close, je ferme les yeux, horriblement gêné. Ce n'est pas la première fois que ça arrive, mais c'est de plus en plus fréquent.

Depuis le retour d'Ella, Nath passe son temps à la couver comme une poule le ferait avec son œuf. Jusqu'ici, rien de problématique. L'ennui, c'est que ces deux-là ont la fâcheuse manie de s'envoyer en l'air à tout bout de champ et, surtout, n'importe où. C'est particulièrement pénible pour le pauvre type tout seul dans son froc qui vit avec eux, à savoir moi. La semaine dernière, je les ai chopés dans le salon, la tête de mon frère entre les cuisses de sa nana. Le lendemain, c'était sur la table du séjour. Avant-hier, dans la salle de bains, où c'était elle qui se tenait à genoux devant lui. Et ce soir, ils étaient dans la cuisine, Ella installée sur le comptoir, mon frangin le pantalon sur les chevilles en train de la prendre avec force pendant qu'il lui suçait un téton. Ils ont essayé de se montrer discrets au début, mais ce n'est désormais plus le cas, et je sens bien que la situation est devenue compliquée, autant pour eux que pour moi. Je comprends, ils sont jeunes et amoureux. Mais merde, il y a des limites !

Bien que je n'aie rien d'un voyeur, je ne peux toutefois pas effacer de mon esprit les images de leurs corps nus en action, et après ça finit inévitablement par une branlette. Ça doit vous sembler glauque au possible, mais rassurez-vous, ce n'est pas sur eux que je fantasme, heureusement pour moi. Après les avoir surpris, en général, il me faut un endroit calme. Alors seulement, je me laisse aller et j'imagine que je suis à la place de Nathan et que ma partenaire est la sublime Mika. Bon sang, plus je la côtoie et plus elle me plaît. C'est d'autant plus difficile de ne pas succomber qu'elle n'a jamais caché son attirance pour moi. Néanmoins, je dois me contrôler, c'est impératif pour notre bien à tous. Mais comment oublier le baiser que nous avons échangé il y a quelques semaines ? Putain, c'était si intense que j'ai failli jouir dans mon caleçon. Mika, c'est de la dynamite. Un mélange détonnant qui la rend totalement irrésistible, du moins pour moi. Elle est spectaculairement belle, intelligente, drôle, pleine d'esprit et terriblement culottée. Son langage est au moins aussi fleuri que le mien, et elle l'ouvre tout le temps, même quand elle devrait se taire. Enfin, surtout quand elle devrait se taire.

L'imaginer en train de me sucer, fantasmer sur son cul de rêve et ses seins dans lesquels je voudrais tellement plonger le visage, est devenu mon loisir favori au cours de mes nuits solitaires. Car, ça non plus, ça ne change pas. Je n'ai pas couché avec une fille depuis ma libération et j'ai l'impression que plus j'attends, plus ce sera compliqué. Avant mes vacances forcées au Club Med de Béthune, je baisais littéralement à couilles rabattues, et tout ce qui bougeait, dès lors que la meuf était jolie et partante. Aujourd'hui, je suis plus sélectif. Il vaut mieux la qualité que la quantité. Si j'ai déjà eu quelques occasions — le Showcase est un vivier particulièrement fourni pour qui veut choper une nana —, il n'y en a qu'une qui me fasse réellement envie et, naturellement, c'est celle que je ne peux pas avoir. Vous avouerez que ce n'est pas de bol ! Il ne me reste plus qu'à continuer de me faire des pornos dans ma tête, en espérant que cette attirance disparaîtra ou qu'une autre fille éveillera assez mon intérêt pour la remplacer dans mes rêveries érotiques.

En attendant, il faut que je réfléchisse sérieusement à une solution de repli, parce qu'il n'est pas question que je passe les prochaines semaines à me trouver face au cul de mon frangin et aux nichons de sa copine, si mignons soient-ils, chaque fois que j'entre dans une pièce. Le job que Nathan m'a offert paie bien, mais pas assez pour assumer seul un loyer à Paris. Sans compter qu'il finira par intégrer un club plus prestigieux à l'étranger : le PSG n'est qu'un moyen, certainement pas une fin en soi. Qu'est-ce que je deviendrai alors, moi qui ne peux pas quitter le territoire français pendant les cinq années à venir ?

Autant prendre les devants dès maintenant. Mais toute la difficulté est de savoir de quelle manière. Tout d'abord, je dois dégoter un autre job, plus stable et comportant plus d'heures que le mi-temps offert par Nathan. Or, c'est loin d'être évident pour un ancien taulard. Et ensuite ? Qui me louera un appartement ? Pour une fois, j'aimerais ne pas être pistonné par Nath et acquérir mon autonomie parce que je la mérite, et non parce que mon frère est connu. Bref, c'est le gros bordel, et je ne parle même pas de ce qui se trouve dans mon caleçon ou de ma libido !

Allongé dans le noir, je repense à notre premier échange, lorsque j'ai invité Mika à boire un café à l'issue de l'interview. À ce simple souvenir, un sourire illumine mon visage…

Assis en face de Mickaëlla, je ne peux détacher mes yeux de cette créature magnifique. C'est la première meuf que je côtoie de si près depuis ma sortie de prison, et mes hormones en ébullition sont en train de me rappeler que je n'ai pas baisé depuis plus de sept ans, si ce n'est avec ma main. Cette fille est exactement le genre de nana que j'aime. Grande, blonde, bronzée, les traits fins et les courbes bien dessinées tout en étant svelte. Ce qui me déstabilise le plus, c'est son regard sombre et expressif. Elle ne parvient à cacher aucune de ses émotions. Et là, clairement, elle est troublée. En réalité, je l'ai remarqué à l'instant où nous sommes entrés dans la pièce. Comment un mec comme moi, peut-il attirer une fille comme elle ? Parce que, enfin, on parle bien d'un ancien taulard, fraîchement libéré, et d'une journaliste à la carrière prometteuse. Et pourtant… Ses pommettes rosies et ses yeux trop brillants me prouvent mieux que des mots que je ne rêve pas. Seulement, je refuse de me laisser aller à un quelconque espoir. Car, si Mika a tout pour me plaire, elle cumule deux points négatifs que je ne peux pas ignorer, et c'est la raison pour laquelle je songe depuis quelques minutes que je n'ai vraiment pas de bol.

Premièrement, elle est la sœur d'Ella, elle a donc la haine contre mon frangin. Je ne peux pas lui en vouloir, je comprends même sa colère. Nathan a agi comme le dernier des abrutis, c'est vrai, mais je sais que sous son apparente arrogance se cache une extrême fragilité. Au fond, il restera toujours le gamin traumatisé par la violence de notre père et l'alcoolisme de notre mère. Voilà pourquoi, sans cautionner ses conneries, je lui trouverai systématiquement des circonstances atténuantes. Notre jeunesse, nous la trimballons comme un boulet qui conditionne nos actes et nos réactions, aujourd'hui encore. C'est le cas pour Emma, pour Nath, mais également pour moi. Vous devez me prendre pour un grand sage, pas vrai ? Le truc, c'est que quand vous n'avez rien d'autre à faire dans votre cellule que de réfléchir, cela vous pousse à analyser, pour comprendre vos choix et ne pas reproduire les mêmes erreurs.

Deuxièmement, Mika est journaliste. Cela signifie, en toute logique, qu'elle est à l'affût de n'importe quel scoop. En lui permettant de s'intéresser à moi de trop près, je lui donnerais l'opportunité de découvrir ce pan de ma vie que je cherche désormais à oublier. Or, quoi de plus vendeur qu'un titre tel que : « Le frère du joueur star Nathan Leray en liberté conditionnelle après une condamnation pour meurtre. » *Pour pourrir sa carrière, il n'y aurait rien de mieux. Et il n'est pas question que je lui cause le moindre tort. Mon rôle est de le protéger et de prendre soin de lui, comme Emma l'a fait avec moi. Dans le fond, nous n'avons jamais pu compter que sur nous-mêmes. C'est ce qui fait qu'aujourd'hui nous sommes comme une meute de loups, à montrer les crocs dès que l'un de nous est en danger. La seule fois où nous avons échoué, c'était avec Léa, notre petite sœur. On sait où cela m'a mené. Donc, clairement, plus jamais je ne laisserai un tel scénario se reproduire. Le bien-être de mon frère passe avant tout, c'est ainsi. Moi, j'ai déjà gâché ma vie, j'estime qu'il n'y a plus grand-chose à en attendre.*

— Alors ?

La voix grave et sensuelle de Mika me fait revenir à la réalité.

— Alors quoi ?

— Tu as voulu qu'on parle devant un café. À quel sujet ?

Elle me tutoie, mais ça ne me dérange pas. En optant pour le vouvoiement, tout à l'heure, j'ai voulu instaurer une certaine distance, parce que Nathan me l'avait décrite comme une garce. Or, de toute évidence, ce n'est pas le cas.

— J'aimerais que tu me donnes des nouvelles de ta frangine. Nathan ne dort plus et se pose tout un tas de questions.

— Ce n'est pas mon problème, se braque-t-elle immédiatement.

— Mika, je suis sûr que tu vaux mieux que ça. Tout ce bazar est dû à un énorme quiproquo.

— Pardon ? Tu plaisantes, j'espère ?

— Non, je...

— Stop ! Il t'a sans doute enfumé avec sa version bien édulcorée, mais je ne suis pas dupe. J'ai discuté avec Chris, tu sais...

Je fronce les sourcils, perplexe. J'ai déjà entendu ce prénom quelque part, mais je ne me rappelle plus dans quelles circonstances.

— Chris ?

— C'est le crétin fini qui a mis la sextape *en ligne. Ton super frangin t'a parlé de cette histoire, au moins ?*

Je ris avec ironie.

— Oh oui ! Mais même s'il ne l'avait pas fait, je ne vois pas comment j'aurais pu y échapper. Il y a eu un véritable déferlement médiatique pendant près de deux semaines.

— Comme tu dis...

— Et que t'a raconté ce Chris ?

— *Que ton frère était au courant qu'il filmait, qu'il lui avait donné son accord, et savait qu'il était en planque dans les toilettes.*

— *Mika, Nathan était ivre. Tout le monde commet des erreurs.*

Et je ne le sais que trop bien. J'ai payé assez cher pour ça.

— *Je suis désolée, mais ce n'est pas une excuse valable. Alors, parce que tu es bourré, ça te donnerait le droit de détruire la vie d'une femme qui n'a rien demandé à personne ? Ella n'est pas habituée au star-system, à la médiatisation à outrance. Elle a pris tout ce bordel en pleine face. Du jour au lendemain, elle est passée de l'anonymat complet à une célébrité douteuse. Dans la rue, quand on la reconnaissait, elle se faisait insulter, limite cracher à la figure.*

— *Tu exagères...*

— *Tu crois ça ? Yann, elle a été virée de son stage.*

— *Cela n'avait peut-être aucun rapport avec cette affaire, tu ne penses pas ?*

Je ne peux pas m'en empêcher, c'est plus fort que moi, il faut que je défende mon petit frère.

— *Pardon ? Le directeur de l'hôpital l'a appelée dès le lendemain de cette maudite soirée. Il lui a clairement laissé entendre qu'il ne pouvait pas la garder en raison de sa moralité sujette à caution. Donc, non, aucun doute n'est possible.*

— *J'ignorais cela. Mais où est-elle actuellement ?*

Je pose la question l'air de rien, afin de ne pas éveiller sa méfiance. Quand je lui ai proposé de boire un café, c'était bien dans le but de lui soutirer cette information. J'ai pigé, au bout de dix secondes, qu'elle ne parlerait pas à Nathan, elle le déteste trop pour ça. Avec moi, le courant a l'air de mieux passer, autant en profiter.

C'est assez étrange pour le pauvre type que je suis de voir que je peux encore plaire aux femmes. Je veux dire que quand je suis avec Nath, en général, les filles ne me calculent pas. C'est lui qu'elles voient, parce qu'il est riche et célèbre. À leurs yeux, je ne suis personne. Alors, que celle-là précisément me fasse sentir que je ne lui suis pas indifférent est très flatteur pour mon ego en miettes.

Mika m'observe avec méfiance. Elle sait parfaitement que je répéterai ses propos à mon frangin.

— C'est pour ça que tu m'as invitée ? s'enquiert-elle avec froideur.

Merde, j'ai été trop direct ! Elle va se méfier et se refermer comme une huître.

Avec toute la bienveillance dont je suis capable, je pose ma main sur la sienne et lui souris.

— Non, certainement pas. Je te sentais tendue, je me suis dit que ça te ferait du bien de boire quelque chose et de souffler.

Immédiatement, elle se détend. Soit cette femme est particulièrement versatile, soit j'ai un sacré pouvoir sur elle. J'aime bien la seconde hypothèse.

Non, Yann, calme-toi ! Arrête de prendre tes désirs pour la réalité. Elle te trouve à son goût, mais pas à ce point-là.

— Tu as eu raison, finit-elle par admettre.

Étrangement, elle ne retire pas ses doigts. C'est moi qui me résous à le faire, lorsque je me rends compte que ce contact est en train de provoquer une érection. C'est malin !

Après un long silence, qui me laisse penser que Mika ne crachera jamais le morceau, elle reprend enfin la parole, le visage tourné vers la baie vitrée et les yeux perdus dans le vide.

— Ma sœur s'est engagée dans une ONG. Au début, elle est allée en Afrique, et je me suis dit que c'était une bonne chose pour elle de changer d'air, que ça lui ferait du bien, qu'elle oublierait plus facilement. Mais à peine était-elle revenue qu'elle a rempilé. Et maintenant…

— Maintenant ?

— Ella est en Syrie, à Alep plus précisément. Elle risque sa vie chaque jour, et ça me rend malade. Voilà pourquoi j'en veux autant à ce naze de Nathan. Sans cette sextape, elle ne serait jamais partie.

— Mika, je te l'ai déjà expliqué, ce n'est pas de sa faute.

— Bien sûr que si, et tu le sais aussi bien que moi. Si tu n'as pas envie de l'admettre, c'est parce que tu aimes ton frère, et je peux le comprendre. Mais, moi, j'ai la certitude absolue qu'il est mêlé jusqu'au cou à cette sordide affaire.

Je ne réponds pas. Que pourrais-je dire ? J'ai parfaitement conscience que Nath n'est pas tout blanc. Mais il a des excuses, notamment ce putain de complexe d'infériorité qui lui a toujours gâché la vie. Seulement, hors de question pour moi de révéler la vérité à cette femme. Ce serait lui tendre le bâton pour nous faire battre, mon frangin et moi.

Face à mon mutisme, elle semble déstabilisée. J'ai souvent remarqué ce phénomène en prison. Ne pas parler pousse les autres à meubler les silences. Finalement, les gens se mettent à table sans même s'en rendre compte. Et Mika ne déroge pas à la règle. Elle me raconte comment sa jumelle s'est sentie trahie, les malentendus de ce soir-là. Ella était prête à tout envoyer balader pour les beaux yeux de Nathan et il s'est comporté de manière odieuse. Je ne doute pas un instant de ses propos, je sais parfaitement de quoi cet idiot est capable. Il m'a tourné le dos pendant près de sept ans, parce qu'il estimait que je l'avais abandonné. Son rejet a été très difficile à accepter et pardonner n'a pas été simple. Si je n'avais pas eu un sens de la famille aussi développé, je suppose que je l'aurais dézingué et quelque chose de sévère. Mais je n'ai pas pu, en partie parce qu'il versait mensuellement cinq cents euros à ma sœur pour moi. Tout le monde sait que sans fric, en taule, les choses sont beaucoup plus compliquées.

Nous restons muets un long moment lorsqu'elle a terminé de se confier. Regrette-t-elle de m'avoir avoué la vérité ? J'espère que non. Machinalement, je consulte ma montre et me rends compte que l'heure de mon rendez-vous à l'université approche. Impossible de m'attarder.

— Je dois partir, j'ai un impératif important que je ne peux pas manquer.

— Oh !

Mika a l'air déçue. Je trouve ça super attendrissant.

— Est-ce que nous allons nous revoir ? me demande-t-elle lorsque j'enfile ma veste.

— Je n'en ai aucune idée. Peut-être… Qui sait ?

La jeune femme paraît indécise une seconde, mais au moment où je me lève pour quitter la cafétéria, elle pose sa main sur la mienne et demande :

— Serais-tu d'accord pour boire un verre avec moi un de ces soirs ?

Il y a un tel espoir dans son regard que j'hésite un instant à dire oui. Mais je sais que ce ne serait pas raisonnable, ou en tout cas bien trop risqué.

— Écoute, Mika, ta proposition est très gentille, mais je ne peux pas accepter.

— Oh ! il y a déjà quelqu'un dans ta vie ?

— Non, ce n'est pas ça.

— Tu es gay ?

Sa question me donne envie de hurler de rire. Quelle drôle d'idée ! J'ai d'ailleurs de la peine à me retenir de pouffer. Plus hétéro que moi, tu meurs…

— Pas du tout.

— Ben alors… Je ne te plais pas, c'est ça ? Tu peux bien me le dire. Je ne le prendrai pas mal.

Une petite voix me souffle que ce n'est pas vrai, qu'elle en serait clairement vexée.

— Tu es une très belle femme. Le problème ne vient pas de toi, mais de moi. Je ne peux pas t'expliquer mais, pour résumer, je ne suis pas capable de te donner ce que tu attends de moi.

— Qu'est-ce que tu en sais ?

— Je le lis dans tes yeux. À un de ces jours…

Sans lui laisser le temps de répondre, je lui tourne le dos et quitte les lieux. Rester ne ferait que rendre les choses plus difficiles. Enfin, surtout pour moi. Parce que Mika représente une tentation à laquelle je dois à tout prix résister.

Chapitre 3

Mika

— Désolée, je suis en retard !

Essoufflée, je m'installe sur la banquette en face de celle qu'occupe ma sœur. Depuis son retour de Syrie, nous déjeunons ici une fois par semaine. Ça, c'est le minimum syndical. Comme elle squatte tout le temps chez son mec, c'est à peu près l'unique moment durant lequel nous pouvons papoter tranquillement. Si cela ne tenait qu'à moi, nous mangerions ensemble tous les jours, mais elle a mieux à faire et je ne peux pas lui en vouloir. Ella est heureuse comme jamais grâce au connard arrogant, c'est normal qu'elle en profite. Elle en a assez bavé pour avoir le droit de vivre sa vie comme elle le désire. Pourtant, je me suis rarement sentie aussi seule qu'en ce moment…

— Ne t'inquiète pas, je viens tout juste d'arriver. Alors ? Tout se passe bien à BFM ?

Je grimace, ce qui la fait rire.

— Avec qui est-ce que tu t'es embrouillée, cette fois ? Ne me dis pas que tu as encore insulté ton boss !

— Mais pas du tout. Je suis en pleine négociation avec lui, alors j'ai intérêt à me montrer particulièrement gentille.

Sa mine se fige et elle me demande d'une voix étranglée :

— Gentille à quel point ?

Sur le coup, je ne comprends pas ce qu'elle entend par là, parce qu'il s'agit d'Ella, ma jumelle adorée, celle qui ne me juge jamais et me soutient toujours. Mais quand je pige enfin, je l'observe comme si elle était une extraterrestre.

— Oh ! Mais pour qui est-ce que tu me prends ? Tu crois que je suis une adepte de la promotion canapé ?

— Non, mais…

— Mais rien du tout ! J'ose espérer que le jour où j'aurai une augmentation, ce sera à cause de la qualité de mon boulot, sûrement pas parce que je me suis tapé cet abruti !

— Tu avoueras que tes mots prêtaient à confusion, Mika.

— C'est toi qui as l'esprit mal tourné. Décidément, fréquenter Leray ne te réussit pas !

Ella rit et se détend aussitôt.

— Quand je disais que je devais être gentille, ça signifiait juste me montrer aimable et éviter de lui balancer mon escarpin à la tête. Certainement pas m'envoyer un mec qui a le double de mon âge.

— Comme si ça t'avait déjà arrêtée. Je me souviens d'un prof d'espagnol au lycée qui, paraît-il, avait une grosse…

— C'est bon, j'ai compris !

Nous passons nos commandes au serveur qui me dévisage comme s'il n'avait jamais vu une femme de sa vie et poursuivons notre conversation, le temps qu'on nous apporte nos plats. Au moment du dessert — un sorbet pour elle et un tiramisu pour moi —, je finis par poser la question devenue habituelle ces derniers temps.

— Comment va Yann ?

Ella sourit, pas dupe pour deux sous. Elle sait qu'il me plaît beaucoup. Elle non plus ne pige pas pourquoi il m'évite de cette façon. Je le vois très peu, puisque je ne suis jamais invitée chez Nath. Si ce crétin me tolère désormais, il ne s'est pas pour autant mis à m'aimer miraculeusement. C'est réciproque, cela dit… Je n'ai jamais réussi à digérer ce qu'il lui avait fait. Mais dans la mesure où ma sœur semble avoir pardonné, ce n'est pas à moi de lui rappeler à quel point son jules peut se montrer con.

— Pas mal, je crois. Mais…

Immédiatement, je me redresse, fortement intéressée par le sujet. Tout ce qui le concerne me passionne au plus haut point. Loin de s'atténuer, l'attirance que j'éprouve pour Yann est en train de prendre une ampleur jamais égalée, à la limite de l'obsession. J'espérais que ça me passerait, surtout en ne le voyant pas. Mais je ne peux pas oublier le baiser que nous avons échangé et dont je n'ai jamais parlé à ma jumelle. C'est sans doute la première fois que je ne partage pas quelque chose d'aussi important avec elle. Mais je sais qu'elle s'inquiéterait pour moi, alors je préfère ne pas lui en parler. À moi de me débrouiller avec mes sentiments et mes hormones en folie.

— Mais ?

— Disons que c'est compliqué, admet-elle en rougissant furieusement.

— Comment ça ?

— En fait, avec Nathan, on a souvent tendance à se laisser aller.

Je réprime une grimace dégoûtée. Imaginer ma sœur en train de se faire sauter par ce naze est décidément beaucoup trop glauque à l'heure du déjeuner.

— C'est bon, j'ai pigé. Par pitié, épargne-moi les détails !

— Oh ! Arrête de faire ta prude de service ! S'il y en a une qui est assez mal placée pour me balancer ça, c'est bien toi, non ?

Les sourcils froncés, je l'observe, contrariée. C'est quoi, l'idée, au juste ?

— Développe, je ne suis pas sûre de te suivre.

— Ne te fâche pas, mais tu t'éclates quand même bien, sans trop te poser de questions. Les hommes, ça va, ça vient… Tu es plutôt du genre libérée.

J'ouvre de grands yeux éberlués. C'est ça, l'opinion qu'elle a de moi ?

— Dis tout de suite que je suis une pute, tant que tu y es !

— Mais ne te vexe pas, pourquoi est-ce que tu prends la mouche ?

— Parce que tu me donnes le sentiment d'être une fille facile, alors que ce n'est pas le cas. Je ne supporte pas ce genre de jugement. Être jeune et profiter des plaisirs de la vie ne rime pas forcément avec saute-au-paf !

— Mika, tu as eu un paquet d'amants, tu ne peux pas dire le contraire.

Cette fois, je m'agace sérieusement. Je déteste la réprobation que je lis dans ses prunelles. Si je n'étais pas intervenue pour qu'elle se décoince un peu, ma sœur serait toujours en train de bosser comme une malade sur ses cours et ferait exactement ce que notre despote de père lui ordonnerait.

— Pas autant que tu le penses. Tu as beaucoup de chance d'avoir trouvé ton prince au deuxième coup, mais ce n'est pas le cas de tout le monde. Jusqu'à présent, je ne suis tombée que sur des tocards. Ce n'est pas de ma faute.

— Si tu étais plus regardante, tu t'éviterais beaucoup d'ennuis, tu sais.

— Maintenant, ça suffit, Ella ! Tu ne vas pas t'y mettre, toi aussi ! J'ai déjà bien assez d'embrouilles avec papa à ce sujet sans que tu en rajoutes. Je fais ce que je veux de mon cul, c'est clair ? Je suis jeune, je m'amuse. Où est le mal ? Oui, j'adore le sexe et alors ? Qui ça dérange ? Non, je n'ai pas honte de dire à un homme ce que j'aime et ce que je n'aime pas. C'est quoi le problème ? J'ai couché avec douze mecs dans ma vie et j'ai vingt-quatre ans. J'ai perdu ma virginité à seize ans, cela fait donc moins de deux amants par an. Tu trouves que ça fait de moi une Marie-couche-toi-là ? Sur quels critères tu te bases, au juste ?

Ella rougit, une fois de plus.

— Je suis désolée, Mika. Tu sembles toujours prendre les choses avec tellement de légèreté que j'ai cru que… En fait, je ne sais pas exactement ce que j'ai cru.

— Eh bien, tu as eu tort. Par conséquent, garde-toi d'émettre le moindre jugement en ce qui me concerne. Tous les hommes avec qui j'ai couché me plaisaient beaucoup et ont compté pour moi, au moment où j'étais avec eux.

— Je suis heureuse de l'apprendre.

— Ne te réjouis pas trop. Ma vie amoureuse n'est pas ce qu'on peut appeler un modèle de réussite. La preuve, je suis toujours célibataire.

— Et Yann ?

Immédiatement, je me fige. Il ne veut pas de moi, c'est un fait. Je ne peux tout de même pas le forcer à avoir envie de me fréquenter ! Pour autant, devant ma sœur, je joue la carte de l'indifférence. Je peux admettre ne pas l'intéresser, mais le reconnaître à voix haute est une tout autre affaire. Cela me donnerait le sentiment d'être une minable midinette se pâmant pour un mec qui ne la regarde même pas. Déprimant !

— Quoi, Yann ?

— Il te plaisait bien, pas vrai ? Tu avais évoqué un coup de foudre si mes souvenirs sont bons.

Cette fois, c'est moi qui pique un fard, mal à l'aise.

— Et c'est toi qui m'as expliqué qu'il avait fait de la prison pour meurtre, si je me remémore bien notre conversation téléphonique quand tu étais à Alep. Que je devais me méfier de lui. Je t'ai écoutée.

— Comme si ça suffisait à t'arrêter… Ce n'est pas toi qui viens de me dire qu'on ne devait pas juger les gens trop facilement ?

Pas faux, songé-je avec dépit.

— Si. Simplement, je suis passée à autre chose. Yann est un très bel homme, mais ce serait aller au-devant de trop de complications.

C'était un instant de folie, et il me semble que le jeu n'en vaut pas la chandelle. Je préfère de loin son amitié.

Qui essaies-tu de convaincre ? me souffle ma conscience. *Ta sœur ou toi-même ? Ce mec, tu l'as dans la peau, et ça te rend malade de ne pas pouvoir l'avoir dans ton lit !*

Mon téléphone, posé près de mon assiette, émet un bip caractéristique qui indique l'arrivée d'un SMS. J'y jette un coup d'œil rapide pour découvrir qu'il s'agit d'un message d'Enrique. Encore ? Merde, c'est le troisième de la journée et il n'est que midi.

— Un problème ? s'enquiert ma frangine.

Sa mine inquiète me donnerait presque envie de sourire. Ella est une angoissée notoire, cela n'a rien de nouveau.

— Oui et non. C'est un texto d'Enrique.

— Quoi ? Tu es retournée avec lui ? Et sa femme ?

— Décidément, tu as vraiment une haute opinion de ta sœur adorée, ironisé-je. Tout est fini entre nous, et il est hors de question qu'on se remette ensemble. Seulement, il n'a pas l'air de vouloir le comprendre. Il passe son temps à tenter de m'appeler, à m'envoyer des SMS ou à me faire livrer des fleurs et des chocolats. Résultat : les locaux de BFM sont en train de se transformer en serre géante, et deux de mes collègues ont eu une crise de foie. Je ne te parle même pas des plaintes des filles du bureau qui ont toutes pris plusieurs kilos.

Ella éclate de rire. Je fais tout pour dédramatiser la situation, mais l'obstination dont fait preuve ce mec commence à me préoccuper. Au début, je trouvais ça flatteur. Puis je me suis agacée. Mais maintenant, j'en suis à un stade où je flippe de plus en plus. Pour autant, je n'ai pas forcément envie de partager cet état d'esprit. En effet, Nath est l'un des meilleurs amis d'Enrique, et cela le mettrait dans une position délicate si Ella lui faisait part du harcèlement dont je suis victime. Nul doute qu'elle prendrait ma défense et que lui prendrait très probablement celle de son pote. Ce qui signifierait un paquet d'embrouilles en perspective pour ma frangine et son mec. Autant éviter.

Je préfère changer de conversation, c'est beaucoup plus simple.

— Et donc ? Qu'est-ce que tu disais à propos de Yann ?

— Ah oui ! Eh bien, rien que la semaine dernière, il nous a surpris trois fois dans des situations disons… compromettantes.

Je suis gagnée par un fou rire que j'ai du mal à contrôler, j'imagine parfaitement le spectacle.

— Si je comprends bien, il vous a chopés à trois reprises en train de baiser. J'aurais adoré assister à ce genre de vaudeville.

— Je t'en prie, pas la peine d'en rajouter. C'est déjà bien assez gênant.

— Mais pourquoi ? Vous êtes jeunes et amoureux, c'est normal de vous sauter dessus à tout bout de champ.

— Oui, je suppose que tu as raison. Il n'en reste pas moins que le pauvre Yann n'a pas besoin de subir ça. Entre les bruits et les scènes dont il est involontairement témoin, il doit avoir l'impression de vivre dans un porno permanent.

À nouveau, je pouffe, aussitôt imitée par ma sœur. Le serveur arrive avec un café pour elle et un thé pour moi.

— Qu'est-ce que vous comptez faire ?

— On en a discuté hier soir, à mon initiative. Yann souhaiterait déménager pour nous laisser le champ libre, et je pense que ce serait la meilleure solution. Non pas qu'il nous dérange, mais bon… Nath a proposé de lui louer un petit appartement, mais cette tête de mule refuse obstinément. Il veut se débrouiller tout seul. Malheureusement, tant qu'il n'acceptera pas l'aide de son frère, il est bloqué. Il faut payer la caution, avoir un garant, et surtout un salaire assez élevé pour qu'un propriétaire choisisse ton dossier plutôt qu'un autre. Sauf que son emploi en tant qu'assistant de Nath n'est qu'un mi-temps.

— Oh…

— Il a repris ses études, mais il faudra des mois avant qu'il soit diplômé. Ensuite, s'il va à l'université, son problème ne sera toujours pas réglé. Bref, c'est sans fin. J'ai proposé de lui trouver un job à l'hôpital, mais cela ne se fera pas du jour au lendemain.

— Bon courage, alors !

Yannick Leray est un homme fier et orgueilleux, je l'ai déjà remarqué. Jamais il n'acceptera ce qu'il doit très probablement considérer comme une aumône. Ella et Nath ne sont pas très malins. Il suffirait simplement de lui donner l'impression que leur idée vient de lui et le tour serait joué. Ce n'est ni plus ni moins que de la manipulation psychologique. Nous, les femmes, sommes très douées à ce petit jeu. Nous l'élevons même au rang de grand art. Pas vrai, mesdames ?

Peu après, nous nous séparons devant le restaurant. Ella doit reprendre son service et j'ai une intervention à préparer. Arrivée à mon bureau, je découvre un nouveau bouquet, ainsi qu'une boîte de truffes. Excédée, je taxe une cigarette à mon collègue de la rubrique faits divers et me dirige vers le toit terrasse où se rendent tous les fumeurs de la chaîne.

Contrairement à ma sœur qui clope pas mal, je ne m'adonne au tabagisme que très occasionnellement. La plupart du temps, c'est quand je suis sur les nerfs, comme aujourd'hui. Merde, mais quand cet abruti comprendra-t-il que tout est fini entre nous ? Je refuse de foutre un couple en l'air. Dans la vie, je n'ai pas beaucoup de principes, mais celui-là en est clairement un. J'ai trop vu ma mère souffrir des infidélités de mon père pour accepter d'être la maîtresse d'un homme marié, si séduisant soit-il. Lorsque je me remémore la façon dont il s'est fichu de moi, dont il m'a menti avec un aplomb qui lui vaudrait un oscar, j'ai juste envie de hurler.

Brusquement, je songe au frère de Nathan. En réalité, il est presque tout le temps présent dans mon esprit, mais cette fois c'est différent. J'ai besoin de me changer les idées, de ne plus m'inquiéter au sujet du comportement harceleur de l'autre enfoiré. Comment pourrais-je aider Yann ? Pour bosser à BFM, il faut au moins un master, donc c'est exclu. En revanche… Merde, pourquoi n'y ai-je pas pensé plus tôt ? Mais bien sûr ! La chambre d'Ella est vide et je suis actuellement l'unique occupante de l'appartement de mes parents. Je pourrais très bien lui proposer une colocation. Ce serait tellement agréable de ne plus me retrouver seule le soir. Avec un peu de chance, nous pourrions même nous rapprocher…

Tout sourire et pleine d'entrain, je redescends dans mon bureau, prête à le contacter. Mais au moment de l'appeler, je me ravise. Il faut que je la joue fine. À aucun moment, il ne doit imaginer que je lui fais la charité. Ce serait un coup à tout foutre en l'air.

Allons, Mika, sers-toi de ton cerveau et non de tes hormones en ébullition pour choisir la bonne manière de procéder. Sois intelligente et pragmatique.

Dix minutes plus tard, je n'ai toujours pas trouvé de stratégie satisfaisante. D'une manière ou d'une autre, il va flairer le traquenard, c'est évident ! Yann est beaucoup plus futé et plus perspicace que ce gros lourd de Nathan. Si Ella savait ce que je pense, elle hurlerait au scandale. Mais à mes yeux, Nath Leray est un footeux dans toute sa splendeur : il réfléchit peu et frime beaucoup. Je dois reconnaître qu'il a pas mal changé au contact de ma frangine, mais pas encore assez à mon goût pour que je ne le voie pas comme un primate décérébré. Son frère, c'est une tout autre affaire. Yann est à la fois intelligent, bienveillant, ténébreux, sexy, et… Oui, oui, bon, je m'égare.

Un peu dépitée par mon manque d'imagination, je décide de me mettre au boulot. L'inspiration arrivera peut-être plus tard. Sous mes airs de bimbo blonde, je suis avant tout une bête de travail, capable de pondre un article ou de préparer une interview en un temps record. J'aime toutes les recherches effectuées en amont que les téléspectateurs ne soupçonnent même pas.

J'en suis à la dernière relecture de mon intervention pour le journal du soir, lorsqu'un livreur se pointe devant mon bureau. Il tient une grosse boîte de bonbons enrubannée. Oh non, merde ! Encore ? Dans un premier temps, je refuse le paquet, mais le pauvre type en face de moi m'explique que si je le renvoie, il se fera virer. Génial ! De mauvaise grâce, je signe le bordereau, tandis que mes collègues observent le cadeau avec un sourire ravi.

— Des bonbecs ! Super ! Ça nous changera des chocolats !

Agacée, je saisis l'espèce d'énorme bocal et vais le déposer sur la table où trône la machine à café. Ainsi, ils pourront se servir sans envahir mon espace de travail.

— Faites vous plaisir, lancé-je à la cantonade. C'est open-bar !

Ils n'attendaient tous que ce signal pour se précipiter dessus.

— Pourquoi il ne te livre pas du caviar ? Ou des croissants tous les matins ? s'enquiert Stéphane en s'approchant de mon bureau.

— J'aimerais surtout qu'il arrête de me faire chier !

— Il t'appelle ? Il t'envoie des messages ?

— Tous les jours. Au début, je lui expliquais que je ne voulais plus entendre parler de lui, mais comme il semble ne pas capter la signification du mot non, j'ignore purement et simplement ses coups de fil et ses textos. Reste le problème des fleurs et des chocolats.

— Tu sais que ça ressemble fort à du harcèlement ? Tu pourrais porter plainte.

— Et pourquoi ? Parce qu'il m'offre des bouquets et de la bouffe ? Les flics se foutraient de moi.

— Dans ce cas, sors avec un nouveau mec, fais-lui comprendre que tu n'es plus libre, mais folle d'amour pour un autre. Ça fait un moment que tu n'es pas en couple. Si ça se trouve, il se figure que tu as encore le béguin pour lui.

Soudainement, mes doigts se figent sur mon clavier, tandis que je me tourne lentement vers mon ami. Et si c'était ça la solution ?

— Merci, Stéphane. C'est une excellente idée, à creuser de toute urgence.

— Effectivement, parce que si j'étais à ta place, je ne serais pas trop rassuré par ce type de ce comportement.

Pas faux, songé-je en me levant.

La minute d'après, je remonte vers le toit terrasse armée d'une nouvelle clope taxée à un cameraman qui avait la bouche pleine de sucreries. Je n'ai pas l'intention de la fumer, mais juste de faire croire aux autres que je suis en pause. En réalité, j'ai un coup de fil de la plus haute importance à passer.

Chapitre 4

Yann

— C'est bon, tu as compris ? Si tu as la moindre question, n'hésite pas à me demander. Je peux t'expliquer autant de fois que tu veux.

— Non, c'est parfait. J'ai imprimé le concept.

— Alors, je te laisse travailler tranquillement.

Avec un sourire adorable, Ella quitte ma chambre, tandis que je me replonge dans les équations à deux inconnues. La copine de mon frangin est peut-être une tête, mais elle est la personne la moins pédagogue que je connaisse. Franchement, à part m'embrouiller avec des termes dont je n'ai jamais entendu parler, elle ne m'a pas aidé le moins du monde. Seulement, elle est tellement pétrie de bonnes intentions que je n'ose pas le lui avouer. C'est vrai, comment lui dire qu'elle va trop vite et que je n'arrive pas à suivre ? Que sa méthode n'est pas la bonne pour partager son savoir avec le petit étudiant en DAEU que je suis ?

Au moment où je m'apprête à consulter des sites sur Internet afin de trouver la manière la plus simple de résoudre une équation, mon portable sonne. Avec un sourire amusé, je découvre qu'il s'agit de Mika. Décidément, la famille Moreau s'est passé le mot pour m'empêcher de bosser aujourd'hui. En même temps, Ella m'a collé une migraine d'enfer avec ses explications pour thésards, alors je mérite bien une pause.

— Salut, miss.

— Coucou, Yann. Je ne te dérange pas ?

— Non. J'étais en train de bosser, mais j'allais faire un break. Ella vient de me montrer comment résoudre les équations à deux inconnues.

— Mon Dieu ! Mais, pauvre malheureux, tu n'aurais jamais dû lui demander de te donner un cours de maths. Maintenant, je parie que tu es encore plus largué qu'avant !

Je ris, terriblement soulagé de ne pas être le seul à trouver qu'elle est absolument nullissime comme prof. J'adore papoter avec Mika, même si j'ai fait mon maximum pour l'éviter ces derniers temps. Avec elle, tout me semble parfaitement naturel. Hélas, je suis incapable d'assumer le moment de faiblesse qui m'a poussé à l'embrasser. Bon sang, après ça, j'ai bandé non-stop pendant trois jours, tellement j'étais troublé. Mais encore une fois, rien n'est possible entre nous.

— Exactement. Qu'est-ce que je peux faire pour toi ? Je présume que tu ne me téléphones pas pour me proposer de la remplacer.

— Détrompe-toi, j'ai un bac S avec mention et un master en journalisme. Tes équations ne me font pas peur, s'amuse-t-elle à me charrier.

— Je veux bien te croire. Mais comme tu n'es pas voyante extra-lucide, je doute que ton appel ait un rapport avec les maths.

Elle reste silencieuse un moment, et je la sens mal à l'aise. Enfin, je l'entends inspirer profondément avant de se lancer.

— Voilà, j'ai déjeuné avec ma frangine ce midi, et elle m'a parlé du fait que tu les avais surpris à plusieurs reprises en train de… et que… enfin, que la situation était un peu inconfortable pour toi.

Je fronce les sourcils, ne comprenant pas où elle veut en venir. Il me semble très étonnant qu'Ella ait déballé cette histoire, aussi gênante pour elle que pour moi. Mais bon, elles sont jumelles, alors je suppose qu'elles se racontent tout.

— Et alors ?

— La chambre d'Ella est vide chez moi, tu pourrais peut-être l'occuper et devenir mon colocataire ?

Dire que je suis sur le cul est un euphémisme. J'ai juste l'impression d'être entré dans la quatrième dimension. Elle est folle ou quoi ? Jamais je ne pourrais vivre avec elle alors que je la désire si violemment. C'est impensable.

— Écoute…

— Attends, s'empresse-t-elle de m'interrompre. Laisse-moi t'expliquer un truc avant de refuser. Si je te suggère cette possibilité, ce n'est pas pour te faire la charité. En réalité, c'est toi qui me rendrais un grand service. Et puis, ce serait juste temporaire.

— Comment ça ?

— Voilà, il y a quelques mois, j'ai fréquenté un joueur de foot, un pote de Nathan. Quand j'ai découvert qu'il était marié et père de famille, j'ai immédiatement rompu. Mais depuis, il refuse de me foutre la paix. Les fleurs, les chocolats, les textos à pas d'heures et les coups de fils, tout ça commence à me mettre sur les nerfs. S'il pensait que je suis avec toi et que tu es mon nouveau mec, il me laisserait probablement tranquille. C'est pour ça que je te le propose. Je suis sûre qu'on s'entendrait bien. Et ça te donnerait assez de temps pour trouver un logement et faire des économies, puisqu'il n'y a pas de loyer à payer. L'appartement appartient à mes parents, ils me laissent l'occuper gracieusement. Tu aurais juste à participer pour les factures, la bouffe et les tâches domestiques. On pourrait fonctionner comme avec Ella, le ménage et les courses pour toi, la cuisine et le linge pour moi. Qu'est-ce que tu en dis ?

Elle a débité son argumentaire d'une traite, comme si elle avait peur que je lui raccroche au nez. J'apprécie sincèrement son offre, mais je ne peux pas accepter.

— C'est super sympa de ta part d'avoir pensé à moi, mais je ne suis pas intéressé par ta proposition. Ce n'est pas comme si j'étais à la rue, tu sais…

— Très bien, comme tu le sens. Mais si tu changes d'avis, n'hésite pas à me rappeler. Bon, n'attends pas trop longtemps pour te décider, parce que si cet imbécile ne se calme pas, il faudra bien que je prenne les devants et que je trouve une autre solution. Celle-là me paraissait la moins pénible, mais ce n'est pas grave que tu refuses.

— Désolé.

— Pas de problème, ne t'inquiète pas. À bientôt.

— Ciao, Mika.

Je raccroche, à la fois surpris et choqué par son offre. Elle ignore tout de moi, mais semble me faire entièrement confiance. Depuis le début, je sais qu'elle m'aime bien, seulement je ne pensais pas que c'était à ce point. C'est flatteur, mais me connaissant, et surtout la connaissant, cohabiter serait une putain de sources d'emmerdements. Surtout pour moi.

Il est 23 h 30 quand je déverrouille la porte de l'appartement. Contrairement à mon frangin qui ne va à la fac que deux soirs par semaine, je m'y rends quatre fois. J'aime étudier, et ça me plaît d'avoir l'impression de faire quelque chose de ma vie.

Dans le salon, une petite lampe est restée allumée et, machinalement, j'y jette un coup d'œil, en même temps que me parvient un gémissement. Ce que je découvre sur le tapis entre le canapé et les fauteuils me fait rougir de gêne. Sous mes yeux ébahis, je vois mon frère qui est en train de s'envoyer sa copine en levrette. Ils sont de profil, si bien que je ne perds pas une miette du spectacle.

De toute façon, si j'étais aveugle, leurs geignements et leurs cris ne me permettraient pas de douter du plaisir qu'ils prennent. Ce soir, j'ai droit à la totale : l'image et le son ! Atterré, je me casse presque en courant dans ma piaule. Ce n'est pas possible ! Ça devient trop glauque pour l'abstinent sexuel que je suis. Il faut que je me barre et le plus vite sera le mieux.

Par association d'idées, je repense à la proposition de Mika. Après ce que je viens de voir, je reviens sérieusement sur mes positions. J'ai refusé il y a trois jours, mais il n'est sans doute pas trop tard. Après tout, si ça m'offre l'opportunité de gagner mon indépendance et mon autonomie, c'est tout bénef' pour moi. Il y a quand même pire que de partager un cent mètres carrés dans un quartier super sympa et nettement moins huppé que l'avenue Montaigne où vit mon frangin. Pour être tout à fait honnête, je ne me suis jamais senti à ma place ici. Je parie que c'est également le cas de Nath, même s'il préférerait se faire arracher la langue plutôt que de l'avouer.

Sur un coup de tête, je récupère mon portable dans la poche de ma veste et envoie un texto à Mika. Je ne vais pas l'appeler, elle doit sûrement dormir à cette heure.

Ton offre tient toujours ?

Étonnamment, sa réponse me parvient dans la minute qui suit.

Bien sûr. Tu voudrais emménager quand ? Tu n'imagines pas à quel point tu me rends service !

Mais oui, c'est ça… Elle me fait quoi, là ? Bientôt, on me décorera pour cette bonne action ! Il faudrait qu'elle arrête de chercher à faire passer des vessies pour des lanternes. Et, moi, il faut que je cesse de vouloir à tout prix y croire. Néanmoins, je lui renvoie un SMS dans la foulée.

> Le plus tôt possible. Ils me poussent à bout à prendre cet appartement pour un baisodrome géant. Il faut que je change d'air.

> Tu verras, celui de la rue Saint-Martin est super sympa ! Appelle-moi demain matin pour qu'on se mette d'accord sur les détails pratiques. Mais pour moi, c'est OK.

Chapitre 5

Mika

Je n'en reviens pas. Il vient d'accepter mon offre. Je pensais sincèrement qu'il me faudrait batailler bien plus que cela pour parvenir à mes fins. Il a été presque trop facile à convaincre ! OK, j'ai bénéficié de la complicité de ma sœur, mais quand même…

Allongée dans mon lit, je me remémore le baiser que nous avons échangé. C'était environ deux semaines après notre première rencontre lors de la fameuse interview. Une bombe avait éclaté tout près du dispensaire où Ella était en poste. Aucun de nous ne savait si elle était toujours en vie. Un enfer…

Je ferme les yeux, pour mieux me refaire le film de cet épisode qui avait débuté comme un mauvais rêve et s'est transformé en un instant merveilleux que je ne suis pas prête d'oublier.

On toque à ma porte, mais je n'ai pas la force de répondre. Je suis au bout de ma vie. Ella est en danger, si toutefois elle n'est pas déjà morte. On parle souvent des intuitions des jumeaux, mais ce sont des conneries. Je n'ai aucun moyen de savoir comment va ma sœur, alors qu'elle est si loin. Quand elle se tient face à moi, je devine à son expression ou à son regard ce qu'elle pense. Mais c'est surtout parce que je la connais mieux que personne. Cette situation est un véritable cauchemar !

Le battant bouge et laisse apparaître la tête de Yann. Pour la première fois depuis que je l'ai rencontré, je ne rougis pas, je ne me mets pas dans tous mes états. Je suis si angoissée qu'il m'est impossible de songer à autre chose qu'à Ella.

Depuis qu'elle est partie, je suis sur le qui-vive, redoutant qu'un drame comme celui-ci se produise. Il fallait absolument que je trouve une solution pour lui donner envie de rentrer au plus vite. J'y ai longuement réfléchi, avant de parvenir à la conclusion qui s'imposait : seul Nathan Leray était capable d'un tel miracle. Et croyez bien que j'ai ragé de devoir l'admettre. Mais une fois que ça a été le cas je me suis sentie mieux, parce que j'avais un moyen de pression sur ma jumelle. Je supposais, en toute logique, qu'arranger les choses avec monsieur crétin arrogant la pousserait à abréger sa mission. Je connais assez bien Ella pour savoir que ses sentiments envers lui n'ont pas disparu. C'est une femme loyale et surtout profondément amoureuse. Bien plus qu'elle ne l'a été de Zahed.

En douce, j'ai manœuvré pour les rapprocher, et Nathan n'a été que trop heureux de s'associer à ce projet. Malgré tout, je suis restée méfiante. Tout était de sa faute, impossible de l'oublier. Mais quand ma mère m'a indiqué qu'il avait été jusqu'à lui rendre visite, quelques jours plus tôt, pour avoir les coordonnées de ma sœur, je me suis mise à douter. Cela signifiait forcément quelque chose, non ? J'ai donc choisi de lui montrer un minimum de sympathie, même si cela n'a pas été simple. J'ai la dent dure et je n'oublierai jamais ce qu'il lui a fait. Cependant, tout était bon pour parvenir à sortir Ella de cet enfer. La présence de Yann m'a aidée, c'est évident. En plus d'être super canon, cet homme est incroyablement gentil et sait faire preuve d'une bienveillance qui force le respect. J'admire ses qualités d'écoute et de tolérance, autant que son corps de rêve et sa gueule d'ange.

— Mika ?

La douceur de sa voix, lorsqu'il prononce mon prénom, me fait craquer. Plus nos rencontres deviennent fréquentes, plus je m'attache à lui. Si les révélations de ma sœur concernant son passé m'ont un peu refroidie, je n'ai pas tenu longtemps. Au contraire, cela apporte une aura plus mystérieuse au personnage, une sensation de danger qui pimente la chose. Quand j'en ai pris conscience, je me suis demandé si je n'avais pas un grain. Il faut être un peu folle pour trouver quelque chose de troublant au statut d'ex-taulard.

Par esprit de contradiction et pour me le sortir de la tête, j'ai décidé de dîner avec Julien, un joueur du club de Rennes qui me faisait du gringue depuis des mois. Mais quand on passe sa soirée à penser à un homme ne ressemblant en rien à celui qui est assis en face de vous, il est plus raisonnable d'arrêter les frais tout de suite. J'ai simplement expliqué à Julien qu'il valait mieux rester amis, avant de le planter devant le restaurant. La formule bateau par excellence. Il était déçu et a tenté d'insister, mais j'ai tenu bon. Depuis, je suis en mode off, incapable de m'intéresser à un autre mec qu'à celui qui est debout près moi. Malheureusement, il faut que j'accepte le fait que je ne le branche pas le moins du monde. C'est raide à encaisser, d'autant que je n'ai jamais été confrontée à ce cas de figure. En général, quand un type me plaît, je parviens toujours à mes fins, assez facilement, la plupart du temps. Sauf avec celui-là, ce qui ne fait qu'attiser mon envie de lui. C'est bien ma veine !

Avec surprise, je le vois retirer ses baskets, pour s'étendre à côté de moi et me prendre dans ses bras. Il n'y a rien de sexuel dans cette étreinte, mais elle me fait un bien fou.

— Je suis sûr que tout va s'arranger, souffle-t-il en caressant mes cheveux.

— Tu… tu… crois ? je m'enquiers entre deux hoquets de sanglots.

— Mais oui. Pleure si ça peut te soulager, mais ne perds pas espoir.

Durant de longues minutes, Yann me serre contre lui, tandis que sa main effectue de petits massages circulaires apaisants dans mon dos. Dieu que c'est agréable ! Il sent tellement bon. Sans même en avoir conscience, je me rapproche encore de lui et niche mon visage dans son cou, pour humer pleinement son parfum aux senteurs d'agrumes.

Nous restons ainsi pendant une éternité. C'est le temps qu'il me faut pour me calmer, même si mon cœur est toujours aussi lourd. S'il devait arriver quoi que ce soit à ma sœur, je ne m'en remettrais pas. Ella est la personne que j'aime le plus au monde, d'un amour inconditionnel. Notre complicité est incroyable, et je n'imagine pas un instant ne plus pouvoir la prendre dans mes bras ou ne plus la revoir. Déjà comme ça, l'appartement me paraît horriblement vide depuis son départ. Mais je me suis raccrochée à l'idée que tout ceci était momentané, qu'il fallait juste qu'elle digère l'échec de son histoire avec Nathan.

Quand je repense à l'appel de mon père pour m'avertir du bombardement, mon sang se glace dans mes veines. Même lui, qui semble toujours maître de la situation, était dans tous ses états. Et je ne parle pas de ma mère qui pleure sans discontinuer depuis qu'elle est arrivée. Aussitôt, j'ai prévenu Leray, puisque je savais qu'il était à nouveau en contact avec ma frangine. Le voir chialer comme un gosse a été un véritable choc. Je crois que je suis en train de réviser mon jugement à son sujet. Il a vraiment l'air très amoureux de ma jumelle et, s'il subsistait le moindre doute, sa réaction en apprenant la disparition d'Ella m'oblige à reconnaître qu'il est moins salaud que je ne l'avais supposé.

Je finis par m'endormir, lovée dans les bras de Yann qui ne manifeste aucune envie de se lever. Lorsque je me réveille, mes yeux se posent immédiatement sur ses traits parfaits. Je n'ai pas bougé, lui non plus. Il me regarde fixement, comme s'il s'apprêtait à me dévorer. Pour la première fois, depuis l'annonce du bombardement, j'oublie la réalité pour me concentrer sur les papillons qui s'agitent de plus en plus vite dans mon ventre. C'est juste incroyable de devenir complètement brûlante, alors qu'il ne m'a pas touchée. Mon visage s'approche du sien, tout doucement, comme pour l'apprivoiser, et il ne recule pas. Je ne suis pas du genre à attendre qu'on vienne vers moi. Quand je désire quelqu'un, je le montre clairement. À mes yeux, jouer au jeu du chat et de la souris est une pure perte de temps. Ma devise, c'est « aide-toi, le ciel t'aidera ». Ça vaut aussi bien dans ma vie professionnelle que personnelle et, jusqu'à présent, cela m'a plutôt réussi. Et là, tout de suite, je ne me pose aucune question existentielle. J'ai tout simplement besoin d'embrasser Yannick Leray.

Mes lèvres sont à quelques millimètres des siennes et il ne bat toujours pas en retraite. Alors, je réduis encore la distance entre nous et effleure sa bouche de la mienne. S'il ne me repousse pas, il ne répond pas pour autant. Je redoute déjà le moment où il va me sortir qu'il ne veut pas aller plus loin, qu'il ne peut pas me donner ce que je désire. Mais en cet instant précis, tout ce que je demande, c'est un baiser. Et ça, je pense qu'il est en mesure de me l'accorder. Ma bouche se presse un peu plus fermement contre la sienne, mais il ne réagit pas. Je décide donc de tenter le tout pour le tout. Tant qu'à faire, autant y aller franchement, pas vrai ? Ma langue caresse doucement sa lèvre inférieure.

— Mika, non…

Qu'est-ce que je vous disais ? Je le savais ! Yann joue les inaccessibles, c'est probablement ce qui attise plus encore mon obsession pour lui.

— Un baiser, juste un baiser.

Je souffle ces mots, tout contre sa peau, d'une voix à la fois rauque et timide. Si je maîtrise plutôt bien le jeu de la séduction, avec lui, il n'est pas question d'en faire usage. Ça ne marcherait pas, il est beaucoup trop malin pour ça.

Ma supplique a l'air de déclencher un déclic en lui, car il pose sa main sur ma joue, et enfouit ses doigts dans mes cheveux défaits. Dans un premier temps, je crois que c'est pour m'éconduire, mais l'instant d'après, sa bouche dévore littéralement la mienne. Sa langue lèche mes lèvres, part à la découverte de la mienne, tandis que nos corps se rapprochent encore, si tant est que cela soit possible. Quel baiser de dingue ! Sauvage et délicat, tendre et passionné. C'est la première fois qu'une simple pelle me *met dans un tel état d'excitation, comme si nos lèvres se reconnaissaient et étaient aimantées.*

Mon souffle se fait plus rapide, et j'ai l'impression que ma culotte prend feu. S'il décidait de me culbuter ici et maintenant, j'en serais absolument ravie. Notre étreinte s'intensifie, nos langues s'entremêlent avec délectation, et je plonge mes doigts dans ses cheveux bouclés. Ma température monte d'un cran à la seconde où je prends conscience que sa respiration est en train de s'accélérer considérablement et que ses gestes deviennent plus fébriles. Il me pousse et vient se placer au-dessus de moi. Je suis totalement à sa merci et cette sensation me fait gémir de plaisir. Son érection est pressée contre ma hanche, et je suis sur le point de poser ma main sur son sexe tendu, quand mon téléphone se met à sonner. Fait chier, je suis occupée ! Mais je ne peux pas l'ignorer dans ces circonstances. Yann se fige et finit par rouler sur le côté pour s'allonger sur le dos. En hâte, je récupère mon iPhone sur ma table de chevet. C'est Claude, mon boss. Ah, il choisit bien son moment, lui ! Je réponds en le maudissant intérieurement.

— Oui ?

— Mika ? Est-ce que tu vas bien ? s'enquiert-il à l'autre bout du fil.

Je fronce les sourcils en réfléchissant à sa question. Est-ce que ça va ? Non, pas vraiment, même si ces quelques minutes hors du temps avec Yann ont quelque peu allégé le poids qui me comprime l'estomac.

— À ton avis ? Je suis morte d'inquiétude.

Et aussi horriblement frustrée, parce que tu viens d'interrompre un des instants les plus intenses de ma vie, ai-je envie d'ajouter. Mais bien évidemment, je garde ma remarque pour moi.

— Je comprends et je suis de tout cœur avec toi dans cette épreuve.

Je plisse les yeux, soudain méfiante. Claude n'est jamais aussi aimable sans raison. Il a quelque chose derrière la tête.

— Qu'est-ce que tu veux ?

— Que tu ramènes tes fesses ici. Je tiens à ce que tu couvres l'explosion à Alep.

— Tu te fous de moi ? Comment oses-tu me demander un truc pareil ? Tu n'as pas honte ?

Je suis outrée par le manque d'empathie de ce connard. Tout est bon pour booster l'audience à ses yeux, je le sais depuis qu'il m'a recrutée. Pour autant, faire preuve d'un minimum d'humanité, ça ne le tuerait pas.

— De toute façon, on passera l'info en boucle. La biographie des disparus sera forcément évoquée, y compris celle de ta sœur. Alors si tu veux restaurer sa réputation, c'est le moment ou jamais ! C'est bien toi qui m'expliquais, il n'y a pas si longtemps, qu'elle était la véritable victime dans cette putain d'affaire. Il me semble donc que tu es la mieux placée pour en parler.

— Claude, c'est ma frangine, je refuse d'étaler sa vie devant la France entière. Ta cervelle de moineau peut quand même comprendre ça, non ?

— Mika, arrête de t'adresser à moi comme si j'étais le dernier des abrutis, ça commence à me gonfler sérieusement. Si tu n'as pas envie de te retrouver à élever des cailloux au Pérou, ferme ta grande bouche et écoute-moi ! Je te propose de donner ta version des faits en exclusivité. Si tu refuses, c'est ton problème. Seulement, j'aime autant te mettre en garde, nos concurrents n'auront pas autant d'états d'âme. Ta chère jumelle risque d'être, une fois de plus, éclaboussée par cette histoire de sextape*. Alors ? On fait quoi ?*

Vu sous cet angle, il m'est difficile de décliner son offre. Je ne supporterais pas qu'Ella soit à nouveau traînée dans la boue. Surtout si je peux empêcher cela.

— Très bien, j'arrive. Mais je te préviens, j'ai une tronche de déterrée, ce n'est vraiment pas beau à voir.

— Pas de souci, ça ajoutera à la dimension dramatique de la chose.

— Sérieusement, Claude, tu…

— Je te fais envoyer un taxi, m'interrompt-il sans tenir compte de mes protestations. Grouille !

Puis, sans me permettre de lui dire tout le bien que je pense de lui, cet imbécile raccroche. Cela vaut sans doute mieux pour moi, car il va finir par me virer pour de bon si je ne me calme pas. Claude est un con, mais c'est également un super professionnel avec lequel j'apprends tous les jours, je ne dois pas l'oublier avant d'aller trop loin.

Avec un soupir découragé, je me laisse choir sur l'oreiller. À côté de moi, Yann est raide comme la justice. Oh oh… ça ne sent pas bon. J'ajouterais même que ça pue carrément.

— Je suis désolé, c'était une mauvaise idée de t'embrasser, murmure-t-il, les yeux obstinément fixés sur le plafond, tandis que je me positionne sur le flanc pour lui faire face.

Qu'est-ce que je disais ? Je le sentais !

— Je ne trouve pas, protesté-je doucement. Au contraire, c'était très agréable.

— Mika, je ne suis pas un homme pour toi, je pensais que tu l'avais compris.

— C'est à moi d'en décider, tu ne crois pas ?

— Écoute, ce n'est pas le moment de nous faire des nœuds au cerveau. Je reconnais ma responsabilité dans ce baiser. Je n'aurais pas dû me coucher près de toi, et encore moins laisser les choses aller aussi loin.

À ces mots, des larmes affluent à nouveau. Décidément, tout part en vrille ! Ma sœur est en danger de mort. Mon boss me pousse à couvrir la disparition de l'unique personne qui m'est réellement chère, quand bien même c'est horriblement difficile. Et le seul mec qui m'intéresse actuellement a décrété que je n'étais pas assez bien pour lui. Dans le genre cauchemar, on ne peut pas faire pire.

— Je veux qu'on reste amis, Mika, et qu'on oublie cet épisode regrettable. S'il te plaît…

Épisode regrettable ? Il se fiche de moi ? C'était l'un des plus beaux instants de ma vie. Comment peut-il dénigrer ainsi ce qui vient de se passer ?

La gorge serrée, j'acquiesce. Yann a raison sur un point, ce n'est ni l'endroit ni le moment pour nous prendre la tête. La disparition d'Ella m'angoisse déjà bien assez sans que j'en rajoute avec une explication houleuse.

— J'étais sûr que tu comprendrais, tu es la meilleure, déclare-t-il en posant sa bouche sur mon front.

Puis, comme si la question était réglée, il se lève, remet ses Vans et quitte la chambre, sans doute pour rejoindre son frère. Je reste figée, perdue dans mes pensées. Dans la vie, il faut savoir choisir ses batailles, et celle-là peut attendre. Pour l'instant, il faut que je me concentre sur Ella.

En hâte, je file dans la salle de bains et passe sous la douche. Puis, après avoir revêtu un jean et un chemisier noir, je rassemble mes cheveux en un chignon approximatif, avant d'enfiler une paire de Converse. Au diable les escarpins pour aujourd'hui !

Dans le salon, je préviens mes parents. Mon père est pendu au téléphone, tandis que maman pleure dans les bras de Nathan qui est lui-même en train de chialer. Quelle ambiance ! Yann sort de la cuisine, une petite tasse à la main.

— J'ai pensé qu'un expresso te ferait du bien, indique-t-il en me la tendant.

Et en plus, il est attentionné…

Intérieurement, je hurle de frustration. Pourquoi ne veut-il pas de moi ? On pourrait être vachement bien ensemble… Mais je me force à remiser cette réflexion quelque part dans un coin de mon cerveau. Il ne faut pas que je m'embrouille les idées maintenant.

Je le remercie d'un signe de tête, avant de boire le café d'une traite. Il a vu juste, j'en avais vraiment besoin. Puis j'enfile mon trench beige, assorti à mes baskets.

— Ne t'inquiète pas, murmure une voix dans mon dos, tout près de moi. S'il se passe quoi que ce soit, je t'appelle.

— Tu n'as pas mon numéro, je rétorque avec un petit sourire.

— Je vais le récupérer de ce pas dans le répertoire de Nath.

— OK, envoie-moi un texto pour que j'enregistre le tien dans mes contacts. Sinon, je risque de ne pas te répondre. Je n'aime pas décrocher quand il s'agit d'un numéro inconnu.

— Très bien, on fait comme ça. Allez, file. Tu as du boulot, et Ella appréciera sûrement ce que tu t'apprêtes à faire pour elle, quand elle reviendra.

— Si elle revient, je chuchote, les larmes aux yeux.

— Non, Mika, il n'est pas question que je te laisse parler de cette façon. J'ai dit quand elle reviendra, parce que je suis certain qu'elle reviendra.

Ses lèvres se posent sur ma joue qui prend immédiatement la couleur du coquelicot. Décidément, j'ai comme l'impression que ce n'est pas près de passer. Je crois que je l'ai dans la peau, et ça commence à m'inquiéter sérieusement. S'il persiste à ne pas vouloir de moi, je n'ai pas fini d'en baver. D'une manière ou d'une autre, il va falloir que je trouve une solution. Si au moins il n'était pas aussi sympa, ce serait plus facile. C'est vrai, pourquoi est-ce qu'il n'est pas comme son arrogant de frère ?

Je quitte l'appartement sans me retourner. Si je le faisais, je suis sûre que je lui sauterais dessus. Or, il n'y aurait pas de meilleur moyen pour le faire fuir. Yannick Leray est comme un animal sauvage que je dois apprivoiser.

Alors que je monte dans le taxi, je sens mon téléphone vibrer dans ma poche. Avec un petit sourire, je le sors, mais ce que je découvre engendre instantanément une sensation de panique. Il y a effectivement un SMS de Yann, mais également douze appels en absence d'Enrique. Cela devient vraiment inquiétant. Je ne comprends pas, ça fait deux mois que c'est fini entre nous. Sa femme est à présent à Paris avec son gosse, ça devrait calmer ses ardeurs à mon égard. Mais pensez-vous… Il se montre de plus en plus pressant à mesure que je m'éloigne. Pourtant, j'ai réellement cru que j'étais amoureuse de lui et découvrir à quel point il m'avait prise pour une buse a été difficile. Mais l'étais-je vraiment ? En comparaison avec ce que j'éprouve pour Yann, je doute clairement avoir ressenti quoi que ce soit de marquant pour mon dernier amant en date.

C'est officiel, je suis dans la merde entre un mec dont je ne veux plus entendre parler et qui me harcèle, et un autre qui me plaît terriblement et qui me repousse ! Mais quoi qu'il arrive, je ne baisserai pas les bras avant d'avoir conquis le frère de Nathan Leray.

Chapitre 6

Mika

J'ai pris une journée de congé pour préparer l'appartement avant l'arrivée de Yann. Je n'arrive toujours pas à y croire. Quand je l'ai appelé avec cette proposition improbable, il avait l'air déterminé à refuser. Il m'a alors fallu ruser et mettre un stratagème au point. J'ai donc contacté ma sœur pour la supplier de baiser tout le temps et dans tous les coins de l'attique qu'occupe Nathan. Elle a commencé par hurler au scandale, mais je lui ai raconté pour Enrique et lui ai expliqué pourquoi une colocation avec le frère de son jules serait la meilleure solution pour tout le monde. Comme je m'y attendais, ma jumelle n'a pas sauté de joie. Elle a même carrément coupé court à la conversation. Mais, lorsque trois jours plus tard, Yann m'a envoyé un texto pour me demander si j'étais toujours d'accord pour la chambre, j'ai compris qu'elle avait accepté le deal. Je le concède, le procédé n'a rien d'élégant. Mais au final, on s'en fiche. Je vais vivre pendant quelques semaines avec le mec le plus torride de Paris. N'oublions pas que j'ai craqué sur lui dès l'instant où je l'ai vu. C'était il y a deux mois et, depuis, je n'ai couché avec personne. Significatif, non ?

Le jour où je lui ai proposé d'habiter avec moi, j'étais persuadée qu'il s'agissait d'une excellente idée. Mais maintenant qu'il est sur le point d'emménager, j'ai comme le pressentiment que je m'apprête à plonger en enfer. Le côtoyer peut soit me désenvoûter, soit me rendre plus accro encore. Il n'y aura pas de demi-mesure. C'est l'un ou l'autre. L'avenir me dira très vite si j'ai bien fait. En tout cas, je redoute le pire. Quand je faisais référence à l'enfer, je pensais à ce qui arriverait s'il débarquait un jour avec une fille, si je le voyais tomber amoureux sans rien pouvoir y changer. Ce n'est pas parce que je ne l'intéresse pas qu'il a fait vœu de chasteté. Une autre pourrait très bien réussir là où je me suis vautrée lamentablement. J'espère juste que cela se produira lorsque je serai guérie, si toutefois je parviens à passer à autre chose un jour…

En ce samedi pluvieux de novembre, Yann doit me rejoindre en fin d'après-midi. Je viens tout juste de transférer mes affaires dans la chambre d'Ella. Celles de ma sœur attendent dans l'entrée, soigneusement rangées dans les cartons que j'ai préparés hier soir. La pièce qu'elle occupait étant mauve avec des meubles blancs, cela m'a paru trop *girly* pour lui. C'est vrai, voir ce grand gaillard d'un mètre quatre-vingt-dix évoluer dans un tel environnement est parfaitement ridicule. La mienne, beige et crème, est bien plus neutre, et mon mobilier en bois clair semble plus adapté.

Je n'ai pas arrêté de m'activer depuis 5 heures du matin — vive l'insomnie chronique. J'ai viré mes effets personnels, nettoyé de fond en comble et changé les draps. Après cela, j'ai tout installé dans l'autre chambre. Ensuite, j'ai étendu mes efforts au reste de l'appartement. En début d'après-midi, j'ai fait quelques achats, et préparé des lasagnes — ma spécialité — et un gâteau au chocolat, histoire de lui donner le sentiment d'être le bienvenu. Ella dirait probablement que j'ai sorti le grand jeu, mais je m'en fous. Comme elle bosse aujourd'hui, elle n'est pas là pour voir ça et, si Nathan le lui raconte, je pourrai toujours le traiter de menteur. Elle ne me croira pas, mais on s'en fiche, mon honneur sera sauf.

Depuis 16 heures, je tourne en rond, attendant avec impatience qu'il débarque. Heureusement, je me suis retenue de déplier la jolie nappe blanche et d'allumer les chandelles. Si je faisais ça, il se tirerait en courant et il aurait sans doute raison.

Quand le bruit de l'Interphone se fait entendre, je sursaute et me précipite dans l'entrée pour lui ouvrir la porte de l'immeuble et celle de l'appartement. Il apparaît enfin, émergeant de l'ascenseur avec son frangin, et chargé de deux sacs de voyage et d'un carton. C'est peu, mais bon…

— Salut, blondasse, lance Nathan avec son humour à trois balles habituel.

Sur le même ton, je rétorque :

— Hey, Ribery !

Je sais qu'il déteste que je le surnomme ainsi, et c'est avec un malin plaisir que je le fais chaque fois que j'en ai l'occasion. Quand il arrêtera de me chercher, j'agirai de même. En attendant, pourquoi me priver ?

— T'es vraiment trop nulle, grommelle-t-il en passant devant moi.

— Moi aussi, je suis raide-dingue de toi, gros naze !

— Oh ! les enfants ! intervient son frère comme toujours. C'est le week-end, on fait une trêve et on montre qu'on est contents d'être ensemble. Allez ! On fait un effort pour tonton Yann !

De mauvaise grâce, nous nous faisons la bise, et je dois me retenir d'essuyer mon visage. Cet idiot de Nath ne fait pas preuve de la même bienséance, puisqu'il passe la manche de son sweater sur sa joue.

— Pauvre con ! grogné-je, en lui lançant une œillade torve.

Yann s'approche de moi et m'enlace comme il le ferait avec une petite fille. J'adore ! Rien que pour ça, je ne regrette pas le smack à l'autre abruti.

— Qu'il est méchant, ce Nathan ! s'amuse mon fantasme sur pattes en me berçant tout doucement. Moi, je suis très content de te voir, ajoute-t-il avant de me faire un bisou sonore sur le front.

Dans son dos, je ne peux pas m'empêcher de faire un doigt d'honneur à son frangin qui me répond avec un grognement contrarié. Je m'écarte et désigne les nombreux cartons qui encombrent l'entrée.

— Ce sont les affaires d'Ella. Elle m'a dit que tu les emporterais.

Les yeux grands ouverts, Nathan fixe la pile avec effarement.

— Elle m'a parlé de deux ou trois petites choses, elle n'a pas précisé qu'il y en avait une tonne. Comment est-ce que je vais bien faire rentrer tout ça dans ma bagnole ? interroge-t-il en se grattant l'arrière du crâne.

— Allons, allons, Leray ! Ton Range a accueilli plus de culs qu'une maison close. Quelques cartons ne devraient pas poser de problème.

C'est lui qui, cette fois, me montre son majeur.

— Monte là-dessus et pédale, tu verras peut-être la tour Eiffel ! s'exclame-t-il, le regard mauvais.

Je ris et guide Yann dans l'appartement qu'il connaît déjà.

— Je t'ai laissé ma chambre plutôt que celle de ma sœur. Je me suis dit que le mauve et le rotin blanc ne te correspondaient pas vraiment.

Avec un sourire reconnaissant, il me suit.

— Merci, c'est adorable.

— Installe-toi et mets-toi à l'aise. Tu as des plans pour ce soir ? J'ai prévu de quoi dîner, si tu veux.

— Comme Ella bosse jusqu'à minuit, Nath m'a proposé de sortir avec lui au Showcase.

J'ai du mal à cacher ma déception. Même si je sais très bien que nous ne sommes pas en couple, je pensais qu'on passerait cette première soirée ensemble.

— Oh…

— J'ai refusé. J'ai encore du boulot.

Un sourire ravi barre mon visage et, à moins d'être totalement stupide — ce qui est loin d'être son cas —, il aura parfaitement compris que c'est parce qu'il reste là. Il va falloir que je dissimule un peu mieux mes sentiments, ou je vais réellement finir par le faire flipper et le pousser à se carapater aussi vite qu'il est arrivé.

— Comment se fait-il que tu aies plus de travail que ton frère ? C'est vrai, je ne l'entends jamais se plaindre d'avoir des devoirs ou des cours à réviser. Même Ella n'en parle pas.

— Il effectue son cursus en deux ans, et moi j'ai décidé de le faire en un an.

— Si tu veux, je peux te donner un coup de main. Tu sais, je suis plus douée pour expliquer les maths que ma sœur. Je dois également visionner les matchs de la ligue 1 dans la soirée, si ça te dit…

Il me fait un clin d'œil et acquiesce sans répondre, puis commence à s'installer. Pour ma part, je me sens toute chose, complètement excitée à l'idée qu'il soit ici, avec moi, et pour un petit moment. Je suis sûre que cette colocation va être une véritable réussite. En attendant, je vais aider Nathan à débarrasser ce bazar. Ça le fera rentrer chez lui plus vite.

Il est 3 heures du matin quand je me réveille en sursaut. Merde, encore une insomnie ! Heureusement que je ne me suis pas couchée trop tard. Yann vit ici depuis vingt-quatre heures à peine, et je suis déjà en train de souffrir. Je sens une douloureuse pulsation entre mes cuisses, car comme très souvent ces temps-ci, je viens de rêver de lui. Super ! Comment est-ce que je vais bien pouvoir me rendormir, si je suis à deux doigts de la combustion spontanée ? C'est du délire. Il faut que je me calme et très vite sinon, à ce rythme, je vais mourir de frustration.

J'étais persuadée que cette colocation démystifierait mon béguin, mais j'ai l'impression que ça empire d'heure en heure. Passer la soirée en sa compagnie a été un enchantement. J'ai ri, je l'ai aidé pour ses cours, nous avons regardé le foot en commentant les actions, et j'ai eu la sensation incroyable d'être en couple. J'ai adoré, parce que c'était avec lui, il faut bien le reconnaître. Le voir au réveil m'a mise dans tous mes états, mais hélas, hier, c'est-à-dire dimanche, j'ai dû bosser. En effet, de nombreuses rencontres de ligue 1 se déroulent le samedi, si bien que le dimanche, il y a le debriefing des matchs et les différents reportages à monter. Si, habituellement, j'aime beaucoup ça, je dois avouer que je n'avais qu'une hâte cette fois : rentrer pour le retrouver. Mais quand je suis arrivée, il n'était pas là. Il avait rejoint son frère chez un autre joueur du club pour fêter la victoire du PSG, comme l'indiquait un mot qu'il m'avait laissé sur le frigo.

Tremblante, je décide de me lever pour aller chercher de l'eau dans le réfrigérateur. À défaut de me rafraîchir les idées, peut-être que ça calmera mes hormones en ébullition.

Sans allumer la lampe du couloir, je file vers la cuisine dont je ressors sitôt ma bouteille récupérée. Alors que je repars en direction de ma chambre, toujours dans l'obscurité, une ombre passe devant moi. Sous le coup de la surprise, je pousse un cri et fais un bond. Qu'est-ce qui se passe ? Et où est mon colocataire ? En panique totale, je m'apprête à hurler son prénom, quand la silhouette s'approche. Je m'immobilise, complètement terrorisée.

— Mika, c'est moi, souffle une voix douce, celle-là même qui me fait vibrer dans mon sommeil.

— Yann ?

Aussitôt, j'appuie sur l'interrupteur qui se trouve non loin de moi. Et ce que je découvre va bien au-delà de mes fantasmes les plus fous. Devant moi se tient l'homme le plus sexy de la planète, et je n'exagère pas ou à peine... Il est uniquement vêtu d'un boxer noir. Les tatouages qui recouvrent partiellement son torse si bien dessiné semblent m'appeler pour que je les examine de plus près. Mon regard à la fois ébahi et fasciné descend vers ses abdominaux sculptés et ses longues jambes musclées pour revenir vers son caleçon qui ne cache pas grand-chose de son anatomie. Enrique m'a raconté un jour que Nathan était surnommé l'anaconda en raison de la dimension assez impressionnante de son pénis. Vous croyez que cette caractéristique est génétique ? Si oui, est-il aussi bien pourvu que peut l'être son frangin ?

N'allez pas me prendre pour une obsédée sexuelle, mais la vérité est bien là. Nous, les filles, nous aimons quand notre partenaire est bien équipé. Notez le jeu de mots lié au foot, à cette heure de la nuit, c'est un exploit. Pour en revenir à nos moutons, tout ceci est un phénomène purement mécanique. Plus c'est gros et mieux on ressent les choses. Donc, autant ne pas avoir affaire à un micropénis, c'est quand même mieux.

— Mika…

Sa voix me ramène à la réalité, me forçant à me détourner et à fermer la bouche. Ma mâchoire devait sans doute traîner par terre, pataugeant dans une mare de bave qui a dû se former à mes pieds.

Quand mes yeux se posent sur son visage sublime, il évite mon regard. Je suis frappée par la profonde gêne que je lis sur ses traits. Que lui arrive-t-il ? Est-ce qu'il a remarqué que je matais un peu trop longtemps cet endroit ?

— Yann ! Que se passe-t-il ?

— Je… je…

Waouh ! S'il est mal à l'aise à ce point, c'est mauvais pour moi. Pourtant, quelque chose me dit que ce n'est pas lié à mon examen minutieux de son corps de rêve. Non, c'est autre chose. D'une voix douce, je l'encourage à parler.

— Tu veux qu'on aille boire un verre d'eau dans la cuisine ?

Il secoue négativement la tête, en continuant d'esquiver mon regard intrigué.

— Tu sais que tu peux tout me dire, n'est-ce pas ? insisté-je avec gentillesse.

— Je... Voilà, je suis claustrophobe, finit-il par murmurer. Et j'ajouterais que je suis un claustrophobe de haut vol.

— D'accord...

— En fait, je ne supporte aucun espace clos. En voiture, je baisse la fenêtre, même en hiver. Ma chambre n'est fermée que quand je n'y suis pas.

Effectivement, maintenant qu'il le dit, je me rappelle m'être fait la remarque.

— Là où ça pose problème, c'est pour les toilettes... Alors pour éviter de me retrouver dans une situation gênante, je m'y rends la nuit. Je suis désolé.

Il ne dit rien de plus, et je comprends qu'il est honteux de s'être fait surprendre aux petits coins. Faire ses besoins à ce moment-là est la seule manière pour lui de pouvoir se soulager avec la porte ouverte sans risquer d'être vu. Sa mine dépitée me fait mal au cœur. J'ai la certitude que cette phobie est liée à ses années de détention. Toutefois, je ne fais aucun commentaire, étant donné que je ne suis pas censée être au courant. Mon premier réflexe est de le prendre dans mes bras pour le consoler, mais c'est sans doute la dernière chose qu'il attend de moi. S'il est extraordinairement gentil, je sais qu'il est également très orgueilleux.

— OK, pas de problème, indiqué-je avec une indifférence feinte. Tu fais comme tu le sens. Maintenant que je suis au courant, je ferai en sorte de ne pas me lever en pleine nuit. Cela dit, si tu veux aller aux toilettes durant la journée, fais-le-moi comprendre, et je m'arrangerai pour ne pas m'approcher du couloir ou empêcher que quiconque s'y aventure.

Il semble étonné par ma réaction cool, et son sourire soulagé me conforte dans l'idée que j'ai bien fait de me comporter de cette façon.

— Vraiment ?

— Bien sûr. Nous avons tous nos tics et nos manies. Moi, par exemple, je risque de te piquer tes fringues, et tes chaussettes en particulier. Autant te prévenir.

— Pardon ?

— J'ai toujours les pieds gelés et j'adore les chaussettes de mec. Maintenant que tu es au courant, tu ne seras pas surpris. Tout comme j'ai la mauvaise habitude de me ronger les ongles, même si je m'oblige à ne pas le faire. Ah ! Et je me lève la nuit pour manger quand je suis nerveuse. Tu penses que tu peux t'y faire ?

— Oui, je crois que c'est du domaine du possible.

— Dans ce cas, tout va bien. Je ne veux surtout pas que tu te sentes mal à l'aise avec moi. Tout le monde est différent, il suffit juste d'un peu de tolérance et d'empathie pour vivre en harmonie. Ce n'est pas si compliqué, au fond.

— T'es vraiment géniale, murmure-t-il avec reconnaissance.

Puis, sans crier gare, Yann s'avance vers moi et me serre contre lui. Si j'apprécie ses étreintes en temps normal, imaginez ce que je ressens alors que je suis tout juste vêtue d'un short et d'un débardeur, et qu'il est en caleçon. C'est à la fois l'enfer et le paradis.

Très vite, il s'écarte, comme pour s'assurer que ce rapprochement ne pourra pas être mal interprété. Après m'avoir collé un smack sur la joue, il retourne vers sa chambre, me fait un petit signe et disparaît de ma vue, sans pour autant fermer sa porte.

Je reste un long moment plantée dans le couloir, sans réaction. J'ai découvert, ce soir, un côté fragile de sa personnalité qui, loin de me refroidir, ne fait qu'attiser mon intérêt pour lui. Ma mère a coutume d'affirmer que l'on s'attache bien plus aux faiblesses des gens qu'à leurs points forts, c'est ce qui les rend plus humains. Je comprends enfin ce qu'elle veut dire par là, tout comme je réalise que je n'ai pas fini d'en baver.

Chapitre 7

Yann

Lorsque je traverse le campus et me dirige vers l'Austin Mini que Mika a eu la gentillesse de me prêter, il est déjà 23 heures. Voilà quinze jours que j'habite dans son appartement et je dois reconnaître que c'est plus dur que je ne l'avais imaginé, parce que chaque jour qui passe je m'attache un peu plus à elle. Heureusement, il y a la fac, quatre soirs par semaine, qui m'empêche de passer trop de temps en sa compagnie. J'adore cette fille, bien plus que je ne le devrais. Elle est si drôle, si spontanée et naturelle, que c'est le pied intégral de vivre avec elle.

Depuis la nuit où elle m'a surpris alors que je sortais des toilettes, notre colocation a pris une nouvelle dimension. C'est comme si nous prenions soin l'un de l'autre, et ça me plaît beaucoup. Maintenant que Nath est en couple, je peux reporter mon instinct de protection sur quelqu'un d'autre, Mika en l'occurrence. Par chance, elle adore ça, tout comme j'apprécie qu'elle me prépare une assiette pour que je puisse manger en rentrant de la fac, ou qu'elle exige que j'utilise sa voiture pour me rendre à l'université, m'évitant de fastidieux trajets en bus et métro jusqu'à Créteil.

Parallèlement, il y a cette fichue attirance entre nous qui est en train de prendre de l'ampleur, même si je fais tout mon possible pour l'ignorer. L'ennui, c'est que je pourrais très facilement tomber amoureux d'une femme comme elle. Et là, je me retrouverais dans une merde intégrale. Alors, je me blinde, je fais comme si ça ne me dérangeait pas de la voir se trémousser sur une musique entraînante dans la cuisine, comme si son parfum ne m'excitait pas quand elle se penche vers moi, comme si je n'avais pas tout le temps envie de lui sauter dessus. Si seulement elle était conne, ça réglerait le problème, mais ce n'est pas le cas.

— Salut, Yann. À lundi prochain, lance Anne, une jeune femme qui suit les mêmes cours que moi.

Je sais que je lui plais, elle m'a déjà invité à boire un verre chez elle à plusieurs reprises. Mais elle ne m'intéresse pas. Si je ne peux pas avoir Mika, autant n'avoir personne.

Lorsque j'ouvre la porte de l'appartement, tout est silencieux. La lampe du salon est pourtant toujours allumée. J'y entre sur la pointe des pieds et jette un rapide coup d'œil dans le séjour, pour découvrir une vision de rêve. Allongée sur le canapé, ma colocataire est endormie, emmitouflée dans un gros gilet de laine, le mien. Putain, cette femme est tellement jolie que je pourrais pleurer. Mais elle est bien plus que ça. Sa grande gueule, sa gentillesse incroyable, sa spontanéité et l'attention dont elle fait preuve à chaque instant en font un être à part. Vivre avec elle, c'est à la fois l'enfer et le paradis, avec les mêmes effets qu'une drogue dont je suis devenu accro. Je devrais fuir à toutes jambes, parce qu'un jour je finirai par craquer, je ne suis pas assez solide pour lui résister. Tôt ou tard, ça arrivera. La question n'est plus si, mais quand. Et que se passera-t-il ensuite ?

Nath n'arrête pas de me seriner que je devrais me faire une meuf, un coup d'une nuit. Mais j'aurais l'impression de tromper la créature sublime qui est étendue devant moi. Quand j'y réfléchis, je sens bien que cet état d'esprit est complètement débile. Mais c'est plus fort que moi : je refuse de coucher avec Mika, et baiser avec n'importe qui d'autre m'est impossible. Bref, comme vous pouvez le constater, je suis dans une belle impasse, et ce n'est pas près de s'arranger, si vous voulez mon avis.

Je ferme les yeux un instant et décide de me rendre dans la cuisine pour grignoter un truc. Sur la table, je découvre un bol de soupe faite maison que je réchauffe au micro-ondes, du pain et du fromage, ainsi qu'une part de tarte aux pommes. Mon regard se dirige lentement vers le salon avec un sourire heureux. Depuis quand n'ai-je pas ressenti cette impression terriblement réconfortante d'être attendu ? Jamais, sans doute. Et pourtant, Dieu que c'est agréable…

Sans perdre de temps, je m'assieds et me mets à dévorer mon dîner qui semble avoir un goût particulier, celui de la sérénité. Tout est excellent. Mika prépare les repas et c'est un véritable cordon-bleu, j'ai déjà pu le remarquer à de nombreuses reprises. Elle adore se mettre derrière les fourneaux, il paraît que ça la détend. Pour ma part, je suis une vraie quiche en cuisine. C'est tout juste si je suis capable de faire cuire des pâtes. Avant, quand il fallait nourrir mon frère et ma petite sœur, je savais…

Je me lève pour ranger mon bol et mes couverts dans le lave-vaisselle, et me dirige vers ma chambre pour y déposer mes affaires. Je me sens bien ici, comme si j'avais enfin trouvé ma place. Chez Nath, c'est génial, mais tout est trop clinquant, trop luxueux pour moi. Dans cet appartement, les meubles et la déco sont plus simples, plus à mon image. L'ensemble est néanmoins très cosy. C'est juste plus accessible et moins impressionnant pour le modeste ch'ti que je suis.

Profitant du sommeil de Mika, je file aux toilettes. Chaque fois que je m'y rends, je ne peux m'empêcher de repenser à l'épisode un peu humiliant au début de notre colocation. Pour autant, elle n'a fait preuve ni de condescendance ni de curiosité mal placée. Et vous n'imaginez pas à quel point j'en ai été soulagé et reconnaissant.

Si elle me plaisait déjà beaucoup avant, cela n'a fait que renforcer mon attirance.

Lorsque j'ai enfin terminé, je retourne au salon pour réveiller ma belle endormie.

— Mika ? Mika !

Sans ouvrir les yeux, elle grogne vaguement. Cela me fait sourire, une fois de plus.

— Hey, princesse ronflante, il est temps pour toi d'aller au lit.

— Trop fatiguée…

Comprenant qu'elle ne bougera pas, je décide de la porter jusqu'à sa chambre. Pour ce faire, j'écarte le plaid qui la recouvre. Et là, je déglutis avec difficulté face à ce que je découvre. Je pensais qu'elle ne pouvait pas être plus sexy qu'avec son ensemble pyjama-short, mais j'avais tort. Juste vêtue de dessous en dentelle que mon gilet laisse entrevoir et de grosses chaussettes — qui m'appartiennent également d'ailleurs —, elle est spectaculaire. Son corps est une merveille de courbes et de douceur, et je crois que je pourrais passer la nuit à l'admirer. Hélas, ma queue, soudain raide comme un bâton de dynamite, a clairement envie d'autre chose. Impossible de rester ici à la mater pendant des heures, ou je vais finir par devenir complètement fou. Je dois m'éloigner de la tentation.

Aussi, histoire de couper court aux fantasmes qui fusent à tout-va dans mon esprit détraqué, je la soulève dans mes bras. Elle s'y love avec un petit gémissement de bien-être qui menace de me faire jouir dans mon froc. Durant une seconde, j'hésite entre sa chambre et la mienne. Eh ouais, j'en suis là…

Mais la voix de la raison, celle qui m'a maintenu en vie pendant que je croupissais en taule, est plus forte que tout. Voilà fort longtemps que j'ai réussi à dompter mes hormones et mon cœur au profit du bon sens. Ma survie en a dépendu et le peu de jugeote qu'il me reste n'arrête pas de me répéter que coucher avec Mika est une mauvaise idée.

Lorsque je la dépose sur son lit, elle murmure, à moitié comateuse :

— Yann…

Entendre mon prénom dans sa bouche est juste une putain de torture.

— Je suis là, chuchoté-je, la gorge nouée.

— Ne me laisse jamais…

— Jamais.

Puis, elle se tourne sur le flanc, et son souffle régulier m'indique qu'elle dort à nouveau profondément. Je la borde, me redresse et jette un regard distrait à la chambre. Contrairement à Ella qui est particulièrement ordonnée et méticuleuse, Mika est bordélique au possible. Incapable de m'en empêcher, je m'attarde pour ranger les documents qui traînent un peu partout — notant vaguement qu'elle est en train de rédiger un article sur les futurs transferts — et ses fringues balancées en tas sur un fauteuil en osier.

Puis, parce que je ne peux pas passer toute la nuit ici, je m'oblige à quitter la pièce. Tout ce que je peux faire pour tenter de me soulager, c'est prendre une douche et me branler sous le jet d'eau. Une fois de plus… Ce n'est pas comme si je n'en avais pas l'habitude, depuis sept ans. Alors, pourquoi cette idée est-elle particulièrement déprimante, ce soir ?

Chapitre 8

Mika

Le sourire aux lèvres, je sors de la salle de bains pour filer vers ma chambre et revêtir les dessous rouges que j'ai préparés. Yann rentrera dans moins d'une heure. C'est devenu un rituel que je m'endorme sur le canapé et qu'il me porte jusqu'à mon lit. Depuis deux semaines, je n'ai pas raté une occasion de lui montrer que je suis amatrice de dentelle. Hier, je suis d'ailleurs allée faire des courses dans un magasin de lingerie. La plupart du temps, je m'assoupis vraiment, mais il m'est arrivé à plusieurs reprises de jouer la comédie. J'aime l'idée qu'il me dévore du regard quand il pense que c'est à mon insu. Une seule fois, il a murmuré « je sais ce que tu es en train de faire, espèce de chipie », parce qu'il avait pigé que je ne dormais pas. J'ai ouvert les yeux, je lui ai souri et, au moment où il m'a couchée sur le lit, je l'ai enlacé pour lui faire un énorme smack sur la joue. « Je te prépare le dîner, tu me portes, c'est un deal équitable, me semble-t-il », ai-je simplement lancé. Il s'est redressé et a filé comme s'il avait le feu aux fesses. Mais le lendemain, contrairement à ce que je croyais, il ne m'a pas laissée en plan, et m'a à nouveau emmenée dans ma chambre.

Ce petit jeu est stupide et limite puéril, mais je l'adore. L'attendre, être tout excitée en entendant la clé dans la serrure, m'obliger à ne plus bouger, c'est juste incroyablement agréable. Cela fait partie de ces rares plaisirs auxquels je suis incapable de renoncer, au même titre que le regarder s'extasier devant un plat que j'ai mis des heures à confectionner ou l'aider avec ses cours. Vous voyez, je suis une fille simple, il m'en faut peu pour être heureuse.

Je suis allongée depuis une bonne demi-heure, sur le point de m'endormir, lorsque le carillon de la sonnette résonne. Les sourcils froncés, je me redresse. C'est bizarre, mon colocataire n'est pourtant pas du genre à oublier ses clés…

Encore un peu dans le coltard, je resserre mon gilet autour de moi et ouvre la porte d'entrée, sans avoir regardé par le judas. Dans mon esprit embrumé, il est évident qu'il s'agit de Yann. Mauvaise idée. Je m'en rends compte à l'instant où je découvre celui qui se tient devant moi. Enrique. Merde, non ! Mais qu'est-ce qu'il fiche là ? Visiblement, il est monté d'un cran dans son plan du parfait harceleur psychopathe.

Pas rassurée pour deux sous, je recule d'un pas, prête à refermer la porte. Je suis seule ici et, si je hurle, personne ne viendra m'aider. Dans cet immeuble, c'est chacun pour sa pomme, les gens se croisent dans l'escalier sans même se saluer. Au début, je disais bonjour à tout le monde, mais à force de me prendre des vents, j'ai fini par faire comme eux, à savoir ignorer royalement mes voisins. Le plus discrètement possible, je consulte ma montre. Il est 23 h 15, ce qui signifie que Yann ne sera pas là avant au moins vingt minutes. Et il peut s'en passer, des choses, pendant un tel laps de temps. À moi d'affronter cet homme dont je me suis crue amoureuse et qui m'a tant déçue. Ou pas. La solution de repli n'a rien de déshonorant, n'est-ce pas ? Sans prononcer un mot, je referme le battant, mais ce crétin a dû anticiper ma réaction, car il glisse son pied dans l'entre-bâillement, m'empêchant de lui claquer la porte au nez. Fait chier, j'ai manqué de rapidité !

— Fous le camp ! grogné-je entre mes dents serrées. Tu n'as rien à faire ici !

Il pousse le panneau de bois et tente d'entrer, mais je lui barre immédiatement l'accès.

— Si tu mets un pied dans mon appartement, j'appelle les flics. C'est clair ?

— Il faut qu'on discute, murmure-t-il de sa voix traînante.

Son accent sud-américain me faisait chavirer à une certaine époque. Aujourd'hui, je ne vois en lui qu'un *latin lover* de pacotille, un manipulateur né qui passe son temps à profiter de tout et de tout le monde. Je sais pertinemment que je ne suis pas la seule nana après qui il cavale, pas plus que je ne l'étais lorsque nous étions en couple, quand bien même sa femme est enceinte de leur deuxième enfant. Vous n'imaginez pas mon dégoût quand je l'ai appris. J'étais d'autant plus écœurée, qu'elle l'était déjà au moment où nous avons commencé à nous fréquenter.

— Je n'ai rien à te dire !

— Alors, c'est moi qui parlerai. Contente-toi de m'écouter.

Enragée, je m'avance de manière à bien lui cracher mon venin au visage.

— Et puis quoi encore ? Fiche-moi la paix, arrête de m'envoyer des cadeaux, j'en ai ras le bol de toi !

— Mais je n'arrive pas à te sortir de ma tête. Donne-moi une autre chance, on était bien tous les deux, non ?

— Tu es vraiment un grand malade ! Tu ne peux pas m'oublier, parce que c'est moi qui t'ai largué et ton ego surdimensionné ne parvient pas à l'accepter. Qu'est-ce que tu veux que je fasse d'un menteur pathologique dans ton genre ? Qui plus est en sachant que ta femme et ton gosse t'attendent chez toi. Et je ne parle même pas de celui qui va bientôt venir au monde.

— Mika, je t'aime.

— Ouais, c'est ça, j'en parlerai à mon cheval ! Rentre chez toi maintenant, et fous-moi la paix.

— Sans toi, je ne suis plus personne, je ne parviens pas à avancer.

— Dans ce cas, il ne te reste qu'à reculer.

Sauf qu'au contraire, Enrique fait un pas vers moi, si bien que nous nous retrouvons tout près l'un de l'autre. Lorsqu'il m'attrape par le bras, mon gilet s'entrouvre, dévoilant mes dessous. Avec précipitation, je referme les pans du vêtement, mais il est trop tard. Le regard embrasé de mon ex me confirme qu'il a tout vu. Merde, je suis dans une mouise intégrale ! Et Yann qui n'arrive toujours pas ! En songeant à lui, une idée me vient soudain à l'esprit. Après tout, n'était-ce pas le plan de départ ? L'excuse parfaite pour le persuader de vivre avec moi ?

— Mika, tu es si belle. J'ai tellement envie de toi…

Cette fois, je n'ai pas le choix, il faut que j'agisse. Je ne suis pas menteuse pour deux sous, bien au contraire. La franchise et l'honnêteté sont les qualités que j'apprécie le plus chez une personne. Mais à situation d'urgence, mesures d'urgence. De plus, Yann compte énormément pour moi et me plaît plus que n'importe quel mec, donc je ne vais avoir aucun mal à être crédible.

— Arrête de me harceler. J'aime un autre homme maintenant, alors laisse-moi tranquille !

— Quoi ? C'est vrai, cette histoire ? J'étais sûr que c'était juste des ragots de vestiaire. Déjà quand Nathan m'a raconté que son frère vivait chez toi, je me suis dit que c'était des conneries. Mais j'avais quand même des doutes et il faut croire que j'avais raison. Alors, comme ça, tu es en couple avec le frangin de Leray ?

Je souris, comprenant qu'il est venu ici pour vérifier si ce qu'il avait entendu était exact.

— Absolument.

— Mais ce crétin n'est personne, c'est juste la bonniche de son petit frère. C'est pour lui que tu me largues ? Je ne peux pas le croire ! Comment as-tu pu tomber si bas ?

— Je t'emmerde ! Ce n'est pas à toi de me dicter avec qui je dois faire ma vie et, tes critiques, tu peux te les coller là où je pense. S'il y en a un qui est mal placé pour me donner des conseils, c'est bien toi.

— Ne crie pas, ma chérie.

— Je ne suis pas ta chérie ! Tu es sourd ou quoi ? Je viens de t'expliquer que je suis amoureuse de Yann, que je vis avec lui, alors pourquoi tu insistes comme ça ?

— Pourquoi est-ce que tu mens ? Ce n'est pas possible que tu préfères ce raté, je suis tellement mieux que lui.

De quel droit le juge-t-il ? Il se pense supérieur ? Je rêve ! Il est cent fois, mille fois moins bien que lui. Je suis sur le point de lui répondre vertement, quand je vois une ombre se profiler derrière lui. Puis, soudain, on lui tape sur l'épaule. Enrique pivote sur lui-même pour découvrir mon colocataire, visiblement furieux. Comme Yann est beaucoup plus grand que lui, il semble se ratatiner sur place. Avec ses tatouages, ses muscles saillants et son regard torve, il est impressionnant. Très impressionnant même... Un sourire soulagé illumine mes traits. Enfin, il est là ! Bon sang, ce n'est pas trop tôt !

— Tu disais ? grince-t-il, clairement menaçant.

— Je... je... je...

— Alors, comme ça, tu viens emmerder ma nana à presque minuit ? Si tu allais retrouver ta tendre épouse et tes mômes pour changer ?

— Mika n'est pas ta nana. Toute cette histoire, c'est du flan.

— Ah bon ? Tu crois ça ?

Sans perdre une seconde, Yann contourne Enrique pour s'avancer vers moi. Cette fois, je m'écarte afin de le laisser entrer.

— Salut, chérie. Tu m'attendais ?

Je n'ai pas le temps de répliquer que déjà sa paume se glisse derrière ma nuque de manière à approcher mon visage du sien. Ses lèvres se posent sur ma bouche et, sans même m'en rendre compte, je passe mes bras autour de sa taille et je colle mon corps au sien. Nos langues se cherchent, se trouvent, et s'entremêlent avec passion et délectation. J'en oublie tout, y compris la présence d'Enrique. Lorsque ce dernier tousse, je reviens à la réalité. Si là, il n'a pas compris, c'est que j'ai affaire à un cas désespéré. Mes joues sont rouges, et mon regard brille d'excitation quand je pivote vers lui, toujours dans les bras de Yann.

— On est ensemble, et je suis vraiment amoureuse, alors, maintenant, rentre chez toi. Tu n'as plus rien à faire ici.

— Mika, je ne peux pas croire que tu aies tiré un trait sur nous, proteste-t-il malgré tout.

— À qui la faute ? Tu m'as prise pour une idiote et tu imagines qu'il suffit de te pointer chez moi avec la bouche en cœur pour que je te pardonne ?

— Tant qu'on y est, puisque tu m'as traité de *loser*, intervient mon colocataire adoré, je vais te dire ce que je pense de toi. À force de courir après tous les culs de Paris, tu en oublies l'essentiel, y compris sur le terrain. Au final, tu es en train de devenir une véritable chèvre, sans aucune utilité. Au moins, les biques tondent le gazon, elles ! Maintenant, casse-toi et assume tes conneries. Tu as joué avec Mika, tu as perdu. Ce n'est pas quand on a chié qu'il faut serrer les fesses. Désormais, il est trop tard, elle est avec moi, et je n'ai aucune intention de m'effacer devant un mec qui engrosse sa femme et fait croire à toutes les autres qu'il s'apprête à divorcer.

Je me retiens de rire en entendant son langage fleuri. Voilà un point commun entre les deux frères. Moi qui me demandais s'il pouvait y en avoir un, je découvre que c'est effectivement le cas. Pour ne pas montrer à mon ex que je suis en train de me marrer, j'enfouis mon visage dans la doudoune de Yann. Bon Dieu ! Qu'est-ce qu'il sent bon !

Enrique n'a pas le temps de protester que, déjà, il lui claque la porte au nez.

— Bon débarras, grogne-t-il en me serrant plus fort contre lui. La prochaine fois qu'il se pointe, tu me téléphones illico. Je m'occuperai personnellement de lui.

La rage froide que je sens en Yann, à cet instant précis, m'effraie autant qu'elle m'excite. J'adore cette impression d'être protégée. C'est vraiment très réconfortant. Je me redresse et m'écarte un peu, afin de croiser son regard. Le plus sérieusement du monde, je réponds dans un murmure :

— S'il a le malheur d'essayer de reprendre contact d'une manière ou d'une autre, j'appelle les flics et je porte plainte. Mon frangin se chargera de son cas.

— Il est policier ?

— Non, avocat.

— Ah. J'aime mieux ça…

Les sourcils froncés, je ne peux m'empêcher de l'interroger.

— Pourquoi ?

C'est la première fois que je m'y risque. Jusqu'à présent, je me suis obligée à ne pas fouiner pour en savoir plus sur lui. Et pourtant, les doigts m'ont démangée d'effectuer des recherches sur Internet à plusieurs reprises. Seulement, il m'a toujours semblé que ce n'était pas correct. De la même manière, rien ne lui permet de deviner que je suis au courant à propos de ses années de prison. Et ce, pour plusieurs raisons.

Primo, je ne voudrais pas mettre Ella dans une position inconfortable. Elle passerait pour une pipelette incapable de garder un secret. Nul doute que Nathan serait furieux, estimant qu'elle a trahi sa confiance. En même temps, ils n'étaient plus ensemble quand elle m'en a fait part, donc techniquement, elle n'a rien fait de mal. Mais avec un cas comme monsieur crétin arrogant, il faut s'attendre à tout. Secundo (et ça compte encore plus à mes yeux), j'aimerais l'apprendre de Yann. Je souhaiterais sincèrement qu'il se fie assez à moi pour me raconter cette épreuve. Or, ce n'est jamais arrivé jusqu'à présent. Mais je ne suis pas pressée, j'ai tout mon temps.

Pour le moment, tout ce qui m'importe, c'est de remédier à cette foutue frustration qui me rend dingue. Ma culotte s'embrase chaque fois qu'il est à proximité et, de plus en plus souvent, il m'accompagne dans mon sommeil. Et naturellement, ce ne sont pas des cauchemars… Non, ce sont des rêves érotiques qui se terminent systématiquement par un réveil brutal en plein milieu de la nuit. Il me faut alors des heures pour me rendormir, tellement je me sens vide et seule. Avant sa venue, je me masturbais pour me calmer. Mais je dois avouer que cela ne s'est plus reproduit depuis qu'il habite avec moi. J'aurais trop honte s'il s'en rendait compte.

Yann est complètement figé, très mal à l'aise, de toute évidence.

— Euh… c'est-à-dire que je n'aime pas trop les flics, finit-il par admettre en évitant mon regard.

Je décide aussitôt de la jouer cool.

— Comme beaucoup de monde. De toute façon, ils ne sont jamais là quand on a besoin d'eux.

— Ouais, c'est exactement ça.

Ou autre chose, songé-je de plus en plus curieuse. Ce serait tellement tentant de chercher à en apprendre plus.

Il recule d'un pas pour établir une distance entre nous. Dès l'instant où je quitte le giron de ses bras, sa chaleur me manque. Ça devient dramatique, cette histoire… Et de toute évidence, il va vraiment falloir que je sorte l'artillerie lourde pour le séduire. Nous ne pouvons décemment pas continuer ainsi. C'est malsain et cruel.

Mais tu tiens énormément à son amitié. Yann est un mec super gentil et très prévenant. Si vous couchez ensemble, ça peut tout foutre en l'air : votre entente, votre complicité… La relation que vous avez construite depuis qu'il vit ici changera irrémédiablement, et tu ne peux pas prédire si ce sera en bien ou en mal. Quelques moments de plaisir justifient-ils un tel risque ? me souffle ma raison, à juste titre.

Ouais, carrément, rétorque ma libido qui n'en peut plus de ronger son frein.

Bien sûr que non, enchérit mon cerveau. *Ça ne vaut pas le coup, il y a trop peu de chances pour que les choses finissent bien entre vous. Ce mec est complètement fracassé, tu le sais très bien et tu l'as toujours su. C'est probablement ce qui te plaît tant chez lui, d'ailleurs.*

C'est vrai, concédé-je in petto.

Et merde !

Chapitre 9

Yann

Si je m'écoutais, je la soulèverais sur mon épaule pour la jeter sur mon lit où je la baiserais pendant des heures et des heures. Résister à Mika Moreau est de plus en plus difficile chaque jour. Surtout quand elle se trouve dans mes bras, juste vêtue de mon gilet et de dessous en dentelle rouge. Le tout assorti à mes chaussettes qui sont de la même couleur. Habituellement, je ne supporte pas qu'on se serve dans mes affaires, mais avec elle c'est différent. J'adore la voir porter mes fringues, même si après ça il en manque dans mes tiroirs. Cette adorable peste aura ma peau, je n'ai aucun doute à ce sujet. Quoi qu'elle fasse, quoi qu'elle dise, je ne parviens pas à lui en vouloir. Si seulement, elle n'était qu'une bimbo aussi blonde qu'idiote. Mais même pas… C'est une femme d'une gentillesse confondante, qui a le cœur sur la main, malgré sa grande gueule. Et je ne vous parle pas de son intelligence, ou de la patience dont elle fait preuve quand elle m'aide pour mes devoirs. C'est sans commune mesure avec Ella qui causait chinois pour moi, dès qu'elle ouvrait la bouche pour m'expliquer quelque chose.

J'ai également découvert un aspect de sa personnalité que peu de gens doivent connaître. Sous ce caractère bien trempé se cache une extrême fragilité. Evidemment, elle n'est pas abîmée comme je le suis. Malgré tout, j'ai l'impression qu'elle a développé un véritable complexe d'infériorité en vivant pendant des années dans l'ombre de sa sœur si brillante. Et je suppose que cela n'a pas été simple. Je soupçonne d'ailleurs que c'est ce qui a conditionné la rébellion dont elle a fait preuve, notamment en s'opposant à ses parents sur le choix de ses études et son métier. Mais il n'en reste pas moins que la fêlure est bien présente. Je la remarque de temps à autre, au travers d'un regard ou d'un soupir. D'après ce que j'ai cru comprendre, elle est un peu considérée comme l'idiote blonde de la famille, la poupée Barbie sans cervelle. Alors qu'elle est tout, sauf ça. La résumer à une belle tête et un coup facile serait particulièrement réducteur. Je suis parfaitement au courant de sa vie sentimentale quelque peu chaotique, Nathan s'est chargé de me mettre au parfum, il y a un moment déjà. Mais, là aussi, je pense qu'il ne faut pas s'arrêter aux quelques aventures qu'elle a pu avoir avec des joueurs de foot. Après tout, elle est jeune, superbe et libre. À son âge, j'avais eu dix fois plus de plans cul qu'elle. Donc…

Avec réticence, et parce que j'ignore comment gérer ce qu'elle m'inspire, je m'écarte et retire ma veste. Il faut que je mette une certaine distance entre nous pour retrouver un semblant de sang-froid.

— Je vais dîner. Qu'est-ce que tu m'as préparé ce soir ?

Je vois bien qu'elle est déçue, même si elle tente de faire bonne figure. Hélas, je ne suis pas celui qu'elle attend. Je le sais, et elle le sait aussi, mais elle n'a pas l'air de vouloir l'admettre.

— Yann…

Mon sourire s'efface, et je suis soudain plus sérieux.

— Mika, tu devrais aller te coucher, il est tard.

— Mais je…

— Crois-moi, ça vaut mieux pour tout le monde. Surtout pour toi.

Elle ouvre la bouche, la referme, et finit par me tourner le dos pour prendre la direction de sa chambre, la tête basse. Combien de temps tiendrons-nous à ce rythme ? Je n'en ai aucune idée, mais ça devient très compliqué. Le plus judicieux serait que je parte d'ici pour m'installer ailleurs. Hélas, j'en suis parfaitement incapable. J'adore cet appartement, tout comme j'aime qu'elle m'attende le soir à mon retour de l'université. Et je ne suis pas prêt à y renoncer. Pas encore…

Dépité, je me rends dans la cuisine où je découvre une part de tarte au fromage de chèvre et à la tomate encore tiède dans le four. Comme elle n'ignore pas que je suis un bec sucré, il y a systématiquement un dessert pour terminer mon dîner en beauté. Ce soir, c'est de la mousse au chocolat. Sans appétit, j'attaque mon repas. Je suis à la fois préoccupé par la venue de ce faux-cul d'Enrique dont l'attitude devient inquiétante et par ce qui nous arrive, à elle et à moi. Bref, c'est un sacré bordel.

À 1 heure 30 du matin, je ne dors toujours pas. J'ai commencé un roman pour tenter de me détendre, mais ça ne fonctionne pas. *La quiche fatale* de M.C. Beaton ne parvient pas à me faire oublier la sublime créature qui se trouve à quelques mètres de moi. Pourtant, Agatha Raisin est comme qui dirait un véritable tue-l'amour.

En désespoir de cause, je file sous la douche après mon habituel passage aux toilettes. Quand je me recouche, je comprends que rien n'y fera, je ne suis pas près de pioncer. Alors, parce que je n'arrête pas de penser à elle, je me caresse comme presque tous les soirs. Lentement, pour faire durer le plaisir. Les yeux fermés, j'imagine que c'est elle qui me masturbe en me susurrant des mots cochons.

— Mika…

C'est plus un gémissement qu'autre chose. Mais alors que je suis sur le point de jouir en murmurant à nouveau son prénom, survient un truc que je n'aurais jamais cru possible.

— Maintenant, ça suffit ! s'exclame sa voix rauque en s'emparant de ma couette pour l'écarter brutalement.

Mortifié, je découvre que l'objet de mes fantasmes est debout devant mon lit et m'observe pendant que je suis en train de me branler. Nom d'une pipe, mais depuis combien de temps est-elle là ?

Chapitre 10

Mika

Depuis le moment où je me suis enfermée dans ma chambre, après avoir été gentiment congédiée par un Yann plus ombrageux que jamais, je n'arrive pas à fermer l'œil. Alors, comme la pathétique imbécile que je suis, je l'écoute pendant qu'il est dans la cuisine, puis dans sa chambre, et enfin dans la salle de bains. Il faut avoir un sacré grain pour en être réduite à cela… Je me fais pitié à moi-même.

Vers 2 heures du matin, n'y tenant plus, je décide de travailler un peu, histoire d'oublier le désastre qu'est ma vie sentimentale en ce moment. C'est terrible, parce que je sais parfaitement que je lui plais. Mais il refuse tout rapprochement. Donc, à moins de lui sauter dessus, je ne vois pas ce que je peux faire de plus. Merde, ne lui ai-je pas assez montré qu'il m'attirait ? Il est intelligent, alors il a forcément compris. Et pourtant… Il allume ce feu en moi, de plus en plus souvent, mais ne l'éteint jamais. Ah ça, quand il faut passer aux choses sérieuses, il n'y a plus personne !

J'aimerais pouvoir me dire qu'il me suffirait d'aller au Showcase pour me taper n'importe qui d'autre et faire une croix sur lui, mais ce n'est pas si facile. Sa résistance attise plus encore l'envie que j'ai de lui, et aucun coup d'une nuit ne parviendra à changer ça. J'aurais même l'impression de tout gâcher en agissant ainsi. C'est simple : son amitié ne me suffit plus. C'est sans doute le cas depuis un moment, mais j'ose enfin me l'avouer. Je veux plus, et chaque rejet est plus douloureux que le précédent. Dans ces conditions, me risquer à le draguer devient particulièrement compliqué. En attendant, je me sens frustrée sexuellement et de plus en plus à fleur de peau.

Au moment de m'installer à mon bureau, je m'aperçois que mon ordinateur portable est resté sur la table du salon où j'ai bossé durant une partie de la soirée. Je présume que Yann doit dormir maintenant, puisque je ne perçois plus aucun bruit dans l'appartement. À pas de loup, j'avance dans le couloir en forme de T. Chaque chambre à coucher est à un bout, elles sont séparées par les toilettes et la salle de bains. La cuisine se trouve près de l'entrée, et le séjour est situé en face. J'adore cet endroit, je l'ai toujours aimé. Depuis que j'ai commencé à travailler, je mets de l'argent de côté afin de pouvoir le racheter un jour à mes parents.

Lorsque je passe devant la chambre de Yann, dont la porte n'est pas fermée, j'entends un gémissement étouffé. À ce bruit, je me fige.

— Mika…

Je dois avoir la berlue, il ne peut pas être en train de prononcer mon prénom avec une telle voix… Comme je suis juste devant sa chambre, je penche la tête par la porte entrouverte pour essayer de voir ce qu'il fabrique. Ses volets ne sont pas baissés, si bien que la lumière de la lune se reflète directement sur le lit. Et là, je suis comme statufiée. Le mouvement sous la couette qui monte et qui descend doucement m'indique sans le moindre doute possible à quoi il est occupé. En clair, il est en train de se masturber et, selon toute probabilité, il fantasme sur moi. Le sang se met à rugir dans mes veines, tandis que je sens une excitation incontrôlable balayer le peu de bon sens qu'il me reste.

Merde à la fin, j'en ai ras le bol de toutes ces conneries ! Je me rends compte que si je ne prends pas les choses en mains — et c'est vraiment le cas de le dire —, nous allons encore tourner en rond durant des lustres, jusqu'à finir complètement dingos.

Silencieusement, j'entre dans la pièce pour me poster tout près de son lit. L'admirer pendant qu'il se touche en sachant qu'il pense à moi est un puissant stimulant pour ma libido. Si j'avais déjà décidé d'abréger nos souffrances à tous les deux, le voir ainsi me conforte dans l'idée qu'il n'y a aucune autre alternative.

— Maintenant, ça suffit !

C'est le cri du cœur, mais également celui de mes hormones qui n'en peuvent plus de désirer cet homme. D'un geste brusque, j'attrape la couette pour la tirer en arrière. Et, mon Dieu, le spectacle qui se joue devant moi est plus fantastique que le meilleur des pornos. La sensualité qui exsude de ce grand corps si mâle et si sauvage me rend carrément dingue. Son regard, quand il me découvre, est épouvanté, comme si c'était honteux pour lui de se donner du plaisir. Pourtant, il n'y a rien de plus naturel, tout le monde fait ça. Ceux ou celles qui disent qu'ils n'y ont jamais eu recours sont des menteurs. Yann est un mec assez pudique, je l'ai déjà remarqué à plusieurs reprises, que ce soit dans son comportement ou dans la réserve dont il fait preuve au sujet de son passé par exemple. Il doit d'ailleurs être persuadé que je ne suis au courant de rien.

— Mika, mais qu'est-ce que… ?

Il cesse brutalement de parler lorsqu'il me voit retirer mon T-shirt et ma culotte. Son regard semble fasciné par ce qu'il découvre. Si mes suppositions sont exactes — et je suis de très près tout ce qui concerne sa vie privée —, il n'a eu aucune petite amie depuis qu'il est sorti de prison. Autrement dit, il n'a pas fait l'amour avec une femme depuis plusieurs années.

Si je commence à réfléchir de cette façon, tout ce que je vais gagner, c'est de me coller la pression. Je décide donc de ne plus penser à rien, lorsque je m'allonge sur le matelas près de lui.

— Mika, non…

Ce mec est une contradiction ambulante à lui tout seul, pire qu'un adolescent. Il proteste, mais ses bras se resserrent autour de mon corps pour me rapprocher de lui.

— Mais si…, je réplique avec un sourire rassurant.

L'une de ses paumes erre sur mon dos, pour finir par se poser sur mon postérieur. Le visage niché dans son cou, je hume ce parfum si particulier qui n'appartient qu'à lui. Puis, mon nez caresse son oreille dont j'attrape le lobe pour le mordiller. Un soupir haletant me répond, et sa main se crispe sur ma fesse, jusqu'à me faire mal. Je parie que j'aurai des bleus à cet endroit demain, mais je m'en fiche. Mon excitation est si violente que je ne sens même pas la douleur, ou alors elle se couple à merveille avec toutes les autres sensations que j'éprouve. Pendant ce temps, ma langue trace les contours de son pavillon, ce qui le fait gémir. Aventureux, mes doigts découvrent la peau de son torse musclé, avant de se diriger vers ses abdominaux si parfaitement dessinés, puis de descendre plus bas.

Mais je n'ai pas le temps de toucher son sexe que, déjà, il a attrapé mon poignet pour le maintenir au niveau de son ventre. Ah non ! S'il m'arrête maintenant, je jure que je le tue. Et tant pis si je fais la une de la rubrique faits divers du canard local. Vous imaginez les titres ? *« Une journaliste trucide son colocataire à coups d'escarpins, parce qu'il refusait de la baiser. »* Avouez que ça en jetterait.

— Je… je…

La gêne qu'il a l'air de ressentir me fait immédiatement revenir à la réalité. Je me redresse pour l'observer plus attentivement, même si c'est compliqué puisqu'aucune lampe n'est allumée. Le peu que je vois m'indique qu'il est tendu. Je parierais d'ailleurs ma collection de strings qu'il est rouge de confusion. Mais enfin, pourquoi ?

— Yann ? Qu'est-ce qui ne va pas ?

J'ai posé la question en prenant ma voix la plus douce. Cet

homme me fait toujours l'effet d'un animal sauvage qu'il ne faut surtout pas effrayer.

— Ça fait si longtemps que je n'ai pas…

Je lui souris avec toute la tendresse dont je suis capable. Sa gêne si palpable, son attitude craintive et ses joues que je sens cramoisies me donnent juste envie de le serrer contre moi pour le bercer. C'est sans doute ce que je ferais si je n'étais pas littéralement menacée de combustion spontanée.

— C'est comme le vélo, ça ne s'oublie pas. Laisse-moi faire, tu verras.

Il semble pensif et, l'espace d'une seconde, je redoute une nouvelle rebuffade. Surtout quand il allume la lampe de chevet. Là, clairement, dans ma tête, c'est mort. Je n'aurai plus qu'à me noyer dans un puits pour cacher ma honte.

Mais, à ma grande surprise, lorsqu'il se tourne vers moi, ce que je lis dans son regard n'a rien d'un rejet. J'y découvre de la convoitise, un désir brûlant et une détermination peu commune. Il n'a pas l'air de se dégonfler, c'est plutôt tout le contraire. J'en tremble d'anticipation.

— T'as raison, ça suffit les conneries ! Il est temps de faire redescendre la pression.

Même sa voix a changé. Elle est devenue directive, un brin autoritaire, et plus rauque. Ça me met dans un état que je ne saurais même pas décrire…

Longuement, il m'observe, de la tête aux pieds. Je crains un instant de ne pas lui plaire. Je ne fais pas partie des standards habituels, contrairement à Ella. Ma jumelle peut manger ce qu'elle veut, elle ne prend pas un gramme, tandis que moi, j'ai trois kilos de plus au compteur rien qu'en la regardant s'empiffrer. Mes hanches sont un peu trop rondes, et j'ai un petit bourrelet au niveau du ventre qui montre que j'aime la bonne bouffe. En revanche, mes seins sont pas mal, à la fois lourds et fermes, et mes jambes sont fines et bien galbées. L'ennui, c'est que je ne connais rien des goûts de Yann en matière de femmes. Comment savoir si ce qu'il voit lui plaît ?

— Putain, tu es sublime ! souffle-t-il, les yeux brillants.

Je pousse un soupir de soulagement que j'espère discret, mais qui ne l'est visiblement pas tant que ça, à en juger son rire amusé. Je relève les bras pour me cambrer, histoire qu'il n'oublie pas pour quelle raison nous sommes là.

— Embrasse-moi.

Ses prunelles s'embrasent littéralement et, la seconde suivante, il est collé à moi. Juste avant de poser ses lèvres sur les miennes, il murmure de sa voix qui me fait frissonner :

— Tu es sûre de toi ? C'est vraiment ce que tu veux ? Si je commence, je n'arriverai pas à m'arrêter.

— Tu crois que je serais ici à me trémousser, si je n'en avais pas une envie folle ? J'aime bien ton côté gentleman, mais j'adorerais découvrir l'homme des cavernes qui sommeille en toi, à présent. Alors, tu m'embrasses ou pas ?

— Je t'aurai prévenue.

— D'accord, mais tu m'embrasses ?

— Oh bon sang, oui !

Sa bouche est déjà sur la mienne, tandis que j'enlace ses épaules pour le ramener plus près de moi. J'ai l'impression que quoi que je fasse, il ne sera jamais assez proche. Nos langues se cherchent, se trouvent et s'entremêlent avec délectation. Sentir son torse chaud et dur contre mes seins provoque une véritable décharge électrique en moi. Je ne suis pas vraiment ce qu'on appelle une débutante en matière de relations intimes, mais je n'ai jamais ressenti un truc pareil. Est-ce la frustration de ces semaines à le désirer sans pouvoir assouvir cette attirance ou autre chose de plus profond ? Je n'en ai aucune idée, mais j'ai bien l'intention de creuser la question. Plus tard. Parce que là, j'ai mieux à faire.

Ma tension monte d'un cran quand les mains de Yann entrent dans la danse. Elles tremblent, mais j'ai l'impression qu'elles sont partout. Enfin, partout sauf… Alors qu'en règle générale, je serais plutôt du genre à attraper son poignet pour le poser exactement où je veux, cette fois, je n'en fais rien. Je le laisse agir à sa guise. C'est lui qui décide, pas moi. Encore une nouveauté.

Son visage niché dans mon cou me rend dingue, d'autant qu'il s'en prend à mon oreille qu'il torture à coups de langue et de mordillements, avant de descendre vers ma gorge qui a droit au même traitement. Les doigts dans ses cheveux bouclés, je savoure ce contact, les paupières closes. Ma peau est tellement hérissée par la chair de poule que je me demande si c'est normal. Lorsqu'il arrive au niveau de mes seins et qu'il se jette goulûment dessus pour les sucer avec ardeur, je suis au bord de l'implosion.

— Yann… Yann… S'il te plaît…

Je n'arrête pas de le supplier, parce qu'il m'en faut plus, beaucoup plus, toujours plus. Le pouvoir que ses caresses ont sur mon corps est juste inouï.

Enfin, il accède à mes prières en posant sa main sur mon sexe. Nom d'une pipe, ce n'est pas trop tôt ! Un premier doigt s'enfonce en moi, et j'en crie de plaisir. Lorsque son index rejoint son majeur au creux de mon ventre, je suis déjà sur le point de jouir. Dès qu'ils se mettent à bouger, je sens la houle me gagner. Pendant ce temps, il continue à torturer mes tétons avec un savoir-faire qui m'époustoufle. Ce n'est pas une partie de mon anatomie particulièrement sensible en temps normal, même si j'apprécie qu'on s'en occupe. Mais là, tout est très différent. Je suis dans une nouvelle dimension, à un tout autre niveau. Les sensations que j'éprouve sont si intenses que ça me ficherait la frousse si je n'étais pas aussi excitée. Mon entrejambe est trempé, alors que je ne suis pas du genre à mouiller comme une fontaine. Habituellement, je n'accède à l'orgasme que quand on stimule mon clitoris. Or, jusqu'à présent, il n'y a pas touché. Et pourtant... la seconde suivante, je sens mon corps tout entier se crisper autour de ses doigts qui s'enfoncent de plus en plus vite et de plus en plus fort en moi. Je me tortille dans tous les sens, je geins et j'explose avec tant de force que j'ai l'impression de voir des étoiles. Waouh !

J'en suis déjà à me demander comment lui retourner la politesse, quand Yann me souffle à l'oreille :

— Encore...

Il me faut une seconde pour revenir à la réalité et me rendre compte que son index et son majeur, désormais dégoulinants, sont toujours en moi. Interloquée, je fronce les sourcils et le dévisage.

— Encore ?

— Ouais, je veux que tu jouisses encore. J'aime tes seins, mais j'ai raté le meilleur.

— Le meilleur ? je répète stupidement.

— Absolument. Je tiens à regarder ton visage quand tu prends ton pied. Tu es si belle...

Hélas pour lui, ce ne sera pas pour tout de suite. Vu la violence de l'orgasme qui vient de me balayer, il va me falloir un temps de récupération avant de recommencer.

— J'ignore si ce sera possi...

Je m'interromps brusquement quand son pouce trace des cercles autour de mon clitoris gonflé, tandis que ses doigts magiques se remettent en mouvement. Et moins d'une minute plus tard, je hurle à nouveau de plaisir, mon corps ayant visiblement des ressources insoupçonnées. Aussi incroyable que cela puisse paraître, c'est encore meilleur que la première fois. Savoir qu'il est en train de m'observer pendant que je grimpe aux rideaux y est sans doute pour beaucoup.

Je me laisse aller sur l'oreiller, à la fois épuisée et pleinement satisfaite. C'était encore mieux que je ne l'avais imaginé, et il n'a utilisé que la main. Qu'est-ce que ce sera quand il se servira de sa bouche ou d'autre chose ? Un cataclysme, à coup sûr. Mais pour l'heure…

Je me redresse pour croiser son regard, si beau et si brillant d'excitation. Il faut que je m'occupe de lui maintenant et de manière assez convaincante pour qu'il ait envie de recommencer le plus vite possible. À moitié allongée sur lui, je décrète :

— À mon tour.

Yann sourit d'un air lubrique. Il doit croire que je vais l'imiter et me contenter de le branler. C'est là qu'il se trompe…

Mes lèvres se posent sur les siennes, et ma langue explore sa bouche sans la moindre retenue. Les doigts plongés dans mes cheveux, il ne peut s'empêcher de gémir. C'est bon signe. J'aime l'idée de le rendre complètement fou.

Lorsque je bifurque vers son oreille, puis son cou, je sens sa respiration s'accélérer. Mais ce n'est rien comparé à sa réaction quand ma bouche glisse sur son torse, s'arrête pour titiller ses tétons avant de descendre vers son nombril et de mordre doucement sa hanche.

Après avoir tranquillement joué à suivre le contour de ses abdominaux merveilleusement bien dessinés et le V de son bassin, je décide d'abréger ses souffrances. Ma langue passe sur toute la longueur de son pénis que j'aspire ensuite. Enfin, autant que je le peux, parce qu'à moins de s'appeler gorge profonde, il est absolument impossible de le prendre en entier dans ma bouche. Son sexe est à la fois trop long et trop épais pour ça. Rien que de l'imaginer en moi, je sens déjà l'excitation me gagner à nouveau. Sans hâte, je me mets à le sucer, savourant la douceur de sa peau, la dureté de ce membre qui semble si heureux du traitement que je lui inflige. Une de mes mains tient l'objet de mon attention bien en l'air, tandis que je pose l'autre sur ses testicules pour les masser. Un véritable rugissement suit cette initiative, et je comprends qu'il adore ce que je lui fais. Alors, je lèche, je gobe, jouant de ma langue pour qu'il éprouve toujours plus de sensations, en ignorant la crampe qui engourdit ma mâchoire.

— Mik… Mika… il faut que tu arrêtes, je…

Quoi ? Et puis quoi encore ? Pas question ! Je n'ai aucun problème à avaler. J'irai carrément plus loin, j'aime sucer et avaler. Je resserre ma prise et continue à le torturer sans tenir compte de son avertissement, même si j'apprécie qu'il ait eu la délicatesse de me prévenir.

Quelques secondes plus tard, je sens une première giclée de sperme envahir ma bouche. Il jouit longuement, si fort que je me demande si je ne vais pas m'étouffer. Pour autant, et même si ça semble ne pas vouloir s'arrêter, je récupère tout ce qu'il a à me donner. C'est une réelle fierté de constater que je lui ai offert beaucoup, beaucoup de plaisir.

— Oh bordel… grogne-t-il en se laissant retomber sur le matelas.

Je ris et lape les dernières gouttes de liquide avant de me redresser pour me coucher près de lui. Si avec ça il n'a pas compris qu'il y a une véritable alchimie entre nous et que celle-ci est assez intense pour mériter d'être explorée, je ne sais plus quoi faire. Je suis sûre que notre couple improbable a un vrai potentiel. Il faudrait juste qu'il s'en rende compte également. Jusqu'à ce soir, il freinait des quatre fers, mais peut-être que ce qui vient de se passer va l'aider à revenir sur ses positions.

Sa respiration est saccadée, comme s'il venait de courir le marathon de New York, et je ne peux m'empêcher d'arborer un air satisfait en sachant que c'est moi qui l'ai mis dans cet état. Le sourire extatique qu'il m'adresse vaut toutes les récompenses du monde.

— Viens là, murmure-t-il en m'enlaçant avec une tendresse qui me remue véritablement.

— Tout va bien ?

— Mieux que bien et c'est grâce à toi. Laisse-moi dix minutes pour récupérer, et je te jure que je te rendrai la politesse.

Je me love contre son grand corps chaud. À cet instant précis, le fait qu'il veuille me faire un cunni n'est pas ma préoccupation principale. Tout ce que je désire, c'est savourer cette complicité incroyable qui nous lie. Jamais je ne me suis sentie aussi proche, ni autant en phase avec un homme.

Malgré tous mes efforts, mes paupières deviennent lourdes et finissent par se fermer comme si elles étaient lestées de plomb. C'est ainsi que je m'endors, heureuse et totalement comblée, ce qui ne m'était pas arrivé depuis un bon moment.

Chapitre 11

Yann

À l'instant où j'ouvre les yeux, je sais qu'il y a une embrouille, et de taille. Putain, mais qu'est-ce que j'ai fait ? Et qu'est-ce qui s'est passé au juste ? Le cul ferme et rebondi de Mika contre ma hanche me donne une indication sur l'ampleur du problème. Aussitôt, tout me revient à l'esprit. La manière dont elle m'a surpris, alors que je m'astiquais le manche en fantasmant sur elle, celle dont elle a viré la couette pour s'assurer que c'était bien ce qu'elle croyait, celle dont je l'ai embrassée et touchée. Bordel, j'aurais pu caresser son corps magnifique pendant des heures. La voir jouir simplement grâce à ma main a été un pied intégral. Et que dire de ses seins sublimes, de sa peau si douce qui était en permanence hérissée par la chair de poule, et de ses gémissements qui me rendaient littéralement dingue ? Je ne parle même pas de la pipe extraordinaire qu'elle m'a faite ensuite, sans rien exiger en retour. Pourtant, elle n'aurait pas eu besoin de me le demander, j'étais prêt à la lécher pendant tout le reste de la nuit, jusqu'à choper des ampoules sur la langue. Mais elle s'est endormie dans mes bras, confiante et sereine, et j'ai fini par en faire autant.

Malheureusement, ce matin, la réalité m'apparaît dans toute sa splendeur, et je suis anéanti par ma propre débilité. Merde, Mika n'est pas une fille pour moi, je le sais depuis le début. Elle est quelqu'un, alors que je ne suis personne. Elle mérite ce qu'il y a de mieux en matière d'hommes et certainement pas un raté dans mon genre, criminel de surcroît. Car, enfin, soyons lucides, rien de bon ne peut ressortir de cette histoire. Et au final, quand tout se terminera, ce sera le foutoir pour tout le monde. Pour moi, parce que je me retrouverai SDF et triste à mourir. Pour Ella, qui sera le cul entre deux chaises à devoir prendre parti pour sa sœur alors qu'elle est en couple avec mon frangin. Et même pour Mika qui sera à nouveau seule dans cet appartement. Contrairement aux apparences, elle a au moins autant besoin de moi que moi d'elle. Cette fille est une véritable contradiction ambulante, à la fois fêtarde et casanière, éprise de liberté et dépendante des gens qu'elle aime, grande gueule pas diplomate pour deux sous et soucieuse des autres, bavarde et secrète.

Pour essayer d'y voir plus clair, je décide de sortir du lit. Rester, c'est risquer de ne pas pouvoir résister à la tentation que représente cette femme magnifique. J'enfile juste un caleçon et un jean, puis je me rends dans la cuisine pour me préparer une tasse de café. C'est le minimum syndical pour réussir à réfléchir posément. Dire que je suis dans une merde noire est un euphémisme. Car, comment ne pas me rappeler que Mika est journaliste et très ambitieuse ? La laisser m'approcher, c'est lui donner l'opportunité de découvrir mon passé et d'en parler à tout le pays. Je refuse d'écorner l'image de mon frangin, quand bien même il n'a pas eu besoin de moi pour ça. Toutefois, depuis qu'il est à nouveau en couple avec Ella après le retour d'Alep de celle-ci, il a redoré son blason. Sa meuf est vue comme une héroïne des temps modernes et la victime d'un complot. Du coup, il est remonté dans les sondages d'opinion et en passe de devenir le joueur le plus populaire en France, d'autant qu'il a marqué deux buts au cours d'un match de la sélection nationale dans le cadre des qualifications pour la Coupe du monde qui se déroulera en Russie l'année prochaine. Les petits fiancés des Français, voilà comment ils sont surnommés, Ella et lui.

Alors, imaginez de quelle façon les journalistes se déchaîneraient s'ils venaient à apprendre que son frangin, et accessoirement secrétaire particulier, est un meurtrier qui sort tout juste de taule. Impossible ! Ce serait un véritable suicide médiatique.

Ouais, mais Mika n'est pas une charogne, me souffle ma conscience, *elle ne te ferait jamais ça.*

Tu n'en sais rien du tout, je réponds in petto. *La presse est toujours à l'affût d'un bon scoop.*

— Salut beau gosse, murmure une voix grave et sensuelle qui me fiche des frissons le long de la colonne vertébrale.

Le regard perdu dans le vide, face à la fenêtre de la cuisine qui donne sur la cour intérieure, je sursaute et pivote sur moi-même pour l'observer. Nom de Dieu ! Elle porte mon T-shirt et rien d'autre. Comment est-ce que je peux espérer lui résister quand elle est si sexy dans ce vieux truc qui ne ressemble à rien ?

— Salut.

J'essaie de me composer une attitude décontractée, mais tout en moi respire la crispation.

— Un café ?

— Bien volontiers.

Elle entre dans la pièce et s'approche de moi, sans doute pour m'embrasser, mais je m'empresse de lui tourner le dos pour mettre une capsule dans la machine. Quand je lui tends sa tasse, elle est assise à la table, les sourcils froncés. Elle a clairement pigé que je viens de lui mettre un vent. Je suppose qu'elle ne s'y attendait pas.

— Tu veux prendre ton petit déjeuner ? je m'enquiers gentiment pour tenter de détendre l'atmosphère soudain pesante.

— Non, merci. Je n'ai plus faim tout d'un coup.

Sa mine chafouine me tord l'estomac, mais je ne peux pas me

laisser attendrir, quand bien même j'en crève d'envie. Elle est si belle que je pourrais en pleurer... Putain, la vie est vraiment mal foutue !

— Écoute, Mika... Je... je ne sais pas comment te dire ça, mais cette nuit... c'était une connerie monumentale.

— Eh bien, tu viens de le faire et pas de la manière la plus diplomate, ironise-t-elle.

— Nous avons commis une erreur, jamais nous n'aurions dû laisser les choses aller si loin.

— Ah non ! proteste-t-elle, les joues rouges. Je suis ta colocataire, je me croyais ton amie et j'espère depuis le début être plus que ça. Alors, s'il te plaît, évite les formules bateau qu'on débite à une nana dont on ne sait pas comment se débarrasser.

À ses yeux brillants, je comprends qu'elle est très déçue. Sa franchise est tout à son honneur, mais ça ne change rien. Entre elle et moi, rien n'est possible. Plus vite nous l'accepterons tous les deux, mieux nous nous porterons. Avec un peu de chance, les choses pourront redevenir comme avant, même si j'en doute sérieusement.

— Ce qui s'est passé cette nuit ne signifie donc rien pour toi ?

Je détourne le regard, mal à l'aise. J'aimerais pouvoir lui mentir avec aplomb, mais je n'y parviens pas. Mika est une belle personne, elle ne mérite pas que je me foute d'elle.

— Ce n'est pas ça, tenté-je de biaiser.

— Oui ou non. C'est simple, pourtant. Arrête de tourner autour du pot et réponds-moi.

— Non. Je n'y attache aucune importance.

Je baisse la tête pour ne pas affronter sa colère. Lui raconter des salades est un crève-cœur, mais lui donner de faux espoirs serait pire encore.

— Dans ce cas, pourquoi...

Lorsque je l'observe à nouveau, elle ne semble pas furieuse, comme je l'avais imaginé. Non, elle a l'air sincèrement peinée et sa résignation me fait grincer des dents. Mais je n'ai pas le choix, je dois me blinder.

— Pourquoi quoi ? Pourquoi t'avoir laissée me sucer ? Quel mec refuserait une bonne pipe ? J'ai pris ce que tu m'offrais sur un plateau, ni plus ni moins. C'est toi qui es venue à moi, toi qui m'as sauté dessus. Je ne t'ai jamais rien demandé !

À son expression, je sais que je l'ai profondément blessée. Mais encore une fois, je n'ai pas d'autre alternative.

— C'est minable, ce que tu fais, murmure-t-elle d'une voix blanche. Tu me donnes juste le sentiment d'être une vulgaire traînée, une espèce de nympho pathétique. Que tu ne veuilles pas de moi, c'est une chose. Mais ne me rabaisse pas de cette façon. Je vaux mieux que ça.

Puis, sans un mot de plus, elle se lève et quitte la cuisine avec sa tasse, me laissant figé devant mon café. Je me dégoûte moi-même. Comment ai-je pu tomber aussi bas ? Dénigrer ce que nous avons vécu était la solution de facilité. Cependant, je n'étais pas obligé d'emprunter ce chemin. Mais quelle autre option avais-je ? Lui avouer la vérité ? Impossible.

Longtemps après, je retourne dans ma chambre. Mon T-shirt est plié sur le lit qu'elle a pris soin de faire. Je crois que j'aurais préféré qu'elle hurle, me fasse une scène d'enfer, me traite de tous les noms, et me foute dehors. Au moins, les choses auraient eu le mérite d'être claires. Or, là, elle a agi avec un calme olympien, ce qui ne lui ressemble pas. Je profite que la salle de bains soit libre pour me doucher et me laver les dents.

Lorsque j'en ressors, un quart d'heure plus tard, je repère tout de suite le sac de voyage posé dans l'entrée. Une peur panique m'envahit instantanément. Est-ce qu'elle me fiche dehors ? Tremblant, je m'approche et constate qu'il ne m'appartient pas. Il est à Mika. J'entends un bruit de pas derrière moi. Aussitôt, je pivote pour lui faire face. Je fronce les sourcils en la voyant enfiler une doudoune rouge. Décidément, elle apprécie beaucoup cette couleur.

— Où vas-tu ?

Je n'aime pas l'idée qu'on puisse se séparer sur une dispute. C'est nul. D'autant que, dès ce soir, je me rends dans le Nord avec Nathan et Ella, pour les fêtes de Noël que nous passons chez Emma. Mika, pour sa part, ne devait partir que demain.

— Chez moi, à Vendôme. Rester ici n'a aucun sens.

— Écoute, je suis désolé. Je…

— Tais-toi, Yann. Arrête de ramer, tu attaques la falaise, là ! Tu ne crois pas que tu as déjà dit assez de conneries pour aujourd'hui ?

— Est-ce que tu souhaites que je fasse mes valises ? Que je quitte l'appartement ?

Autant en avoir le cœur net.

— Non, réplique-t-elle aussitôt. De toute façon, où est-ce que tu irais ? Ce n'est pas de ta faute si je me suis fait des idées et si j'ai essayé de te forcer la main.

— Mais non, je…

— C'est pourtant ce que tu as clairement laissé entendre, pas vrai ?

— Ce n'était pas…

— Ce que je ne comprends pas, m'interrompt-elle, c'est pourquoi tu me refuses obstinément le droit d'entrer dans ta vie. Je ne peux pas croire que je ne compte pas pour toi et que tu te fous de ce qui s'est passé cette nuit comme de ta première paire de chaussettes.

— Mika…

— La seule chose que je te demande, c'est de faire preuve d'honnêteté envers moi. Dis-moi la vérité, qu'est-ce qui t'empêche à ce point de tenter le coup ? Je pensais que tu me faisais confiance.

Son regard déconfit est difficile à affronter, mais je m'y oblige. Et là, la réalité me frappe en pleine face. Si je la laisse partir maintenant, comme ça, elle aura juste l'impression horrible que je me suis servi d'elle pour me vider les burnes. Et elle avait raison en déclarant qu'elle valait tellement mieux que ça…

Au comble de l'embarras, je me gratte la nuque avant de me lancer.

— Tu crois que je suis quelqu'un de bien, mais tu ne me connais pas. Tu ne sais rien de celui que je suis en réalité, ni de mon passé.

Mika approche sans jamais me quitter du regard. La détermination que je lis sur son visage me déstabilise.

— Si, je le sais.

J'ouvre de grands yeux, surpris. Non, impossible ! Elle ne peut pas connaître la vérité.

— Pardon ?

Elle me dépasse, ramasse son sac et déverrouille la porte. Juste avant de sortir de l'appartement, elle se tourne vers moi.

— Je sais où tu étais ces dernières années et ce que tu as fait pour t'y retrouver.

— Quoi ?

La panique m'étreint, tandis que je prends la pleine mesure de ce que ses révélations impliquent.

— Yann, j'étais au courant bien avant que tu t'installes ici. Et ça n'a jamais eu la moindre importance pour moi. Ce qui est fait est fait, et tu as payé ta dette à la société. Il serait peut-être temps que tu avances, tu ne crois pas ?

Sur ces paroles emplies de sagesse, qui me font l'effet d'une gifle monumentale, elle referme la porte derrière elle, me laissant pétrifié. Elle sait, elle sait tout, et depuis le début.

Merde alors !

Chapitre 12

Mika

Durant tout le trajet qui me mène à Vendôme, je ne décolère pas. Comment Yann peut-il manquer à ce point de courage et de confiance en moi ? Pourquoi a-t-il volontairement rabaissé ce qui s'est passé entre nous cette nuit ? Je pensais que le plus difficile était fait, que nous pourrions commencer doucement à construire une chouette histoire. Oh ! je n'attends pas de lui une demande en mariage ou des bébés. Mais ce qui nous lie est si fort, si intense, que ça mérite forcément qu'on s'y attarde pour voir où ça peut nous mener, non ?

Depuis que je le connais, j'ai abandonné mes habitudes nocturnes, sans même m'en rendre compte. Voilà des lustres que je n'ai pas mis les pieds au Showcase. Tous les joueurs qui m'ont fait des avances, je les ai envoyés chier. Le pire, c'est que ça ne m'a pas coûté. Au contraire, j'ai trouvé parfaitement naturel de ne pas m'obliger à sortir si je n'en avais pas envie. C'est la première fois que j'agis ainsi, que je me bats autant pour conquérir un homme. Pour ce que ça m'a rapporté ! Je me retrouve seule, en route pour la maison familiale, jetée comme une malpropre quand j'étais persuadée que nous étions sur de bons rails. Tant pis pour moi.

Cette année, ma lâche de frangine a choisi de ne pas se mêler à la tribu Moreau pour les fêtes. Je ne peux pas lui en vouloir… Je lui ai fait faux bond au dernier moment à de nombreuses reprises, parce que je ne supporte pas mon père. Sa défection est donc un juste retour de bâton.

Par conséquent, il va falloir que je me coltine mon cher papa, pendant plusieurs jours d'affilée. Comme j'étais particulièrement mal ce matin, j'ai décidé de quitter Paris un jour plus tôt. Normalement, je ne devais arriver que demain, le jour du réveillon. Mais à quoi bon rester dans ces conditions ? J'en serais venue à supplier Yann de me laisser une chance et, franchement, mon orgueil n'a pas besoin de ça. Le râteau que je me suis pris aujourd'hui est amplement suffisant.

Il est 13 heures lorsque je me gare devant la maison de mon enfance. Je suis toujours d'une humeur de dogue, j'espère donc que mon père ne me cherchera pas, parce qu'il pourrait me trouver plus rapidement que d'habitude. Comme par hasard, c'est justement lui qui m'ouvre quand je sonne.

— Tiens, tiens ! s'exclame-t-il en m'apercevant, mais qu'est-ce que tu fais là ? On ne t'attendait pas avant demain.

— Bonjour, papa. Moi aussi, je suis ravie de te voir.

Mon ironie le fait tiquer, mais a surtout le mérite de lui clouer le bec. Il s'efface pour me laisser entrer, et je file immédiatement embrasser ma mère dans la cuisine, après avoir posé mon sac dans le hall. Nous sommes le 23 décembre, et je ne repartirai que le 28 au soir. Autant dire une éternité…

Harry déboule à l'instant où maman me prend dans ses bras en me disant qu'elle est heureuse que je sois là plus tôt que prévu. Si elle connaissait mes raisons, elle ne parlerait pas comme ça, c'est sûr. Mais si, de mes deux parents, c'est avec elle que je m'entends le mieux, ma mère n'est pas ma confidente pour autant. Il y a des choses qu'elle ne peut pas comprendre. J'ai été positivement étonnée quand elle a défendu ma sœur, au moment où elle était à Alep, en s'opposant ouvertement à mon père. Mais je présume que son heure de rébellion est terminée et qu'elle n'est pas près de recommencer. En tout cas, pas pour un ancien détenu, même si elle et papa ignorent ce point. Il est évident que s'ils l'apprenaient, cela ne jouerait pas en sa faveur. Nathan est peut-être con comme la lune aux yeux de ma famille, mais il est riche et célèbre, ce qui n'est pas le cas de Yann. À leurs yeux, l'aîné des Leray est un minable *loser*, un cassos dont il ne faut surtout pas s'approcher de trop près. Du moins, c'est ainsi que mon père l'a qualifié au cours d'une discussion avec Donald, lors de mon dernier séjour ici. Le fait qu'il travaille pour son frère est clairement rédhibitoire, tout comme ses origines. Heureusement, papa ne sait rien de sa détention. C'est d'ailleurs un véritable miracle. Maman, quant à elle, l'a trouvé poli lorsqu'elle l'a rencontré, mais ça s'arrête là. Pour eux, je suis le mouton à cinq pattes de la famille, alors autant ne pas en rajouter une couche. Les choses sont déjà bien assez compliquées comme ça entre nous.

— Tiens, mais qui voilà ? Qu'est-ce que tu fous ici, la mocheté ? lance Harry en m'ébouriffant les cheveux.

Mon frère et moi passons notre temps à nous envoyer des horreurs à la tête depuis des années. Harry est trop béni-oui-oui à mon goût, et je n'aime rien tant que lui mettre le nez dans sa propre merde. Mais il a du répondant, c'est indéniable. C'est d'ailleurs pour ça que c'est aussi drôle.

— Ferme donc ta grande gueule, petit puceau.

— Ah non ! Vous n'allez pas commencer ! s'écrie maman avec une mine scandalisée. Ce sont les fêtes de Noël, on ne s'insulte pas.

Il me sourit, avant de me prendre dans ses bras. Si nous ne sommes jamais d'accord sur rien, une profonde affection nous unit. Ella a été scolarisée toute sa jeunesse dans une école spécialisée, loin de moi. Si bien que mon complice de toujours, mon alibi lorsque j'étais adolescente, c'était lui. Et je peux vous dire qu'il m'a couverte un nombre incalculable de fois.

Nous passons l'après-midi ensemble, à faire des courses pour essayer de dénicher les derniers cadeaux, avant de siroter un vin chaud sur le marché de Noël de Vendôme. Tandis que nous sommes tranquillement installés, la discussion s'oriente vers des aspects plus personnels de nos vies.

— Tu repars quand à New York ? je m'enquiers en soufflant sur ma boisson.

— Je ne repars pas. J'ai décidé de rester à Paris.

Dire que je suis étonnée est un euphémisme. Mon frangin adore la Big Apple, ce n'est un secret pour personne, et le poste qu'il occupe dans un cabinet renommé est particulièrement intéressant.

— Pitié, ne me dis pas que tu vas bosser pour papa.

— Eh bien…

— Harry, tu commets la pire erreur de ta carrière. Déjà que quand tu es près de lui, tu as tendance à te comporter comme un gros con arrogant ! Si vous êtes ensemble H24, tu vas finir par le devenir réellement.

— Mika…

— Tu n'as peut-être pas envie de l'entendre, mais c'est la vérité. Rappelle-toi comment tu t'es comporté avec Nathan.

— Ce type est un crétin, tu le sais aussi bien que moi.

— Mais il est vraiment amoureux d'Ella, et elle est folle de lui. Au fond, il n'est pas si stupide que ça, et tu en es parfaitement conscient. Il a arrêté l'école trop tôt et manque simplement d'instruction.

— C'est son choix, je ne vais pas le plaindre.

Mon frangin a toujours une dent contre Nath Leray. L'histoire de la *sextape*, qu'il a dû gérer en catastrophe, n'est pas encore oubliée.

— Justement, non. Il vient d'un milieu social défavorisé. Sa jeunesse a été épouvantable. Tout le monde ne peut pas avoir grandi dans une famille de bourges comme nous.

— Peut-être, mais ça ne justifie pas le comportement qu'il a eu.

Alors, je l'ai à l'œil. Au moindre faux pas, je lui tombe dessus comme un rouleau compresseur.

— Je crois qu'il a eu tellement les chocottes quand elle a disparu que ce n'est pas près d'arriver.

— Dans ce cas, tout ira bien. Et toi ? Tu as un nouveau mec ?

Je rougis et mets quelques secondes à répondre.

— Personne, pour le moment.

— Sérieux ? Tu es malade ? Qui êtes-vous et qu'avez-vous fait de ma frangine si délurée ?

— Merde à la fin ! Qu'est-ce que vous avez tous à me casser les pieds avec ça ? Je ne suis pas délurée, je profite de la vie et je ne vois pas ce qu'il y a de répréhensible.

— Désolé, je ne voulais pas te vexer. Après tout, tu fais ce que tu veux de tes fesses.

— Ravie de te l'entendre dire.

— Bon, tu me racontes ? insiste-t-il en m'observant attentivement.

— Pour résumer, depuis ma mésaventure avec Enrique, j'ai décidé de devenir un peu plus sélective. Au fait, comment ça se passe si je souhaite porter plainte contre lui pour harcèlement ? Tu accepterais de t'en occuper ?

— Qu'est-ce que c'est que cette histoire ? Il t'emmerde ?

Mon frère est un avocat redoutable, un requin de première. Son regard est déjà en train de se durcir en mode as du barreau. Ce qu'il est, du reste. Je décide alors de tout lui raconter, y compris ma colocation avec le frère de Nathan, la visite de mon ex hier soir, et la façon dont Yann m'a sauvé la mise en se faisant passer pour mon mec.

— Il est comment, ce Yann ? D'après le peu que j'en ai vu, ça a l'air d'être un type sympa. Pas forcément plus futé que son footballeur de frangin, mais enfin…

— J'apprécierais que tu t'abstiennes de le juger. C'est un garçon formidable et un ami précieux.

— Rien de plus ?

Comme je l'ai déjà indiqué, je n'aime pas mentir et, en plus, je ne pense pas être très douée pour ça. Mais là, je n'ai pas le choix, il va falloir que j'enfume mon frère. Je suis sûre qu'il est discret, mais dans une certaine limite. Quand nous étions plus jeunes, il ne disait rien aux parents, parce que j'avais autant de dossiers sur lui qu'il en avait sur moi. Je nommerais ça un échange de bons procédés. Mais aujourd'hui, je ne suis pas au courant de grand-chose concernant sa vie. La donne a donc changé.

— Non, rien de plus. Tu sais très bien que je ne m'intéresse qu'aux sportifs de haut niveau.

— Et c'est moi le snob de la famille ? s'amuse-t-il en riant.

Ouf, c'est passé comme une lettre à la poste.

— Pour en revenir à ton histoire avec Enrique, reprend-il, appelle-moi immédiatement s'il te recontacte d'une manière ou d'une autre. Ce qu'il fait est interdit par la loi, quand bien même ça ne semble pas inquiétant. Pour moi, le fait qu'il soit venu hier soir devient préoccupant. Avec les harceleurs, tout peut basculer en deux temps trois mouvements. Alors, sois sur tes gardes.

Sa mine soucieuse me fait un peu flipper, mais je m'oblige à rester sereine. Il y a fort à parier qu'Enrique aura compris, après mon baiser avec Yann.

— S'il te plaît, ne dis pas à papa que le frère de Nath vit chez moi. Il en ferait toute une montagne, alors que c'est provisoire. Dans quelques semaines tout au plus, il partira.

— D'accord, je la ferme. Je dois avouer que ça me rassure qu'il soit près de toi. Autrement, c'est moi qui serais venu m'installer dans l'appartement, le temps que cette histoire se tasse.

— Harry, tu ne penses pas que tu en fais trop ?

— L'an dernier, j'ai défendu une jeune femme qui s'est fait violer par un acteur assez connu. Et ça avait commencé comme pour toi, avec des fleurs et des chocolats. Donc, non, je n'exagère pas, tu peux me croire.

Ce récit me fait froid dans le dos, aussi je choisis de changer de sujet.

— Alors, comme ça, tu as décidé de revenir en France ? Je trouve que t'occuper d'un sénateur-maire est une belle régression dans ta carrière.

— Ce n'est pas exactement le cas. Mika, ce que je vais te révéler reste entre nous, OK ?

— Bien sûr.

— Jure-le.

— Promis, juré, craché, répliqué-je comme au temps de notre adolescence.

— Évite de baver sur mes grolles ! s'insurge-t-il lorsque je fais mine d'envoyer un jet de salive au sol. Je ne vais pas devenir l'avocat d'un sénateur-maire, mais celui d'un ministre.

— Quoi ? Tu ne collaboreras pas avec notre grincheux de paternel ? Et il est d'accord avec ça ? Tu m'étonnes beaucoup.

— Si, je bosserai avec papa.

Il me faut un certain temps pour que l'information passe de mes oreilles à mon cerveau. Mais quand c'est le cas, je suis presque sûre que ma mâchoire traîne par terre.

— Sérieusement ? Il va être nommé ? Mais en tant que quoi ?

— Garde des Sceaux. Suite au scandale qui a eu lieu avec les propos du ministre de la Justice, le gouvernement va être remanié le 2 janvier. Et papa va être nommé à sa place.

Je mime un frisson de terreur. Je ne suis pas convaincue que le Premier ministre ait fait le bon choix.

— Je redoute le pire. C'est quand même un vieux facho qui a des méthodes de dictateur d'une république bananière.

— Il en est parfaitement conscient, crois-moi. C'est pour ça qu'il a besoin de mes services. Je serai son garde-fou en quelque sorte. En tant que juriste, je maîtrise assez bien les rouages du système.

— Je suis admirative quand je t'entends. Ce serait absolument inconcevable pour moi de collaborer avec un membre de la famille. Je finirais par tous vous tuer à…

— … à coups d'escarpins dans la tronche, je sais, complète-t-il à ma place. Sois assurée que ce n'est pas simple tous les jours, pour moi non plus. Mais s'il y a bien une chose qu'on doit lui reconnaître, c'est que notre père est un homme très intelligent et un bourreau de travail comme on en fait peu. S'il parvient à contenir ses accès d'humeur, il fera une grande carrière.

— Tu n'as pas peur qu'on s'en prenne à toi ? Je ne t'apprends rien en te rappelant que certains se sont fait virer, parce qu'ils avaient offert un job à un membre de leur famille.

— Mika, c'étaient des emplois fictifs. Je te certifie que le mien sera tout sauf de complaisance. D'autant que notre paternel sera obligé d'abandonner ses postes de maire et de sénateur en raison de la loi sur le cumul des mandats. Je pense sérieusement à me présenter aux élections municipales.

— Seigneur ! On se croirait dans un épisode de Dynastie.

— Arrête… Tu sais que je suis passionné de politique.

— Eh bien, pas moi !

— Et c'est très bien comme ça, parce que si tu étais journaliste économique ou politique, tu devrais démissionner à la nomination de papa pour qu'il n'y ait pas de conflits d'intérêts. Alors, un bon conseil, reste dans ton domaine de prédilection, tu y excelles et tu ne cours aucun risque de voir ta carrière se briser avant même d'avoir commencé.

Sa remarque me fait tiquer. Plus j'évolue dans le milieu sportif, plus ça me soûle. Et puis, l'aspect clinquant et pourri par le fric de ce milieu me débecte de plus en plus. Et ce, quelle que soit la discipline pratiquée.

Nos vins chauds sont terminés et nous décidons de rentrer avant de prendre froid. Le soleil brille, mais le vent glacial ne permet pas vraiment d'en profiter. Or, nous sommes assis sur un banc dans un jardin public.

Au moment où nous arrivons à la voiture, Harry me retient par le bras.

— Et pas un mot, Mika. Personne n'est au courant, hormis maman et moi.

— Pas même Ella ou Donald ?

— Non, aucun d'eux ne le sait. Donc, motus. Sinon, la prochaine fois que j'aurai un scoop, tu pourras toujours te brosser pour l'apprendre en avant-première.

Chapitre 13

Yann

Je n'arrive pas à décolérer depuis le départ de Mika. Comment peut-elle savoir que j'ai été en taule ? Parce ce que c'est bien de ça qu'on parle. Je l'ai lu dans ses yeux. Seuls Nathan et Emma sont au courant, il ne peut donc s'agir que de lui. Mais bordel de merde, comment a-t-il pu baver sur moi comme ça ? Et à une journaliste par-dessus le marché ? Je n'en reviens pas.

Dans l'après-midi, il vient me chercher comme prévu. Nous nous rendons à Lille pour passer les fêtes en compagnie d'Emma. Le premier Noël depuis des années où nous serons tous les trois ensemble. Et ça, ça n'a pas de prix.

— Il y a un problème ? s'enquiert Nath, en se tournant vers moi, alors que la voiture est à l'arrêt.

Assis à côté de lui, je n'ai pas desserré les dents depuis son arrivée. Avant de faire la route, nous devons récupérer Ella qui bossait aujourd'hui.

— Hey, frangin, qu'est-ce qui t'arrive ?

Mon mutisme semble l'inquiéter, et j'ai envie de dire tant mieux. Parce que quand je commencerai à parler, il y a fort à parier que je vais l'engueuler comme une merde. Parvenu sur le parking de l'hosto, Nath coupe le contact et me fait face.

— Maintenant, tu vas m'expliquer ce qui se passe, ordonne-t-il, la mine préoccupée.

— Tu ne t'en doutes pas un peu ? je grogne, l'air mauvais.

— Alors, là, excuse-moi, mais je ne suis pas marabout ! Je ne vois pas comment je pourrais deviner pourquoi tu as un pet de travers aujourd'hui.

— Un pet de travers ? Putain, mais c'est bien plus grave que ça, petit con ! Comment se fait-il que Mika soit au courant pour mes années de placard ?

Une surprise sincère se lit sur son visage. Et si ce n'était finalement pas lui le cafteur ? Mais dans ce cas, qui a pu baver ?

— Quoi ? Tu imagines que c'est moi qui ai raconté ça à la blondasse ? Bon sang, c'est l'opinion que tu as de ton frère ? Tu crois que je serais assez débile pour me tirer moi-même une balle dans le pied ?

— Personne ne le sait en dehors de toi et d'Emma, alors qu'est-ce que je dois en conclure ?

Nathan réfléchit deux minutes, puis son regard s'assombrit.

— Tu es sûr que tu n'en as pas parlé à un de mes collègues footballeurs ou au coach ? Ces nazes sont tous en extase devant Mika et certains sont prêts à n'importe quoi pour attirer son attention.

— Absolument. Il y a des choses dont je ne me vanterai jamais, et celle-là en fait clairement partie. Tu penses que je suis con au point de me griller et te foutre dans la merde par la même occasion ?

— Bien sûr, vu sous cet angle, murmure Nath, songeur. Dans ce cas, il ne reste qu'une possibilité.

Son expression se durcit et je devine immédiatement à qui il fait référence.

— Ella. Elle sait depuis le début, puisqu'elle était à Lille avec moi quand je suis allé te rendre visite à la prison de Béthune. Mais franchement, ce n'est vraiment pas le genre de meuf à dégueuler sur les autres, et encore moins sur son petit ami.

Je pousse un soupir. Mais oui, merde, c'est tellement évident !

— Sauf qu'elles sont jumelles. On peut facilement imaginer qu'elle a voulu la mettre en garde quand sa frangine a proposé de m'héberger. Mais même là, ça ne colle pas, parce que Mika a clairement laissé entendre qu'elle était au courant depuis très longtemps. Donc…

— T'inquiète, on va vite avoir le fin mot de cette histoire. Et si c'est Ella, tu vas voir le savon que je vais lui passer.

— T'emballe pas, mec. Vous êtes bien ensemble, ne va pas tout foutre en l'air.

— J'ai pas dit que j'allais la jeter, juste que j'allais l'engueuler, c'est pas pareil.

— Nath, on sait très bien ce que ça donne quand tu te mets en pétard.

— Eh, frérot, faudrait te décider ! T'es arrivé dans la bagnole avec une tronche de six pieds de long et, maintenant, tu essaies de me calmer. Si j'avais vendu la mèche, tu m'aurais hurlé dessus jusqu'à Lille. Je me trompe ?

— Pas vraiment, concédé-je.

— Tiens, quand on parle du loup, murmure-t-il en faisant un signe de tête vers l'extérieur. On va tout de suite tirer cette affaire au clair.

Au moment où il prononce ces mots, sa petite amie ouvre la portière arrière et s'installe sur la banquette.

— Salut, chéri ! s'exclame-t-elle avec bonne humeur. Quelle matinée infernale ! Tu n'imagines pas à quel point je suis contente d'être en vacances et de ne pas mettre les pieds ici pendant une semaine.

Un silence bien plombé lui répond. Elle comprend immédiatement qu'il se passe un truc pas net.

— Un problème ? s'enquiert-elle en observant Nath avec inquiétude.

Mon frère a beau lui sauter dessus chaque fois qu'ils sont ensemble et lui répéter à longueur de journée qu'il l'aime, il ne parvient toujours pas à calmer les craintes d'Ella sur leur couple. Remarquez, il ne peut s'en prendre qu'à lui-même. Mais le résultat est là. Des mois après cette sordide affaire de *sextape*, sa copine est instantanément en panique dès qu'elle sent que quelque chose ne va pas. Et aujourd'hui ne fait pas exception. Seulement, cette fois, il ne la rassure pas. Au contraire, il pointe brusquement un index rageur dans sa direction, après avoir détaché sa ceinture.

— Comment est-ce que Mika sait que Yann a été en taule ? demande-t-il de but en blanc.

C'est assez brutal comme entrée en matière, mais mon frère n'est pas du genre à tourner autour du pot pendant cent sept ans. On peut lui reprocher beaucoup de choses, mais ce n'est pas un faux-derche, il dit toujours ce qu'il pense. Cela étant, il peut se montrer rude, la diplomatie étant loin d'être son fort.

Je pivote sur le siège à mon tour, pour observer sa copine. Elle est très rouge et semble super mal à l'aise. Clairement, on tient notre coupable. Je l'ai compris et Nath l'a pigé aussi.

— Mais, Ella ! Bordel, comment t'as osé me faire un coup pareil ? Je croyais que je pouvais te faire confiance. Tu savais que je ne voulais surtout pas que cette histoire s'ébruite et t'es allée cafter à une putain de journaliste.

Immédiatement, elle se rebiffe et lui répond sur le même ton.

— J'ai parlé à ma sœur jumelle, pas à un paparazzi quelconque. Je déteste autant la presse que toi, tu devrais l'avoir capté, depuis le temps.

— Mais alors, pourquoi ?

Ella se frotte le front, avant d'avouer avec un soupir dépité :

— Quand Mika a rencontré Yann, nous n'étions plus ensemble. Dans mon esprit, il n'y avait plus aucun espoir concernant notre couple. Elle a eu un crush pour Yann au premier regard et comment te dire... J'ai eu la trouille de ce qui pouvait lui arriver.

— Quoi ? Mais...

— Merde, Nath ! J'étais à Alep et nous savons tous les deux ce qui m'avait motivée à fuir. J'ai eu peur pour elle et je ne voulais pas qu'elle sorte avec lui, parce que cela aurait signifié te revoir à un moment ou à un autre. Alors, je lui ai tout raconté en supposant que ça la découragerait. Au cas où tu ne l'aurais toujours pas pigé, ma sœur n'est pas une salope prête à n'importe quoi pour un scoop. Elle avait juré de ne pas en parler et elle a tenu sa promesse pendant tout ce temps. Je ne comprends d'ailleurs pas pourquoi elle t'a dit qu'elle était au courant.

Cette fois, c'est à moi d'intervenir.

— Mika n'a rien révélé à Nathan, c'est à moi qu'elle l'a raconté. Et encore, elle a juste indiqué qu'elle savait depuis un moment.

— Si elle avait voulu tirer profit de cette information, il y a bien longtemps que ce serait fait, déclare Ella avec son bon sens caractéristique. Au fond de toi, tu en es conscient, n'est-ce pas, Yann ?

— Effectivement, confirmé-je. Mais cela ne m'explique pas pourquoi elle n'en a jamais fait mention avant.

— Elle a probablement voulu respecter ton souhait de ne pas évoquer cette période de ta vie. Sous ses airs de grande gueule rentre-dedans, Mika est pudique et très attentive aux autres.

— Mais bien sûr, n'importe quoi ! s'excite mon frère.

— Nath, Ella a raison. Mika est vraiment comme ça.

— Tu plaisantes ?

— Non, frangin. Tu ne la connais pas bien, tout simplement.

— Arrête tes conneries ! Tu ne peux pas prétendre savoir ce qui se passe dans sa tête juste parce que tu vis avec elle depuis… quoi… deux semaines ?

— En tout cas, mieux que toi.

Contrarié de ne pas avoir le dernier mot, Nath démarre et se mure dans le silence, comme d'habitude quand il n'est pas content. Un sale gosse qui boude, voilà ce qu'il est ! Ella, pour sa part, me presse discrètement l'épaule, probablement pour me remercier d'avoir défendu sa sœur.

Nous sommes à environ cent cinquante kilomètres de Paris, quand le téléphone de mon frère sonne. Voyant qu'il s'agit de son entraîneur, il décroche immédiatement grâce au kit mains libres.

— Bonjour, coach. Un problème ?

Malgré notre conversation pour le moins houleuse, Nath répond sur un ton calme et posé. Dans le milieu, il respecte peu de gens, mais ce quinquagénaire est incontestablement une des rares personnes dont il a une très haute opinion, à l'instar du reste de l'équipe. Cette estime est réciproque, du reste.

— Salut, gamin. Est-ce que Yann est dans les parages ?

Nous échangeons un regard surpris. Qu'est-ce qu'il me veut ? Il est toujours d'une grande courtoisie quand il me croise, et ça nous arrive de discuter pendant quelques minutes, mais rien de plus.

Je réponds à la place de Nath :

— Je suis avec lui, monsieur.

— Ah ! Yann, bonjour, mon garçon. Comment ça va ?

— Bien, je vous remercie. Que puis-je pour vous ?

— Voilà, l'assistant de Robert, l'entraîneur des jeunes du centre de formation, vient de démissionner.

— Nicolas ? s'étonne mon frangin.

— Oui. Il a rencontré une Américaine et a décidé de la suivre là-bas, cet abruti ! En attendant, il nous laisse dans la panade, parce qu'on n'a pas le temps de procéder à un recrutement.

— Il n'a pas un préavis à donner ?

— Il n'en a rien à battre, il part dans deux jours. Et il nous a annoncé ça ce matin. Ah, je te jure, ces jeunes, complètement inconscients !

— Et qu'est-ce que Yann a à voir avec ça ?

— Ce n'est pas toi qui m'as raconté qu'il t'avait formé et qu'il coachait une équipe à Roubaix ?

Je lance un coup d'œil incendiaire à Nathan. Lui aussi a bavé sur moi de toute évidence. Ça lui va bien de critiquer sa meuf !

— Si, enfin, c'était une bande d'amateurs.

— Justement, tu m'as également expliqué qu'il avait contacté Marcel Berthoux à Lille pour qu'il vienne te regarder jouer, pas vrai ?

— Euh… oui.

Il n'y a que moi que ça choque, qu'ils parlent de ma petite personne comme si je n'étais pas là ? Gonflés, ces deux-là !

— Je connais bien Marcel et je l'ai appelé. J'ignorais que Yann aurait pu intégrer le centre de formation du LOSC en tant qu'élève. En tout cas, ce qu'il m'en a raconté est très flatteur pour ton frère. Tu crois que le poste d'assistant de Nicolas pourrait l'intéresser ? Il paraît que les jeunes de l'équipe l'adoraient et ne juraient que par lui.

— Oh ! Je vous signale que je vous entends ! je m'exclame avec agacement.

— Désolé, Yann, souffle Nath, de toute évidence mal à l'aise.

Je ne pige pas pourquoi il est gêné. Est-ce parce qu'il a fait exactement ce qu'il vient de reprocher à Ella ? C'est vrai que sa leçon de morale devient nettement moins crédible. En revanche, je sais que décrocher ce genre de job serait une aubaine pour moi. Si je signe un contrat de travail avec le club en plus de celui qui me lie à mon frère je pourrai trouver bien plus facilement un appartement, puisqu'avec deux revenus, ma situation financière ne pourra que s'améliorer.

— Excuse-moi, Yann. Alors, ça te dirait ? C'est un CDD d'un an renouvelable. Si tu joues bien tes cartes, tu pourrais même assurer la succession de Robert qui partira à la retraite, l'année prochaine.

— Vous êtes sûr que j'en serai capable ? Si ce n'est mon passé d'entraîneur amateur, je n'ai pas de qualification particulière. Mais j'ai repris mes études et je compte bien m'y…

— Pas de souci, ne t'en fais pas. On n'a de toute façon pas les moyens de faire les difficiles. Et puis, Robert sera là pour te former au début. Il y a une période d'essai d'un mois renouvelable. Si tu ne fais pas l'affaire, on le saura très vite.

— Alors, d'accord.

— Très bien. Tu commences le 3 janvier. Mais il faut que tu viennes avant pour signer ton contrat et effectuer la visite médicale. Le 28 décembre, c'est bon pour toi ?

— Pas de problème, je serai là.

— Parfait. Je t'attendrai avec Robert pour te montrer les locaux.

Le coach raccroche peu après, et je ne peux retenir un *yes* en levant victorieusement le poing. La roue a tourné, j'ai l'opportunité incroyable de pouvoir faire quelque chose de ma vie, de prouver ma valeur. Après toutes ces années de galère — et je n'évoque pas seulement la taule —, la chance semble enfin me sourire. Bon sang, ce n'est pas trop tôt !

Je pivote vers Nath, faussement fâché.

— Alors comme ça, tu as parlé de moi à ton entraîneur ?

— Je n'avais pas vraiment le choix. Quand je suis arrivé au club, il m'a interrogé sur mon parcours.

— Est-ce qu'il sait où j'ai été les sept dernières années ?

— Aucune idée, mais je n'en ai jamais fait mention.

Un nœud me tord l'estomac. Malheureusement, je ne peux pas occulter le fait qu'il existe une forte probabilité pour que le staff l'apprenne un jour. Que se passera-t-il à ce moment-là ?

— Ne t'inquiète pas, essaie-t-il de me rassurer, dès que tu commenceras à bosser avec eux, ils ne pourront plus se passer de toi. Mais dis-moi, j'ignorais que tu devais intégrer le centre de formation du LOSC… Ado, il me semble que je t'ai vu plus souvent avec une clope au bec qu'avec une balle au pied.

— Je n'ai pas toujours fumé, Nath. La preuve, j'ai arrêté depuis…

— Tu ne réponds pas à ma question. Pourquoi tu n'y es pas allé ? Et surtout, pourquoi est-ce que je ne l'apprends qu'aujourd'hui ?

Je baisse les yeux, gêné. Il faut que je coupe court à la conversation tout de suite.

— Je n'ai pas à me justifier, respecte mon choix.

Mon ton sec résonne comme un coup de fouet. Il me semble que je n'ai pas parlé à Nath sur ce ton depuis que je suis sorti de prison. Il sursaute d'étonnement et se mure dans un silence contrarié. Une fois de plus, il boude. Pour autant, je ne lui expliquerai rien. Comment lui avouer que, si j'ai renoncé à une carrière de footballeur professionnel, c'était avant tout à cause de lui et de Léa ? Je devais m'occuper d'eux, je ne pouvais pas laisser cette responsabilité à Emma. Il fallait bosser, gagner de quoi nourrir la famille, et ce rythme de vie ne collait pas avec l'emploi du temps du centre de formation. Comme je n'avais ni permis ni voiture, j'aurais dû rester sur place. Dans mon esprit, c'était comme si je les abandonnais. Cela a fort probablement été la première erreur d'une série qui est aujourd'hui longue comme mon bras, même si dans le fond, je ne regrette rien.

J'ai mis une croix sur mes propres rêves, pour offrir à mon petit frère la possibilité de réaliser les siens.

Chapitre 14

Mika

— Alors, jeune fille, quand est-ce que tu changeras enfin de voie pour passer aux choses sérieuses ? s'enquiert mon père, son regard sévère braqué sur moi.

Et voilà, c'est reparti pour un tour ! Chaque fois que je leur rends visite, c'est la même rengaine. Je commence vraiment à saturer. En même temps, qu'il ait attendu le petit déjeuner pour en parler relève déjà du miracle. Je suis là depuis hier, mais il se décide alors que je n'ai pas encore avalé mon premier café. C'est rude !

— Papa, c'est la veille de Noël. Tu ne peux pas faire une trêve et m'épargner tes sempiternels sermons ?

Il balaie ma protestation d'un geste agacé de la main, tandis que mon frère se replie stratégiquement vers la cuisine où se trouve maman. Lâche !

— Mickaëlla Moreau, j'ai quand même le droit de dire ce que je veux sous mon propre toit !

— Et moi, j'ai le droit de te répondre que je n'ai pas envie de t'écouter.

— Pourquoi ? Parce que la vérité te dérange ?

— C'est ta vérité, pas la mienne. Ce que je fais me va parfaitement, et je n'ai pas l'intention de changer.

— Mais enfin, passer son temps à interviewer des mecs plus débiles les uns que les autres et commenter des matchs de foot, ce n'est pas une perspective d'avenir sérieuse.

Je ne supporte pas la manière dont il juge mes choix. Ce serait si facile de lui expliquer que je suis en pleine remise en question et que je ne suis pas loin de partager son avis, mais je m'y refuse. Il serait fichu de croire que c'est à lui que je dois cette crise existentielle.

— Si ça me convient à moi, pourquoi est-ce que tu n'es pas heureux que ta fille s'épanouisse ?

— Tu parles ! Tout ce qui t'intéresse, c'est de draguer ces abrutis.

Celle-là, c'est la première fois qu'il me la sort. Et ça ne passe pas du tout.

— Bravo ! C'est donc ainsi que tu me considères ? Pour qui est-ce que tu me prends ? Pour une salope ? Une Marie-couche-toi-là ?

— Mika ! s'écrie-t-il, scandalisé. Je t'interdis de me parler sur ce ton. Je suis ton père !

— C'est dingue quand même ! Tu ne fais pas tant d'histoires avec Ella. Non, à elle, tu lui fous la paix.

C'est faux, nous le savons bien, lui et moi. Du moins, ça l'était jusqu'à ce qu'elle parte pour Alep. S'il n'avait pas été aussi odieux avec Nathan, nous aurions évité bien des ennuis.

— Je n'ai pas d'autre choix que de respecter ses décisions, mais ça ne veut pas dire que je les approuve. Je n'ai aucune envie qu'elle reparte à l'autre bout du monde pour me prouver qu'elle est capable de se rebeller. Je me suis fait un sang d'encre la dernière fois, pas question de recommencer ! Mais si cela ne tenait qu'à moi, Leray serait rayé de la carte depuis longtemps. De toute façon, je ne vois pas pourquoi tu te compares à ta sœur. Elle est tellement plus brillante et beaucoup plus sérieuse que toi. Je te rappelle qu'elle n'a fréquenté que deux hommes, tandis que toi…

Cette fois, il va trop loin. J'interdis que quiconque critique la façon dont je fais ma vie. Et mon père est sans doute le moins bien placé d'entre tous. Parce que, en matière d'hypocrisie et de coups de canif dans son contrat de mariage, il en connaît un rayon. D'ailleurs, pourquoi est-ce que je me tais ? J'en ai marre d'avoir l'impression d'être une crotte sur pattes dès qu'il ouvre la bouche pour s'adresser à moi. Tout comme je n'en peux plus d'être comparée à ma sœur si intelligente. Toute ma jeunesse, j'ai entendu ça. Chaque fois que je voulais m'amuser ou sortir, il me servait cet argument, me rabaissant jusqu'à me donner le sentiment de n'être qu'une idiote paresseuse et égoïste. Pourtant, j'ai eu mon bac S avec mention et j'ai obtenu ma licence en droit haut la main. Licence imposée par papa parce que, à la base, je désirais m'inscrire dans un cursus de lettres modernes, mais ce n'était pas assez prestigieux pour mes parents. Au final, j'ai plié, mais uniquement pour mieux rebondir, dans la mesure où je n'étais pas sûre de moi à dix-huit ans. Ce qui n'était qu'une vague envie est devenu une évidence, au cours de la deuxième année, quand j'ai collaboré au bulletin mensuel de l'association étudiante. En fin de troisième année, j'en avais pris la direction, et cela a duré pendant tout mon master en journalisme. Cursus auquel j'ai candidaté à son insu. Une fois que j'étais admise, il n'a pu que s'incliner même s'il était furax.

— Tandis que moi, quoi ? Vas-y, développe… Je ne suis pas certaine de bien te suivre.

— Oh que si, jeune fille, tu le sais très bien.

Le ton monte, mais je m'en fiche comme de l'an quarante. Depuis ma déconvenue avec Yann, je suis à fleur de peau. Son rejet est particulièrement difficile à encaisser, et je n'ai pas l'intention de revivre ça avec mon père, quand bien même j'ai l'habitude puisque c'est loin d'être la première fois qu'il s'amuse à me rabaisser.

— Les hommes se succèdent et ta vie privée est un véritable boxon. Je suis sûr qu'il y a un gars différent dans ton lit tous les soirs.

Hier, c'était un Argentin, aujourd'hui c'est un Brésilien, et demain ce sera quoi ? Un Anglais ? Un Italien ? Un Africain ? Tu comptes faire du tourisme et visiter le globe de cette façon combien d'années encore ? Quand te décideras-tu à avoir une relation stable au lieu de papillonner à droite et à gauche comme tu le fais ?

Dommage que je ne puisse pas lui expliquer que si ça ne tenait qu'à moi, je serais en couple depuis quelque temps déjà, sans aucune envie d'aller voir ailleurs si l'herbe est plus verte. Mais je sais l'opinion qu'il a de Yann, alors je me tais et je le laisse poursuivre son monologue.

— Tous ces hommes avec qui tu couches, ça me dégoûte ! s'exclame-t-il avec une moue écœurée.

Là, il pousse vraiment trop loin et tant pis pour les fêtes de Noël. Je préfère les passer seule à Paris qu'ici avec ce facho moralisateur.

— Il faut dire que j'ai de qui tenir, n'est-ce pas, papa ? Au fait, comment se porte ta secrétaire ? Tu sais, celle qui a vingt ans de moins que toi ? Ah, mais non, suis-je bête ! Elle était devenue trop vieille, alors tu en as engagé une autre, encore plus jeune.

— Mika, surveille ton langage !

— Et tu l'as déjà sautée, la petite nouvelle, ou pas encore ? Parce que c'est ton loisir favori depuis plusieurs décennies. Elles ne vont peut-être pas dans ton lit, mais elles défilent sur ton bureau et, au final, le résultat est le même. Ah si, il y a une différence flagrante ! Tu es marié et père de famille, alors que je suis célibataire et libre comme l'air. Je ne trompe personne, moi !

— Vas-tu enfin te taire ?

Papa jette un coup d'œil inquiet en direction de la cuisine, et je jubile. Dès qu'on aborde ses propres erreurs, il ne la ramène plus autant.

— Pourquoi ? Maman sait très bien qu'elle est cocue. La prochaine fois que tu voudras me critiquer, commence donc par balayer devant ta porte et par nettoyer le gros tas de merde qui se trouve sur ton paillasson. Parce que, à y regarder de plus près, je ne sais laquelle, de ta situation ou de la mienne, est la plus glauque.

Sur ces paroles pleines de sagesse — ironie quand tu nous tiens —, je récupère ma tasse et file dans la cuisine, où ma mère et mon frère ont l'air consternés. De toute évidence, ils n'ont pas perdu une miette de notre dispute.

— Enfin, franchement, pourquoi est-ce que tu provoques toujours ton père ? s'indigne maman.

— Quoi ? C'est lui qui a commencé ! Dis donc, tu trouves qu'il est en droit de juger ma vie ?

— Non, je te l'accorde. Mais ne peux-tu pas le laisser parler sans répondre, au lieu de rentrer dans son jeu ?

— Comme toi ? Merci bien ! Tu passes ton temps à casser du sucre sur son dos, mais tu ne l'affrontes jamais. Pourquoi est-ce que tu acceptes ses frasques sans broncher ?

— Mika, arrête… intervient Harry d'une voix calme.

— C'est sûr, ce n'est pas à toi que ça risque d'arriver, tu n'as pas de nana, tu n'as d'ailleurs jamais présenté personne aux parents. C'est à se demander si tu n'es pas gay !

Ma mère ouvre de grands yeux épouvantés et sa mine catastrophée me donne envie de sourire. Pour la peine, je décide de faire ma garce et d'enfoncer le clou. Parce que, pour être honnête, ils me font bien chier, tous autant qu'ils sont.

— C'est ça, Harry ? Tu es de l'autre bord ?

— Seigneur, non ! s'exclame-t-elle en faisant le signe de croix.

Bon sang, elle est aussi ravagée que mon père. Cette famille n'est vraiment qu'une bande de cas désespérés.

— Allez, maman, haut les cœurs, ironisé-je. Ce ne serait pas la fin du monde. Aujourd'hui, les gays peuvent même se marier. Alors, pourquoi est-ce que tu t'en fais comme ça ?

— Mais arrête ! s'écrie mon frangin. Merde, t'abuses ! Je ne suis pas homosexuel, et ce n'est pas parce que je ne parle pas de mes copines que je n'en ai pas.

— Tu en es sûr ? je le nargue.

Je sais que c'est minable de m'en prendre à lui, mais c'est un moyen comme un autre d'attirer l'attention des parents sur n'importe qui, plutôt que sur moi. Ce n'est pas la première fois que j'agis ainsi.

— Mais bordel de merde, puisque je te dis que je suis hétéro ! s'emporte-t-il. Et pour ta gouverne, j'ai rencontré quelqu'un et je suis raide dingue d'elle.

Un long silence suit sa déclaration. Alors, là, si je m'attendais à ça ! Jamais il n'a seulement évoqué une quelconque liaison. Plus discret que lui sur sa vie sexuelle, tu meurs.

— Tiens donc ! Eh bien, eh bien, en voilà une révélation… Comment se fait-il que tu ne nous aies pas encore présenté cette perle ?

Il rougit furieusement, ce qui me fait immédiatement soupçonner un problème de taille.

— Eh bien, maître Bernard-Henri Moreau ? Où est-ce que ça coince ? Elle est mariée, c'est ça ?

Son regard d'avertissement ne m'intimide pas le moins du monde.

— Ou mieux ? Elle est mineure ? Ou beaucoup plus vieille que toi ? C'est une copine de maman ?

— Mais ferme-la, Mika !

— Dans ce cas, si tu veux que je me taise, il va falloir que tu nous éclaires. Parce que, là, tu en as trop dit ou pas assez.

Avec un soupir résigné, Harry s'installe à la table et finit pas avouer :

— Elle est sans-papiers. Je bosse de temps en temps pour un service de réfugiés, c'est là que je l'ai rencontrée. Elle s'appelle Rama et est arrivée du Mali sur un bateau pneumatique, comme tant d'autres avant elle. Tu te rends compte qu'elle a marché depuis l'Italie pour rejoindre Paris ? Personne ne peut imaginer ce qu'elle a dû endurer. Pour le moment, elle loge chez moi, mais elle est en situation irrégulière.

— Attends… Elle est malienne ? Tu veux dire qu'elle est noire ? s'enquiert ma mère qui semble au bord de la crise cardiaque.

— Oui, maman, et c'est une fille extraordinaire. Rama est infirmière de formation. Elle est venue en France, parce qu'elle n'avait aucun avenir dans son pays et que son père voulait la marier de force.

— Mais… mais…

— Allez, mamounette, remets-toi de tes émotions, tenté-je de tempérer. Il y a cinq minutes, tu croyais que ton petit garçon était à voile et à vapeur. Vois le côté positif des choses, tu seras mamie quand même.

Sauf que ça n'a absolument pas l'air de la réconforter.

Ah je vous jure, ce qu'ils sont coincés chez les Moreau ! Une catastrophe !

Je m'approche de mon frère et lui presse les épaules en signe de soutien.

— L'essentiel, c'est que tu sois heureux. Elle ou une autre, peu importe. Si elle tient sincèrement à toi et que cet amour est réciproque, c'est tout ce qui compte.

Il prend ma main et dépose un baiser dans ma paume.

— Merci, Mika. Au fond, je préfère que vous soyez tous au courant. Je n'en pouvais plus de vous le cacher. C'est aussi pour elle que j'ai décidé de rester en France.

— Mais enfin, Harry, que va dire ton père ? s'inquiète notre mère à juste titre.

— Je…

— C'est clair. Moi vivant, aucune rastaquouère n'entrera dans la famille, intervient notre cher papa depuis la porte de la cuisine.

Nous sursautons tous les trois comme un seul homme. Et merde : le vieux était à la porte de la cuisine et il a tout entendu. Il ne manquait plus que ça !

— Ah non, Georges, tu ne vas pas recommencer ! hurle maman, soudain hors d'elle. Si ton fils est épris de cette femme, elle a sa place avec nous, peu importe sa couleur.

J'aimerais qu'elle me défende avec autant d'ardeur, mais ce n'est jamais arrivé jusqu'à présent. Dès qu'il s'agit de moi, elle a tendance à se ranger du côté de son mari. Je note néanmoins que pour la première fois depuis fort longtemps, je partage entièrement son avis.

— Bien dit ! lancé-je avec un sourire ravi.

— Toi, la pute, on ne t'a pas demandé l'heure qu'il est ! grogne mon paternel avec une rage que je ne lui ai jamais vue.

S'il va souvent trop loin à mon goût lorsqu'il s'adresse à moi, il a allègrement franchi la ligne rouge. Cette insulte est définitivement celle de trop.

— Je t'emmerde, vieux facho ! m'écrié-je en le bousculant pour quitter la pièce.

— Mika, reviens ici tout de suite !

Je ne me retourne même pas, tellement je suis en pétard. Dans la chambre, je sors les cadeaux de mon sac, puis jette mes fringues à l'intérieur. Je prends une douche rapide et je m'habille, le tout en moins de vingt minutes. Une fois ma doudoune enfilée, je récupère mes affaires et je descends au rez-de-chaussée. Dans la cuisine, ils sont tous les trois en train de s'engueuler.

J'entre en trombe pour déposer les paquets sur la table.

— Voilà vos cadeaux, je me casse.

— Quoi ? fait ma mère en tournant brusquement la tête vers moi.

— Je ne resterai pas une minute de plus sous le même toit que mon père. Je refuse de me laisser traiter de pute sans broncher. Si tu veux me voir, maman, tu sais où me trouver. En attendant, ce n'est pas demain la veille que je remettrai les pieds dans cette maison de fous.

— Hey, Mika ! lance mon frère au moment où j'ouvre la porte d'entrée.

Il a l'intention de m'engueuler également ? Qu'il y réfléchisse à deux fois, parce que je suis chaude comme une merguez et prête à en venir aux mains avec le prochain qui s'amusera à me parler de travers.

— Attends ! Moi aussi, je me tire. Je ne les supporte plus.

— Ah bon ? Mais où est donc passé le gentil petit soldat à son papounet ?

— Disons que sa réaction vis-à-vis de Rama m'a salement refroidi.

— Tu veux que je te dise, Harry ? Tu n'es qu'un sale hypocrite. Tu savais comment papa réagirait, sinon tu nous aurais parlé de cette fille bien plus tôt. Donc, pas la peine de jouer l'outragé aujourd'hui. Et ça te choque que ton père taxe ta copine de rastaquouère, mais pas qu'il traite ta sœur de pute. C'est sans doute ça le plus désolant dans cette histoire. Maman et toi, vous vous insurgez parce qu'il s'en prend à ta nana, mais le soir où il a été ignoble avec Nathan, tu étais tout à fait d'accord pour rentrer dans son jeu. Et quand il m'insulte, tu ne t'interposes jamais. Alors, maintenant, démerde-toi.

Chapitre 15

Yann

Je ne le crois pas ! Ce naze de Nathan vient de demander Ella en mariage, un genou à terre, et elle a dit oui. Alors, ça, si je m'y attendais ! Même Emma en est restée bouche bée. Hier soir, il nous a tous invités au restaurant et, entre le fromage et le dessert, il a fait sa déclaration devant tous les clients qui n'avaient rien demandé à personne et voulaient juste dîner tranquillement.

Dire que ça a été un choc pour moi est un euphémisme. Pendant toute une partie de la nuit, je n'ai pas fermé l'œil. Penser qu'il va créer sa propre famille avec Ella me renvoie ma situation en pleine figure. Qui vais-je bien pouvoir protéger maintenant ? Clairement, il n'a plus besoin que je m'occupe de lui. Le futur que j'entrevois me semble sombre, car il agite le spectre de la solitude qui s'annonce. Et forcément, cette perspective me rappelle que j'ai rejeté Mika. Peut-être que j'ai eu tort… C'est vrai, puisqu'elle sait tout, ne puis-je pas lui accorder une chance ? Entendons-nous bien, je ne suis pas en train de dire qu'elle ferait un parfait *ersatz* et comblerait le vide que s'apprête à laisser Nath. Ce n'est pas du tout ça. Simplement, si je n'ai plus à me préoccuper de mon frère et de ses intérêts avant toute chose, cela signifie peut-être qu'il est temps que je pense à moi, à mon avenir et à ma vie personnelle. J'ignore si ça passe par Mika, mais ce qui est sûr, c'est qu'elle est la seule femme que j'imagine à mes côtés. La seule qui me donne envie de tenter le coup. Le fait qu'elle soit au courant de mon passé est une bonne chose dans le fond, parce qu'elle sait exactement où elle met les pieds. À moi d'établir des règles pour que notre relation ait un maximum de chances de fonctionner. J'ai eu du mal à accepter l'idée de lui faire confiance, mais maintenant que c'est le cas, je me sens un peu mieux et je peux me réjouir pleinement du bonheur de mon frangin.

Ce matin au petit déjeuner, je les ai retrouvés tous deux roucoulant comme s'ils étaient seuls au monde. Et moi, dans ce bordel, j'étais en train de tenir la chandelle, à regarder partout sauf dans leur direction pour ne pas les voir se galocher et se baver dessus. Tout ce romantisme dégoulinant va finir par m'écœurer. Sans doute parce que cela me rappelle la façon dont j'ai merdé avec Mika. Il va vraiment falloir que je rattrape le coup, en espérant qu'elle me pardonnera.

Quand j'y repense, j'ai honte de mon comportement. Franchement, je me fais l'effet d'être un salaud qui s'est servi et a jeté ensuite. Je m'étais pourtant juré de ne plus jamais agir ainsi. Avant, c'était de cette façon que je procédais, et cela ne me posait pas le moindre problème de conscience. Mais j'ai changé et je ne veux plus être ce genre de mec. Surtout pas avec elle.

En ce début de matinée, la veille de Noël, nous arrivons à la boulangerie pour donner un coup de main à Emma, débordée à cette période de l'année. Selon les directives de ma frangine, Ella et Nath seront dans le magasin — un footballeur célèbre qui vous sert, c'est bon pour les affaires —, tandis que je resterai dans l'arrière-boutique avec Éric pour le seconder. Et ce, pour des raisons évidentes…

Revenir dans le Nord est toujours difficile pour moi, parce que je me sens obligé de raser les murs. Je redoute plus que tout de rencontrer des membres du clan de Manu, l'enfoiré responsable de la mort de ma petite sœur, celui-là même que j'ai tué.

Cela fait trois heures que je bosse à la préparation de bûches à la crème au beurre, quand Ella débarque en pestant.

— Un problème ? s'enquiert mon beau-frère.

— J'en ai marre ! Je ne le supporte plus. Cinq minutes de plus et je lui jette sa bague de fiançailles à la figure.

— Ah ouais, quand même… Qu'est-ce qu'il a encore fait, cet abruti ?

Dans mon coin, je me mords la lèvre inférieure pour ne pas éclater de rire. Ah, les joies de la vie de couple !

— Il n'arrête pas de me commander, comme si j'étais son apprentie ! Et il drague des clientes sous mon nez ! Tu te rends compte, Éric ?

— Mais non, j'interviens en m'approchant d'elle, il leur fait du charme pour qu'elles achètent plus. Ça ne veut rien dire du tout.

— Mais bien sûr… Et ma main dans sa face, tu crois que ça voudra dire quelque chose ?

Là, je ne peux m'empêcher de pouffer. J'avais déjà entendu parler des coups d'éclat d'Ella qui est d'un calme olympien la plupart du temps. Effectivement, je confirme ce que raconte mon frangin : c'est quelque chose de la voir s'énerver.

— Allons, Ella…, tente de l'amadouer Éric.

Elle n'a pas le temps de répondre, qu'Emma arrive en trombe. Mais c'est quoi ce bordel ? Elles ont prévu une réunion syndicale ici ou quoi ?

— Nom de Dieu, qu'est-ce qu'il me soûle ! Vous verriez le boxon dans la boutique, c'est une véritable émeute. Le pire, c'est que la plupart des gens sont juste là pour lui demander des autographes et des photos. Ils n'achètent même pas une minable baguette. Pendant ce temps, nos vrais clients sont bloqués à l'extérieur. Ah non, mais ce n'est pas possible. À ce rythme, tout Roubaix va débarquer et on sera encore là à minuit. L'idée, c'était qu'il me permette de fermer plus tôt, pas qu'on fasse une nocturne !

C'est le moment que choisit le téléphone portable d'Ella pour sonner. Elle le sort de la poche arrière de son jean et fronce les sourcils.

— C'est Mika, murmure-t-elle avant de décrocher et de s'éloigner un peu.

Cinq minutes plus tard, elle revient vers moi, alors que Nath est en train d'appeler à l'aide. Emma le rejoint en râlant, tandis qu'Éric se remet à garnir les bûches.

— Un problème ? je demande avec curiosité.

— Ouais. Elle s'est engueulée avec nos parents et s'est barrée de la maison, elle est en route pour Paris.

— Sérieusement ?

J'ouvre de grands yeux, surpris. C'est la veille de Noël, elle aurait pu surveiller sa langue trop bien pendue pour une fois.

— Mon père l'a traitée de pute, alors elle est partie. Elle a eu raison de l'envoyer bouler, mais ça m'ennuie vraiment qu'elle passe les fêtes sans personne.

— Tu n'as qu'à lui proposer de nous rejoindre, lance mon beau-frère qui se tient à moins de deux mètres de nous et a, par conséquent, tout entendu.

— C'est ce que j'ai fait, mais elle a refusé. Elle ne veut pas déranger, soi-disant.

— N'importe quoi ! s'exclame Éric en secouant la tête.

— Je sais, mais tu ne connais pas ma sœur, rétorque Ella avec défaitisme.

Pendant toute leur conversation, je ne réagis pas, comme si j'étais tétanisé. L'imaginer seule me déplaît souverainement. Mais lui demander de venir, c'est aller au-devant de toute une cascade d'emmerdements, dont le pire est mon incapacité chronique à lui résister.

Ces quelques jours loin de Paris devaient être un répit, l'occasion de m'aérer la caboche et de réfléchir posément à la situation.

Maintenant, c'est sûr, je ne vais pas arrêter de penser à elle. Bon sang de bonsoir, comme si j'avais besoin de ça !

Pourtant, alors qu'Ella retourne dans la boutique d'où ma sœur est en train de l'appeler, je récupère mon portable et je compose le numéro de Mika. Elle décroche à la troisième sonnerie. Au bruit, je sais qu'elle est toujours en bagnole.

— Oui, Yann ? Qu'est-ce que je peux faire pour toi ? s'enquiert-elle avec froideur.

— Ce que tu peux faire pour moi ? Tu peux ramener ton adorable petit cul par ici et fêter Noël avec nous, plutôt que de rester toute seule.

— Écoute, c'est gentil, mais non… C'est déjà assez compliqué comme ça.

— Parce que c'est toi qui décides que ça l'est. Moi, je dis simplement que j'ai vraiment envie que tu passes ces quelques jours avec moi et ma famille.

Elle a l'air d'hésiter, avant de demander :

— Tu es sûr ? Parce que, après notre altercation de l'autre matin, je ne sais pas…

— Certain. Alors, arrête de te faire prier, ça me gonfle, et prends la direction du Nord. Tu verras comment on fait la fête par ici.

Mika se marre et finit par abdiquer.

— D'accord. Je dois juste faire un crochet par l'appartement pour récupérer les cadeaux prévus pour Ella, Nath et toi.

— Très bien. Je t'envoie l'adresse par texto. Essaie de ne pas arriver trop tard.

— Oui, mon seigneur et maître, minaude-t-elle avec une docilité feinte.

— J'adore quand tu me parles comme ça. Brave fille, va !

Une protestation mi-insurgée, mi-amusée, me répond, tandis que je raccroche en riant comme une banane.

Chapitre 16

Mika

Je ne sais pas si j'ai bien fait d'accepter l'invitation de Yann. Quand Ella m'a suggéré de les rejoindre, dans mon esprit, c'était non, et je n'étais ouverte à aucune négociation. Quelle n'a donc pas été ma surprise en découvrant que mon colocataire, le responsable de bon nombre de mes problèmes, m'appelait. Et bien entendu, comme toujours, je n'ai pas été capable de lui refuser quoi que ce soit. Après, on pensera ce qu'on voudra, mais fêter Noël toute seule chez moi me paraissait tellement déprimant qu'il n'a pas été obligé d'insister beaucoup.

Alors que je parviens aux abords de la capitale, je suis prise d'un accès de panique, en me rendant compte que je n'ai aucun cadeau pour la famille Leray. Je déteste arriver les mains vides quand je suis invitée chez quelqu'un, cela me semble le comble du manque de savoir-vivre. En catastrophe, je m'arrête sur le bas-côté pour envoyer un texto à Ella, afin qu'elle m'indique le sexe et l'âge des enfants.

Chez moi, je récupère les paquets qui attendent sagement dans ma chambre, puis je me précipite aux Galeries Lafayette pour essayer de trouver des présents. Malheureusement, je ne suis pas la seule à avoir eu cette idée, si bien qu'il me faut plusieurs heures pour en ressortir. Au final, Emma aura un foulard en soie et Éric un parfum. Concernant les ados, j'ai choisi le nouveau FIFA pour l'aîné des garçons et des palettes de maquillage pour les filles. Enfin, pour le petit dernier, j'ai opté pour deux bouquins.

Il est déjà 16 heures quand je reprends la route pour le Nord de la France. D'après mon GPS, j'en ai pour trois heures au minimum. Le trajet se déroule toutefois relativement bien, puisque je mets la musique à fond. Je ne peux pas m'arrêter et risquer d'arriver en retard, ils m'attendent à l'hôtel où Ella a promis de me retenir une chambre. La soirée commence à 20 heures, ce qui veut dire que j'aurai tout juste le temps de passer sous la douche et de me changer. Enfin, si ce crétin de camion qui m'enquiquine depuis dix minutes veut bien se bouger pour que je puisse le dépasser.

Il est 19 h 15 lorsque je parviens aux abords du palace où ils logent. Un voiturier prend les clés de ma bagnole et un groom récupère mes bagages. Nathan ne s'est pas fichu du monde en réservant ici ! Je sens déjà ma carte bleue se ratatiner dans le fond de mon portefeuille à l'idée de la note que j'aurai à régler pour la chambre. Car, pas question de laisser ce rustre de footeux payer pour moi.

À l'accueil, ma sœur m'attend en se mordillant la lèvre, ce qui est mauvais signe. La dernière fois qu'elle a fait ça, c'était juste avant de m'annoncer qu'elle partait en Syrie. Donc, bien évidemment, je me méfie instantanément.

Je lui fais la bise et demande aussitôt :

— Il y a un problème ?

Autant aller droit au but, non ? C'est son mec qui serait content s'il m'entendait faire des blagues pareilles…

— Euh… oui. Il n'y a plus aucune chambre libre dans l'hôtel, ni dans ceux des alentours.

— Quoi ? Mais je vais dormir où, alors ? Bon sang, tu aurais pu t'assurer qu'il y avait des disponibilités avant de m'inviter !

— Techniquement, c'est l'invitation de Yann que tu as acceptée. Quand, moi, je t'ai suggéré de venir, tu as refusé, donc…

— Merde, Ella, tu crois que c'est le moment de pinailler ? Qu'est-ce que je fais, maintenant ?

— Emma a proposé de te laisser occuper le canapé de son salon. Mais perso, je te le déconseille. Elle et son mari fument comme des pompiers et c'est là qu'on est censés faire la fête.

— C'est pas vrai !

Dire que je suis dépitée est un euphémisme. Entre les cinq cents kilomètres que je me suis coltinés aujourd'hui, l'engueulade avec mon père, et cette virée shopping que j'ai dû effectuer en catastrophe, je suis crevée. Et je ne vous parle pas de la furieuse envie de faire pipi qui ne m'a pas quittée depuis que je suis partie, parce que j'ai oublié de passer aux toilettes. Si on ne solutionne pas la question de cette foutue chambre dans les cinq minutes, c'est l'inondation garantie.

— Tout va bien, le problème est réglé, indique une voix dans mon dos que je reconnaîtrais entre mille.

— Comment est-ce possible, Yann ? s'enquiert Ella en jetant un coup d'œil par-dessus mon épaule. La réceptionniste m'a pourtant certifié qu'il n'y avait plus rien de libre, pas même un placard à balais.

— Mika couchera dans ma chambre.

Les prunelles de ma jumelle se vrillent illico aux miennes. Et, contrairement à mon habitude, je ne soutiens pas son regard.

— Pardon ? Tu ne trouves pas que c'est un peu bizarre ?

— Pourquoi ? Le lit est tellement grand qu'on peut y dormir à trois sans se toucher, et on a déjà l'habitude de partager la salle de bains. Je nous rends service à tous et surtout à elle parce que le clic-clac de ma frangine a quinze ans d'âge et je ne souhaite à personne d'y passer la nuit, pas même à mon pire ennemi. C'est bon, on peut y aller ? On est carrément à la bourre, là !

Yann prend mon sac d'autorité et pose sa main en bas de mon dos pour me guider vers les ascenseurs, suivi par ma jumelle qui nous emboîte le pas. En douce, je lui jette des coups d'œil furtifs. Il ne s'est pas rasé depuis plusieurs jours et cette barbe lui va à merveille. Déjà, je me sens toute chose. Il appuie sur le bouton de l'écran de commande et je ne peux m'empêcher de songer à l'endroit où se trouvaient ses doigts, il n'y a pas si longtemps que ça. Forcément, des images torrides apparaissent dans mon esprit, et je pique un fard d'enfer. Lorsque je relève la tête, je constate qu'il est en train de me dévisager. À ses yeux anormalement brillants, je devine qu'il pense à la même chose que moi.

Heureusement, le ding résonne et la cabine s'ouvre. J'ai la nette impression que ma sœur n'a rien remarqué, ce qui tient du miracle. Dans le genre observatrice, Ella est une championne de classe internationale.

Elle se dirige vers un bout du couloir, tandis que nous partons en sens inverse. Yann est silencieux et évite mon regard au moment de maintenir la porte pour me permettre d'entrer. Très galant, comme toujours… Le style qui tire votre chaise, qui vous laisse toujours entrer en premier, qui prend votre veste pour vous aider à l'enfiler ou qui vous ouvre la portière de la voiture. Il y a dans ses gestes quelque chose de désuet, dans ce monde où les femmes revendiquent l'égalité des sexes. Mais pour moi, cela ajoute à son charme. Est-ce le paradoxe entre son physique viril de *bad boy* tatoué et ses manières si délicates ? Je n'en sais rien, peut-être…

Lorsque nous nous retrouvons seuls dans la chambre, il se tourne vers moi.

— Écoute, Mika…, commence-t-il.

Mais je l'interromps d'un mouvement brusque de la main.

— Tu me parleras plus tard, là, ce n'est vraiment pas le moment.

Si je ne fais pas pipi tout de suite, ma vessie va exploser, et ça ferait mauvais genre de laisser une grosse flaque sur ce joli tapis.

Yann rit et me désigne une porte située sur ma droite. Je m'engouffre immédiatement dans la salle de bains et j'ai tout juste le temps de baisser mon jean pour me soulager. Une fois que c'est fait, je passe sous la douche sans perdre une minute. Seulement, quand j'en émerge, bien plus détendue, je réalise que je n'ai aucun vêtement de rechange avec moi. Mon sac est dans la pièce d'à côté. Super ! Et maintenant ? Qu'est-ce que je fais ? Je sors d'ici à poil ?

À cette idée, je me fige. Et pourquoi pas, au fond ? Ce n'est pas comme s'il ne m'avait jamais vue nue, pas vrai ? Un petit sourire machiavélique se dessine sur mes lèvres, tandis que je laisse tomber la serviette avec laquelle je viens de m'essuyer au sol. Peut-être qu'en me voyant il regrettera ce qu'il a refusé il y a deux jours. Ça lui fera les pieds !

Même si je ne suis pas spécialement pudique, me balader à poil sous le nez d'un mec n'est pas franchement dans mes habitudes. Aussi, je prends mon courage à deux mains au moment de sortir de la salle de bains. Dans la chambre, Yann me tourne le dos et est en train de boutonner la chemise grise qu'il vient d'enfiler sur un chino noir.

— Tu es prê…

Les mots meurent dans sa bouche quand il me découvre en tenue d'Ève. Son visage est tellement figé que c'en est comique.

— Mais que… que… qu'est-ce que tu fous ? murmure-t-il d'une voix étranglée.

— J'ai pris une douche et j'ai oublié mes vêtements de rechange. J'ai juste à m'habiller, je me passe un coup de brosse et je suis prête.

— Mais, putain, Mika, t'es à poil, là !

— Et alors ? Si le spectacle ne te plaît pas, tu n'as qu'à fermer les yeux ou tourner le dos.

Debout, les mains sur les hanches, je le défie, très fière de moi. Je sais que mon corps, s'il n'est pas aussi fin que celui d'Ella, est loin d'être moche. Il paraît que les hommes aiment quelques rondeurs bien placées, c'est le moment ou jamais de vérifier que c'est toujours le cas de Yann. Que m'avait-il chuchoté ce soir-là ? Ah oui, « Putain, tu es sublime », si ma mémoire est bonne.

À ma grande satisfaction, il ne se détourne pas, mais me dévore littéralement des yeux. Eh bien, voilà ! Maintenant, au moins, les choses sont claires. Je lui plais et, s'il me ressort un prétexte fumeux à la con, je lui balance un de mes escarpins à la tête.

Lentement, pour bien lui permettre de mater à loisir, j'enfile mes sous-vêtements blancs en dentelle. Puis, c'est au tour du jean, du chemisier crème en soie, et enfin du gros gilet beige si confortable et assorti à mes Ugg.

— Dis donc, il n'est pas à moi, ce cardigan ? s'enquiert-il d'un ton étrange.

Je le fixe attentivement. Il peine à déglutir et sa voix tremble.

— Tu ne le portes jamais et je l'adore. Je te le rends, si tu veux.

— Pas la peine. Mais si Nath te fait une remarque, ne t'étonne pas. C'est lui qui me l'a offert.

Je souris et file vers la salle de bains où je rectifie mon maquillage et brosse mes longs cheveux blonds que je remonte ensuite en chignon. Yann me rejoint, se parfume près de moi, devant le miroir, et passe rapidement les doigts dans sa tignasse bouclée. Nous voir ainsi me met dans un drôle d'état. Ce n'est pas la première fois que nous partageons un lavabo. Dans l'appartement, nous nous lavons les dents ensemble avant d'aller nous coucher dans nos chambres respectives. Mais ce soir, je ne sais pas… c'est vraiment spécial. L'impression d'agir comme si nous étions un couple me rend particulièrement sereine. Quand une mèche s'échappe dans ma nuque, il l'attrape et la glisse dans l'élastique qui maintient ma chevelure en place. Voilà ce que j'aime par-dessus tout chez lui : son incroyable prévenance.

Yannick Leray est loin d'être un homme parfait. Son côté secret et sa lâcheté flagrante face à notre histoire sont autant de défauts qui me gonflent bien comme il faut. Mais ses qualités compensent largement ces travers typiques de la personnalité masculine. Des mecs courageux, il y en a peu, je parle par expérience.

— Tu es une sacrée peste, tu t'en rends compte ? demande-t-il quand son regard croise le mien dans la glace.

— Non, je suis une femme qui a du caractère et qui sait ce qu'elle veut. Ce n'est pas la même chose.

— C'est vrai aussi. Et qu'est-ce que tu veux ?

Cette fois, je me lance, bien consciente que c'est ma dernière chance. Je joue à quitte ou double sur ce coup.

— Toi. C'est toi que je veux et rien d'autre.

Je vois sa pomme d'Adam monter et descendre très vite, mais il ne répond pas. Déçue, je soupire profondément. Je ne peux pas me montrer plus claire et je ne vois pas ce que je peux dire de plus. À force de me prendre des râteaux, je finirai par me lasser de lui cavaler après. Et je compte bien arrêter les frais avant que la situation vire au masochisme le plus extrême. Je suis têtue, mais pas tête brûlée.

Ne supportant plus ce silence qui me rappelle à quel point mon béguin n'est pas réciproque, je baisse la tête et quitte la pièce, pour ne pas lui montrer que ce nouveau rejet me blesse horriblement. Sans doute plus que tous les autres, simplement parce que je viens de décider que ce serait ma dernière tentative.

Lorsque tout a été entrepris et se solde systématiquement par un échec, je crois qu'il faut savoir s'arrêter et admettre sa défaite. C'est exactement ce qui est en train de m'arriver maintenant. Je pensais et j'espérais que me montrer nue déclencherait quelque chose en lui. J'ignore quoi, mais un truc, peu importe lequel. Hélas, il ne s'est rien passé. Dire que je pensais qu'il me jetterait sur le lit pour me faire ma fête... Une fois de plus, je me suis gourée. Cela étant, quand on regarde ma vie privée de plus près, il n'y a rien de nouveau sous les tropiques. Le nombre de fois où je me suis plantée ! Alors, pourquoi est-ce que cela me semble plus douloureux aujourd'hui ? C'est à se demander si j'ai un minimum de jugeote. Entre celui qui me trompait, celui qui se servait de mon ongle pour se curer les dents, celui qui voulait que je perce ses points noirs, celui qui préférait les mecs et refusait de se l'avouer, celui qui était tellement radin qu'il me sommait de payer la moitié de ses courses quand je prenais une douche chez lui pour l'utilisation du shampooing, et enfin celui qui était marié à une autre femme et père de famille, il y a de quoi se poser des questions. Et je ne vous parle même pas de tous les allergiques à l'engagement que j'ai côtoyés ! Pourtant je n'ai jamais demandé le mariage. Simplement, à un moment dans une relation, on veut avoir l'impression d'évoluer, sinon on se dit qu'on perd son temps.

J'ai conscience de généraliser sous le coup de la contrariété. Après tout, j'ai aussi eu des hommes formidables dans ma vie. David, le propriétaire du Showcase est un mec génial, Ted, un joueur de l'OM l'était également, tout comme Diego, mon prof d'espagnol de première, celui qui m'a fait découvrir le plaisir. Malheureusement pour eux, c'est moi qui n'ai pas accroché.

Lorsque Yann arrive dans la chambre, je fixe obstinément la moquette pour ne pas croiser son regard. Je le connais, il est super gentil et va tenter de me rassurer, mais je n'ai pas envie de ça maintenant. J'ai juste besoin qu'on me foute la paix pour digérer calmement cette nouvelle désillusion.

— On y va ? demande-t-il d'une voix si douce que je redoute un instant de fondre en larmes.

En silence, je hoche la tête et récupère mon manteau sur un

canapé. Je pourrai toujours dormir là, ce soir. Comme à son habitude, il me prend le vêtement des mains et le tient afin que je puisse l'enfiler. Qu'est-ce que je vous disais ? Quand un géant de plus d'un mètre quatre-vingt-dix, beau comme un astre avec ses yeux gris, sa barbe de trois jours et sa tignasse bouclée, foutu comme un dieu grec, tatoué comme un *bad boy*, avec un piercing au sourcil droit, vous chouchoute comme ça, comment ne pas avoir le cerveau et les hormones qui partent en vrille ? Si quelqu'un a la recette pour que j'arrête de baver comme une épileptique sous Prozac devant lui, je suis preneuse, et plutôt deux fois qu'une. Juste avant de sortir, je récupère mes paquets que j'ai failli oublier.

Pendant le court trajet de l'ascenseur, je me sens encore plus mal. Nom d'un chien, venir ici a été la connerie de l'année. Dans le hall, Nath et Ella nous attendent, eux aussi avec les bras chargés de cadeaux. Lorsqu'il m'aperçoit, le copain de ma frangine fait la grimace.

— Je n'aurais jamais imaginé qu'il m'arriverait un jour de passer les fêtes de Noël avec une journaleuse ! Faut croire que je suis carrément désespéré.

Je souffle, pour bien lui montrer mon agacement. Il faut qu'il me lâche, lui, parce que ce soir je ne suis vraiment pas d'humeur à supporter ses sarcasmes. Ella le fusille du regard et grogne :

— Chéri, arrête ça tout de suite. Si tu fais des histoires pour passer le réveillon avec ta future belle-sœur, alors tu peux te brosser pour que ta fiancée reste. C'est toutes les deux ou personne

Il pivote vers elle, visiblement surpris.

— Tu n'oserais pas !

— Si tu penses que je n'en suis pas capable, tu me connais mal, surtout après la journée que tu m'as fait endurer. Alors, un conseil avisé, ne me tente pas.

Voyant que les choses commencent à tourner au vinaigre, je m'apprête à intervenir, mais Yann me devance.

— Hey, les mômes, ça suffit ! Et la magie de Noël, vous en faites quoi ? Vous savez depuis quand je n'ai pas célébré cette fête ? Ne me gâchez pas la soirée avec vos engueulades de cour de récréation ou vous aurez affaire à moi.

Sa réflexion a le mérite de clouer le bec à tout le monde. D'un commun accord, nous prenons la voiture de Nathan pour nous rendre à Roubaix. Parce que je suis de fort mauvaise humeur et qu'il faut bien que je me venge de sa remarque, sinon ce ne serait pas drôle, je ne peux m'empêcher de l'asticoter, au moment où ma sœur et moi prenons place dans son véhicule.

— Alors, Ella, qu'est-ce que ça te fait de te retrouver sur la banquette arrière du légendaire Range Rover de Nathan Leray ? Tu sais que c'est le baisodrome le plus couru du Tout-Paris ?

Ni une, ni deux, il se tourne vers moi et pointe un index menaçant dans ma direction.

— Ta gueule, Mika, ou tu vas à Roubaix à pied !

— Je peux me tirer tout de suite si tu veux, répliqué-je aussitôt. Tu crois que tu m'impressionnes avec tes intimidations à deux balles ?

Ma jumelle a dû comprendre que je suis une vraie boule de nerfs ce soir. Ce qu'elle ignore, c'est que son crétin de footballeur n'y est pour rien.

— Nath, ça suffit ! intervient-elle. Mika n'a dit que la vérité, même si elle n'a pas fait dans la dentelle. Donc, maintenant, tu te calmes. Et toi, ajoute-t-elle en se tournant vers moi, si tu n'arrêtes pas de jeter de l'huile sur le feu, je te jure que tu auras affaire à moi.

Cette menace a le don de me réduire au silence. En réalité, je n'ai pas l'habitude de me montrer intentionnellement méchante, mais je suis crevée, dépitée, et je redoute plus que tout la soirée à venir.

Lorsque nous arrivons, je descends de voiture en traînant les pieds. Mais qu'est-ce que je fous là ? Je viens tout juste de récupérer mes paquets dans le coffre quand Yann me retient par le bras.

— Mika ? Tu peux m'accorder deux minutes, s'il te plaît ? J'aimerais te parler.

— Excellente idée, lance Nath. Engueule-la un bon coup, ça la calmera peut-être, cette hystéro !

— Tu sais ce qu'elle te répond, l'hystéro, pauvre débile ?

Ella entraîne son mec à sa suite et sonne à la porte de la maison devant laquelle nous sommes garés, sans doute pour éviter que ça dégénère.

Restée seule avec Yann, je le défie du regard. Je me sens d'humeur combative, alors quiconque me cherche risque de me trouver…

— Oui ? Un problème ?

Il m'observe en souriant et croise les bras sur sa poitrine.

— C'est moi ou tu es en pétard ?

— À ton avis ?

— D'accord. Dans ce cas, ce n'est peut-être pas le bon moment pour t'expliquer que je suis d'accord.

— Je ne suis pas… D'accord pour quoi ?

— Pour qu'on tente le coup, toi et moi.

Je ne sais pas comment réagir à cet instant précis. La joie le dispute à la stupéfaction. Après des semaines pendant lesquelles il m'a d'abord ignorée puis repoussée, voilà qu'il se décide d'un seul coup. Qu'est-ce qui justifie un tel revirement de situation ? Et moi, il se préoccupe de ce que je pense ? Il s'imagine quoi, au juste ? Que je suis assez cloche pour accepter ce deal ? Que je suis à sa disposition quand ça lui chante ?

— Qu'est-ce qui te dit que j'en ai encore envie ?

— Mika, cesse de faire ta bêcheuse. Tout à l'heure, dans la salle de bains, tu m'as clairement affirmé que c'était moi que tu voulais. Et maintenant que je suis partant, tu essaies de me faire bisquer ?

— Yann, je t'ai tendu la perche un nombre incalculable de fois et tu n'as jamais daigné l'attraper, alors excuse-moi de ne pas accourir comme une groupie hystérique, éperdue de reconnaissance, parce que tu décides de t'intéresser à moi par je ne sais quel miracle.

— Arrête ! Tu m'as toujours attiré, tu le sais très bien. J'essayais juste de me protéger, à cause de mon passé. Le fait que tu sois au courant change tout. Les choses sont désormais plus faciles. Enfin presque...

— Comment ça ? Que signifie ce « enfin presque » ?

— J'ai malgré tout une exigence et une seule. Mais elle ne souffre aucune négociation, ajoute-t-il, sans tenir compte de ma remarque.

La curiosité l'emporte sur l'agacement. Une exigence ? J'aimerais bien savoir de quoi il s'agit.

— Laquelle ?

— Jamais tu ne dois évoquer ou chercher à m'interroger sur mon passé.

OK. Il n'y a rien de surprenant à ça. Je présume qu'il tente de se préserver et surtout de protéger son frère. N'oublions pas qu'il s'apprête à fréquenter une journaliste. Alors seulement je comprends que, depuis le début, c'est ce qui le freine. Mon métier, le fait que je puisse nuire à Nathan en révélant les casseroles que trimballe la famille Leray sont autant d'obstacles franchement rédhibitoires. Pourquoi n'y ai-je pas pensé plus tôt ?

— Alors, tu en dis quoi ?

— Yann, je ne sais pas. Tu comprends, je n'ai pas envie que tu te réveilles demain en ayant changé d'avis. Ce serait trop dur. J'ai déjà vécu ça, il y a deux jours, c'était affreusement blessant et humiliant. Je ne tiens surtout pas à recommencer.

— Mika, à l'instant où tu es partie, je m'en suis voulu. Je désirais juste que tu ne puisses pas découvrir un pan de mon passé dont je ne suis pas très fier, mais que je ne peux pas renier, parce qu'il a fait de moi l'homme que je suis aujourd'hui. Au cas où tu ne t'en serais pas encore rendu compte, tu as devant toi un mec salement amoché par la vie. Alors, il va falloir être patiente avec moi et faire preuve de beaucoup de compréhension. Je préfère t'avertir maintenant, pour que tu saches exactement où tu mets les pieds.

— C'est tout à ton honneur, mais arrête d'essayer de me préserver à tout prix, je ne t'ai rien demandé. Je suis une grande fille, capable de faire mes choix en toute connaissance de cause et de les assumer ensuite. Donc, si tu pouvais ne pas me traiter comme une petite chose fragile, je te jure que tu nous rendrais service à tous les deux.

Dans la pénombre, je le vois rougir de gêne.

— Désolé, c'est plus fort que moi. J'ai un instinct de protection particulièrement développé dès qu'il s'agit de mes proches.

— OK, je crois que je pourrai m'en accommoder. En revanche, ce que j'aimerais savoir, c'est pourquoi tu as changé d'avis aussi brutalement ?

Les mains dans les poches de son caban, Yann n'ose pas me regarder en face. J'attends sa réponse, suspendue à ses lèvres, comme si ma vie en dépendait.

— Euh… En fait, il y a deux choses. Je ne voulais pas que tu puisses découvrir mes antécédents, mais il semblerait que tu sois déjà au courant. Tu ne m'en as jamais parlé avant ton départ pour Vendôme, et j'apprécie ta discrétion. Ensuite, depuis deux jours, je n'arrête pas de penser à toi et je n'en peux plus, j'ai l'impression de devenir dingue. Tu m'as toujours plu, c'est un fait. Mais après la nuit qu'on a passée à l'appartement, cette attirance a pris des proportions délirantes. Voilà, tu sais tout. Alors qu'est-ce que tu en dis ?

Ce que j'en dis ? Oui, oui et encore oui. Apprendre que l'attraction quasi magnétique qui me pousse vers lui est réciproque me rend si heureuse que je pourrais en pleurer. Quel soulagement !

— Mika ? insiste Yann avec une pointe d'impatience dans la voix.

Pour la première fois, notre histoire dépend de moi. Je pourrais le faire poireauter, mais ce n'est pas mon genre de jouer avec les sentiments des gens.

— D'accord. On tente le coup et on voit où ça nous mènera. Ça te convient ?

— Parfaitement. Ah, une dernière chose.

— Oui ? Quoi encore ?

— Je ne partage pas. Tout le temps où on sera ensemble, notre relation sera basée sur une fidélité absolue.

— Ça me va. Et ça marche dans les deux sens.

— Alors, plus de footballeurs ?

— Comme si l'appartement était envahi par une horde de joueurs prêts à me sauter dessus ! m'exclamé-je avec agacement.

— Mika, tu es très belle. N'oublie pas que j'assiste aux matchs, et je sais très bien de quelle façon les mecs te matent. Tu leur plais, c'est tellement flagrant qu'il faudrait être aveugle pour ne pas le voir.

Je baisse les yeux, mal à l'aise. Quand on bosse dans un milieu exclusivement masculin, c'est le genre de situation à laquelle une femme est confrontée. Mais hormis Chris qui m'a peloté les fesses une fois et s'est pris une baffe en retour, personne ne m'a jamais manqué de respect.

— Je comprends, mais tu peux me faire confiance. Je te promets que tant que nous serons ensemble, ce sera juste toi et moi.

— Et tu ne chercheras pas à m'interroger sur mon passé. Tu en sais déjà beaucoup trop. Je sais que je suis soûlant avec ça, mais c'est très important pour moi.

— D'accord.

Avec un sourire séducteur, il s'approche de moi et pose ses lèvres sur les miennes. Durant un instant, j'oublie tout, tellement son baiser est agréable.

— On devrait rentrer, ils sont tous en train de regarder par la fenêtre. Et à voir la tête de mon frangin, il a compris.

— C'est un problème pour toi ?

— Absolument pas. Je dirais même que je suis super fier qu'une aussi belle femme que toi soit ma petite amie.

Je ris, tandis que nous nous dirigeons vers l'entrée de la maison, les bras chargés de présents.

Chapitre 17

Yann

La soirée se déroule comme dans un rêve. Le repas est excellent, et chacun met la main à la pâte dans un joyeux bazar. Étonnamment, Mika s'adapte sans aucun problème à ma famille. Emma, qui est plutôt du genre méfiant, l'adopte immédiatement. Il faut reconnaître qu'elle est enjouée et super sympa avec tout le monde. Enfin, quand je dis tout le monde, j'exclus Nathan. Entre eux, j'ai l'impression que les hostilités ne s'arrêteront jamais. Soit ils ne peuvent vraiment pas se saquer, ce qui serait triste pour Ella et pour moi, soit ils s'amusent, mais je ne capte rien aux règles de leur petit jeu.

Dans la cuisine, alors que je suis en train de remplir le lave-vaisselle pendant que les filles finissent de débarrasser, il s'approche de moi et murmure d'une voix où perce l'incrédulité :

— Tu es malade ou quoi ? Tu sais à quoi tu t'exposes en sortant avec elle ?

— Pardon ?

Mon ton est sec, très sec même. Je lui parle très rarement avec une telle froideur. Mais depuis hier, je ne cesse de le remballer. Souvent, je peste avec lui, mais c'est plus pour le fun qu'autre chose et il le sait. Tandis que ces deux derniers jours… Je suis conscient de ce que je lui dois. Seulement, je n'aime pas qu'on me dicte mes choix et celui-là moins que tout autre. Depuis des semaines, je m'occupe exclusivement de lui, tout comme je le faisais autrefois. Il me semble que j'ai gagné le droit d'avoir ma part de bonheur, peu importe le temps que ça durera.

— Tu te rends compte de ce que tu risques en fréquentant une journaliste ? Tu pourrais avoir n'importe quelle meuf, et il a fallu que tu jettes ton dévolu sur celle-là ! Franchement, je ne te comprends pas.

— Bon, maintenant, tu vas te calmer et m'écouter bien attentivement. On est d'accord que Mika sait que j'ai été en prison et les raisons qui m'y ont envoyé depuis des mois. Elle aurait eu mille occasions de nous foutre tous les deux dans la merde depuis et elle ne l'a jamais fait. D'autant que ta nana et toi n'étiez plus ensemble à ce moment-là, à cause de tes conneries. Pour se venger, elle n'aurait pas trouvé mieux, et pourtant elle ne s'est pas servie de cette information. Alors, tires-en les bonnes conclusions. Quant au fait que ce soit cette nana et pas une autre, je pourrais te retourner la question. Pourquoi Ella qui est si brillante et qui te file des complexes d'infériorité sans même le vouloir ? Tu pourrais avoir n'importe qui, ajouté-je en reprenant sciemment ses paroles, et il a fallu que tu jettes ton dévolu sur celle-là. Pourquoi ?

— Euh… ben, je n'ai pas vraiment choisi. Elle m'est plutôt tombée dessus.

— Voilà. Tu as ta réponse. Je n'ai pas décidé que ce serait Mika, mais je ne veux personne d'autre, tu comprends ? Elle représente tout ce que je peux désirer chez une femme, tout comme Ella te correspond parfaitement malgré vos différences. Alors, maintenant, tu vas me foutre la paix et accepter mes choix. J'ai vingt-sept ans, je suis assez grand pour savoir ce que je fais.

— Très bien, c'est comme tu le sens. Mais je préfère te prévenir que si elle te fait du mal, je m'occuperai personnellement de son cas. Et quand j'en aurai terminé avec elle, il ne lui restera plus que ses yeux pour pleurer.

— J'aimerais bien voir ça, lance une voix depuis le pas de la porte.

Nous nous retournons comme un seul homme pour apercevoir Ella qui se trouve à l'entrée de la pièce.

— Depuis le temps que vous vous tournez autour, il fallait bien que ça finisse comme ça, déclare-t-elle en s'approchant de nous. Tu es ce qui pouvait arriver de mieux à ma sœur, et je pense que la réciproque est également vraie. Ne gâchez pas tout pour des conneries. Quant à toi, ajoute-t-elle en pivotant vers son mec, tu es bien mal placé pour donner des leçons à qui que ce soit. Tu n'es pas ce qu'on peut appeler un modèle de vertu. Alors, pour une fois, Nath, occupe-toi de tes affaires et laisse-les gérer les leurs. Ce sont des adultes, ils savent que ce qu'ils font. Sois content pour eux si ça fonctionne et souhaite-leur tout le bonheur du monde.

Ravi d'avoir le soutien de ma presque belle-sœur, je l'embrasse sur la joue. Elle rougit et ça me fait sourire, contrairement à mon frère. Sans attendre, je quitte la cuisine pour retrouver Mika. Elle est installée sur le canapé en train de s'instruire sur les expressions ch'ti avec mes nièces.

— Donc, un *boubourse*, c'est un débile ?

— Voilà, t'as tout compris.

— OK, et le *bouque*, c'est la bouche.

— C'est ça. Et le *capiau*, c'est quoi ?

— Un chapeau, répond ma blonde, très fière d'elle.

— Bravo ! lance Éric en applaudissant.

Je m'assieds près d'elle et l'attrape par les épaules pour l'attirer à moi. Son contact est tellement excitant que des images de ce que je vais lui faire me traversent l'esprit et, soudain, je n'en ai plus rien à cirer de la magie de Noël. Je n'ai qu'une hâte, que la soirée se termine et que nous puissions nous retrouver seuls dans la chambre.

Je sens que je vais *décarocher* (perdre la boule, comme on dit dans le Nord) si ça dure trop longtemps. Ce sentiment s'accentue quand elle se laisse aller contre moi et pose sa main délicate sur ma cuisse. Je l'attrape et entrelace ses doigts aux miens, avant de lui embrasser la tempe. C'est plus fort que moi, j'éprouve un besoin irrépressible de la toucher. J'ai d'ailleurs beaucoup de mal à me contrôler, après m'être interdit de le faire pendant si longtemps. Nath nous regarde de travers, mais se prend un coup de coude dans les côtes lorsqu'Ella s'en aperçoit. Il finira par l'accepter, je le connais. Ce n'est qu'une question de temps. C'est une vraie tête de lard, mais je sais qu'il ne désire que mon bonheur.

Au moment du dessert, une bûche aux spéculoos que j'ai préparée cet après-midi, je demande un expresso à ma sœur qui s'en étonne aussitôt.

— Tu es sûr ? Tu ne vas pas réussir à dormir cette nuit.

Je souris, tandis que Mika rougit furieusement.

— Mam's, il n'a pas envie de pioncer, lance mon neveu Brian. Il a d'autres projets.

Tout le monde se met à ricaner, moi le premier. Qui a dit que la vérité sortait de la bouche des enfants ?

— *Ferme eut bouque !* rétorque Emma qui s'amuse malgré son ton faussement sévère.

— Mais c'est vrai, maman !

— Vrai ou pas, c'est pas ton problème !

Finalement, elle m'apporte un mug. C'est une blague ? Elle ne veut pas aussi que je boive une tisane à la camomille tant qu'on y est ?

Voyant mon expression dépitée, ma frangine pouffe et avoue :

— C'est un double expresso, tu en auras besoin.

Cette fois, nous sommes tous pliés de rire. Le reste de la soirée se passe ainsi, dans la joie et la bonne humeur. J'offre une boîte, remplie de chaussettes pour homme à Mika qui se marre comme une folle. En découvrant la montre qui se cache à l'intérieur, elle se jette sur moi et m'embrasse sur la bouche. Être en couple est tout nouveau pour moi, mais j'adore le sentiment de plénitude que ça me procure. Son cadeau est du même ordre, puisqu'il s'agit d'un gilet en laine dans lequel se trouve une tablette.

— C'est pour mieux te le piquer, susurre-t-elle à mon oreille.

Mon cadeau a coûté une fortune — je connais le prix d'un iPad —, mais je ne proteste pas. Je sais que ça lui fait plaisir de me gâter et je dois reconnaître que pour les cours et les recherches, il me rendra drôlement service. Pour tous, elle a une surprise personnalisée. Je comprends mieux pourquoi elle est arrivée si tard : ça a dû lui prendre un temps fou d'acheter des présents qui correspondent aussi bien aux goûts de chacun.

Vers minuit, nous décidons enfin de lever le camp. Ce n'est pas trop tôt ! Ma sœur est crevée, et les gosses sont déjà partis se coucher. Sur le pas de la porte, Emma lance avec sa spontanéité habituelle :

— Vous n'imaginez pas comme je suis contente d'avoir passé le réveillon avec mes frères adorés. Vous voir heureux et bien accompagnés est mon plus beau cadeau.

Aussitôt, Nath et moi, nous nous précipitons vers elle pour la serrer contre nous, lui faire des bisous et des papouilles. Elle s'esclaffe, aux anges, me donnant l'impression qu'elle a rajeuni de dix ans, et ça m'émeut plus que je ne le voudrais.

Dans la voiture, je m'installe à l'arrière avec Mika, juste pour le plaisir de la garder dans mes bras. Pour l'instant, elle accepte mes câlins et mes étreintes sans râler, mais je suis sûr que d'ici peu, elle va me trouver particulièrement collant. Je devrais mettre plus de distance entre nous, j'en ai conscience. Mais je n'y parviens pas, en tout cas pas encore. Je redoute juste d'y prendre goût trop facilement. Quand vous avez passé des années dans une cellule sans la moindre marque d'affection, il est évident que vous êtes en manque.

Le silence entre elle et moi est serein, il n'y a plus cette tension du début de soirée. À mesure que nous approchons de l'hôtel, je sens mes mains devenir moites et une autre forme d'excitation me gagner. Et cette sensation-là est carrément délicieuse.

Dans l'ascenseur, c'est encore pire, surtout quand je vois que les joues de ma belle blonde sont rosies par le même trouble. Son regard sombre est brillant, et cela me fout des frissons le long de la colonne vertébrale. De toute ma vie, jamais une femme ne m'a mis dans un tel état.

J'ai toutes les peines du monde à parler normalement, il faut que je me racle la gorge pour souhaiter une bonne nuit à mon frère et à sa copine. Dès qu'ils ont le dos tourné, je choppe Mika par la main pour la pousser à presser le pas. Je ne tiendrai pas une minute de plus. Je suis si fébrile que la carte magnétique manque de m'échapper des mains au moment de la passer sur le lecteur de la poignée. Je me reprends et, lorsque je referme la porte, je suis à nouveau maître de mon corps. Enfin… jusqu'à ce que je me retrouve face à elle. À l'instant où nos yeux se croisent, je perds le contrôle. Cette fois, il n'y aura aucun retour en arrière possible. Je le sais, et Mika le sait aussi à en juger par son regard brûlant.

Les mains tremblantes, je retire ma doudoune et le laisse glisser au sol. Puis, sans crier gare, je me jette sur elle pour l'embrasser à pleine bouche. Elle répond aussitôt à mon baiser, tout en ouvrant son manteau qui tombe par terre sans bruit. Le gilet et la tunique suivent très vite le même chemin pendant qu'elle se débarrasse de ses bottines fourrées, puis déboutonne ma chemise avec au moins autant de hâte. Lorsque je suis torse nu et qu'elle se retrouve devant moi, son buste tout juste couvert de dentelle blanche, je suis à deux doigts de perdre la boule. Je me bats un instant avec sa ceinture avant de réussir à faire glisser le jean et la culotte en même temps le long de ses jambes. Elle en profite pour retirer son soutien-gorge, libérant ses seins sublimes. Pour ma part, je suis déjà à genoux en train de la débarrasser du reste de ses fringues. Juste avant de me relever, je mords son ventre à cet endroit super tendre que je pourrais croquer durant des heures. Ce petit bourrelet, je l'adore, il est parfait. J'aime l'idée qu'elle ne soit pas trop mince et qu'elle apprécie les plaisirs de la table. Ella, par exemple, est beaucoup trop fluette à mon goût. Mika, elle, est une femme, une vraie, tout en courbes et en rondeurs.

Dès l'instant où je suis à nouveau debout, elle s'attaque à ma braguette, mais comme l'agitation rend ses doigts malhabiles, je finis par m'en charger moi-même. Moins d'une minute plus tard, je suis à poil et plus excité que je ne l'ai jamais été. Elle se jette sur moi et, quand son corps entre en contact avec le mien, je suis au bord de l'implosion. Il va falloir que je me calme, sinon on court droit à la catastrophe.

Tout en l'embrassant avec avidité, je nous entraîne vers le lit. Les lampes de chevet sont allumées, et je ne veux surtout pas les éteindre. Je tiens à me délecter du spectacle de nos deux corps qui fusionnent, de cette union sur laquelle je fantasme depuis si longtemps.

Une fois allongés, la température dans la pièce grimpe encore d'un cran. Je suis tellement dur que j'ai l'impression que je vais exploser. Comme si c'était totalement naturel, je niche mon sexe contre le sien qui est parfaitement épilé. Mon bassin se met en mouvement et, lorsque je l'entends gémir, je ferme les yeux pour contrôler mes propres réactions. Sentir son entrejambe humide tout contre ma peau est un délice de tous les instants. Je crois que je ne vais plus tenir. Après autant d'années sans rapports intimes, c'est un miracle que je n'aie pas éjaculé avant.

— Yann, je t'en prie…

— Tu es déjà prête ? je demande, vaguement surpris, parce que nous avons à peine entamé les préliminaires.

La dernière fois que j'ai baisé une fille, je ne me rappelle même pas avec qui c'était, ni quand. Mais il y a un truc dont je me souviens : une nana s'allume beaucoup plus difficilement qu'un mec. Or, il n'est pas question que je sois le seul à avoir du plaisir. Je n'ai jamais agi de cette façon, ce n'est certainement pas aujourd'hui que je vais commencer, surtout pas avec Mika.

— Plus prête que ça, ce n'est pas possible ! Si tu ne fais rien, dans cinq minutes, les draps seront carbonisés.

Je souris à cette remarque. Il n'y a qu'elle pour faire de l'humour dans un moment pareil. Mes doigts descendent vers son entrejambe pour s'assurer que c'est effectivement le cas. Sans être Rocco Siffredi, j'ai été plutôt gâté par la nature, il faut donc qu'elle soit vraiment humide pour que tout se passe au mieux. Lorsque je glisse mon majeur et mon index en elle, Mika gémit. Ils en ressortent trempés, ce qui signifie que le feu est vert. Je serais bien incapable d'expliquer ce que je ressens à cet instant précis, mais après plus de sept ans d'abstinence, c'est juste incroyable. J'attrape ma bite et la guide vers son corps sublime pour la pénétrer lentement. Bon sang, c'est super serré et si extraordinairement bon que je pourrais jouir à l'instant.

Doucement, je me mets à bouger, m'enfonçant toujours un peu plus. Mika écarte largement les jambes pour me permettre d'y aller plus franchement, ce dont je ne me prive pas. Au bout de quelques allers-retours, je me sens déjà au bord du gouffre, alors que ma partenaire est loin d'en être à ce stade. Elle soupire, geint, mais ça ne me suffit pas. Le peu de raison qui me reste me dicte de me calmer, tout en l'excitant. Pris d'une inspiration subite, je me retire malgré ses protestations pour me laisser glisser le long de son corps. Oh oui, putain, c'est top ça ! Je vais lui bouffer la chatte pour la faire réellement décoller. Ma bouche se pose sur cette merveille, et ma langue trace des cercles autour de son clitoris. Mes mains ne sont pas en reste, puisque j'ai attrapé ses seins pour en pincer les tétons. Ses cris stridents m'indiquent que l'idée était excellente. D'ailleurs, ce petit bout de chair est de plus en plus dur et semble sur le point d'exploser. Sa respiration s'emballe et, juste avant qu'elle jouisse, je me redresse pour reprendre ma position initiale, c'est-à-dire au creux de son corps.

— Salaud…, grince-t-elle, visiblement frustrée de ne pas avoir pu accéder à l'orgasme qui s'annonçait.

— Pas du tout. Ce sera encore meilleur, laisse-moi te montrer.

Me permettre de diriger les opérations à mon rythme est un cadeau incroyable qu'elle me fait. Je soulève une de ses cuisses pour changer l'angle de pénétration et y aller plus fort, mais aussi plus vite. Les sensations refluent, si intenses que j'en ai la tête qui tourne. C'est si bon, divinement bon…

Cette fois, Mika est beaucoup plus déchaînée. Ses hanches viennent au-devant des miennes, nos peaux claquent, nos souffles s'accélèrent. Je sens exactement à quel moment elle bascule. Ses cris résonnent à mes oreilles comme la plus douce des mélodies, ses mains agrippent mes cheveux pour les tirer jusqu'à me faire mal, et ses dents se plantent dans mon épaule. J'aurai une marque demain, mais je m'en fous complètement. Au contraire, je la verrai comme un trophée, la certitude absolue de lui avoir donné autant de plaisir que j'en ai eu. Soudain, son sexe se contracte en spasmes autour de ma queue, si fort que ça pourrait être douloureux, si ce n'était pas un tel délice. Lorsqu'ils s'espacent, je me laisse aller, enfin… La jouissance est si puissante que j'ai l'impression d'être sur le point de tourner de l'œil. Je ressens les sensations de la racine des cheveux à la pointe des orteils. Mon corps ne m'appartient plus, il est littéralement ravagé par le plaisir que me procure cette femme. Savoir que je viens de faire l'amour avec la sublime Mika ajoute à la beauté du moment.

Longtemps, je reste couché sur elle, cherchant désespérément à reprendre mon souffle, à revenir à la réalité quand bien même je n'en ai aucune envie. Finalement, parce que je ne tiens pas à l'aplatir comme une crêpe, je finis par m'écarter et m'allonger sur le dos.

— Ben, ça alors…, chuchote-t-elle, visiblement dans le même état que moi.

Inquiet, je me tourne vers elle et fronce les sourcils.

— Quoi ? Un problème ?

Chaque mec devrait commencer par s'assurer que sa partenaire y a trouvé son compte, avant de se prendre pour un dieu du sexe. Je sais ce que j'ai senti, mais est-ce que je ne me suis pas trompé ? Se remettre en question, c'est se donner les moyens d'avancer. Et si Mika n'est pas pleinement heureuse, j'ai tout le reste de la nuit pour faire mes preuves. En tout état de cause, il est hors de question qu'elle se réveille frustrée demain matin.

— Tu n'as pas aimé ?

— Oh que si ! En fait, c'est même tout l'inverse.

Un sourire empli de satisfaction illumine mon visage à ces mots. Je me disais bien que je n'avais pas rêvé.

— Dans ce cas…

— Eh bien, comment t'expliquer… Normalement, je ne prends jamais mon pied sans que mon clitoris entre en ligne de compte, tu vois ?

— Oui. Et ?

Vas-y, Mika, continue à flatter mon ego, il adore ça et moi aussi.

— Là, c'était différent. La sensation était inédite, beaucoup plus intense. Je n'ai jamais expérimenté ça, mais c'était si violent que je n'en reviens toujours pas. C'était le meilleur orgasme de toute ma vie, le plus fort et celui qui a duré le plus longtemps. J'avais l'impression que ça ne s'arrêterait jamais.

— Cache ta joie ! On dirait que c'est une mauvaise chose. Je vais finir par croire que tu n'as rien d'une aventurière, alors qu'au pieu je me sens comme Mike Horn.

— Tu rigoles ? Absolument pas ! Sauf que je vais très vite devenir addict au plaisir que tu me procures.

— Mais je suis entièrement à ton service.

Elle sourit, puis s'esclaffe carrément quand je lui saute dessus. Quelques secondes plus tard, je me redresse brusquement, en panique.

— Yann ? Qu'est-ce qui se passe ?

— Merde ! On a oublié d'utiliser une capote !

— Ça tombe bien, je n'en avais pas. Et à voir ta tête, toi non plus.

— Oui, mais…

— Pas de panique, je prends la pilule.

— D'accord. De mon côté, je suis clean. Je donne mon sang, alors je fais des tests chaque année.

— Moi aussi, je suis clean. Hormis avec un ou deux partenaires fiables, je n'ai jamais couché sans préservatif, et j'ai été testée depuis.

— Vraiment ? Et qu'est-ce qui a changé ce soir ?

— C'est sans doute la magie de Noël, ou alors c'est l'effet Yann Leray, murmure-t-elle avec une moue aguicheuse absolument irrésistible.

D'ailleurs, c'est simple, je ne résiste pas…

Chapitre 18

Mika

— Tu as toutes tes affaires ? demandé-je à Yann depuis la cuisine.

— Ouais, je suis prêt. Souhaite-moi bonne chance, murmure-t-il en me rejoignant.

— Bonne chance, mon chéri. Je suis sûre que tout se passera bien et que tu les épateras.

— Mika, j'adore la façon dont tu crois en moi et la confiance à toute épreuve qui t'anime. Mais tu te rends quand même compte que s'ils avaient eu le temps de procéder à un recrutement dans les règles, je n'aurais eu aucune chance ? Pareil, si je n'avais pas été le frère de Nath.

— C'est parce que je sais que tu es un mec génial. Si je l'ai compris immédiatement, il n'y a aucune raison pour que le coach ne s'en aperçoive pas avant la fin de l'entraînement. Peu importe que tu n'aies pas le diplôme requis.

Yann m'embrasse rapidement et quitte l'appartement en coup de vent. Comme je ne travaille pas aujourd'hui, j'ai pu lui prêter ma voiture. Mais à partir de demain, il va falloir qu'on s'organise, parce que j'en aurai également besoin. Les locaux de BFM sont situés dans le 15e arrondissement, non loin du boulevard périphérique et de la porte de Versailles, tandis que Yann bosse au Camp des Loges, à

Saint-Germain-en-Laye. Autant dire que ce n'est pas franchement au même endroit. Mais bon, on finira bien par se débrouiller. Il pourra toujours me déposer le matin et me récupérer le soir.

Que d'événements se sont produits depuis cette nuit de Noël où nous avons fait l'amour pendant des heures ! Le vingt-cinq, nous avons passé l'après-midi avec sa sœur et son beau-frère. Pour le dîner, Nathan a absolument tenu à tous nous inviter dans un restaurant de Lille. Dès le lendemain, Yann et moi sommes repartis pour Paris avec ma voiture. Il devait impérativement rentrer pour signer son contrat de travail, et je ne m'imaginais pas rester sans lui.

Aujourd'hui, c'est son premier jour en tant qu'entraîneur assistant pour les jeunes du centre de formation. Le téléphone qui sonne interrompt mon introspection. Je décroche immédiatement lorsque je vois qu'il s'agit de ma frangine.

— Salut, Mika.

— Ella ! Je suis contente de t'entendre. Tu vas bien ?

— Très bien. Mais c'est plutôt à toi qu'il faut demander. Avec Nath, on a eu l'impression de vous déranger quand on vous a appelés à minuit pour vous souhaiter une bonne année.

Et pour cause, on était en train de s'envoyer en l'air. Vous avez déjà essayé d'avoir une discussion avec quelqu'un, quand le visage de votre amant est niché entre vos cuisses ? C'est loin d'être simple comme exercice…

— Oui, on était… euh… on était occupés.

Ma jumelle rit, ayant probablement saisi la situation. Tant mieux, parce que je me vois mal lui expliquer la scène. Étrangement, depuis que je suis avec Yann, j'ai tendance à la jouer discrète, alors qu'avant ça ne me dérangeait pas le moins du monde d'exposer ma vie sexuelle dans ses moindres détails devant ma sœur. Il faut croire que tout change, moi la première. Et c'est une bonne chose.

— J'imagine… Dis, Mika, je reviens de chez les parents. Tu as eu vent d'un truc au sujet de papa ? Il a fait plein de sous-entendus, persuadé que je comprendrais, sauf que je suis surdouée, pas extra-lucide. Qu'est-ce qui se passe ?

— Quoi ? Il ne t'a rien raconté ? Il est gonflé quand même !

— Tu es au courant, donc...

— Oui, mais pas par lui. C'est Harry qui m'en a touché un mot. M. Georges Moreau va être nommé ministre de la Justice demain, et son avocat de fils va bosser avec lui.

— Sérieusement ? Mais ils sont dingues au gouvernement, ma parole ! Et pourquoi Harry ne m'a rien dit ?

— Aucune idée. Il était là-bas aussi ?

— Oui, mais il n'est pas resté longtemps. Il est reparti assez vite. Apparemment, c'est assez tendu entre lui et notre cher père.

— Sans doute parce que ce vieux con ne veut pas entendre parler de sa copine.

— Il a une petite amie ? Première nouvelle ! C'est fou comme il te raconte tout et, à moi, rien.

Difficile d'expliquer à Ella qu'Harry est plus proche de moi, simplement parce que nous avons vécu ensemble, alors qu'elle était dans son pensionnat pour enfants précoces. J'ai compris depuis un bail que le sujet est délicat pour elle, alors inutile d'en rajouter une couche.

— Oh, tu sais... Je devais être là au moment où il avait besoin de se confier à quelqu'un. Habituellement, il n'est pas plus bavard avec moi qu'avec toi.

Je n'aime pas mentir à ma sœur, mais c'est pour son bien. Du moins, c'est ce que j'essaie de me dire... Un long silence me répond, puis Ella finit par embrayer sur autre chose.

— Yann est là ?

— Non, pourquoi ? je m'enquiers, étonnée.

— Pour rien.

— C'est aujourd'hui son premier jour de boulot, il était un peu stressé. Il vient juste de partir.

— Super ! Je suis sûre que cette année est celle de tous les possibles. C'est génial qu'il ait pu décrocher ce job. Nath est certain qu'il fera des merveilles avec les mômes.

— Tu prêches une convertie. Il est d'une telle patience avec moi.

— C'est délicat, mais puisque Yann n'est pas là, il faut que je te raconte quelque chose.

— Quoi donc ?

— Il s'est passé un truc bizarre à Lille après votre départ.

— Ah bon ?

— On a croisé la mère du mec qu'il a tué. Quand elle nous a aperçus, elle a commencé à pleurer et à nous hurler dessus. J'avais horriblement honte, et même Nathan ne la ramenait pas. Il l'a ignorée et on s'est tirés vite fait, avant qu'elle rameute le reste de sa tribu.

— Oh…

— Je présume que c'est pour ça aussi que Yann ne s'est pas éternisé. C'est le genre de situation qu'Emma redoute par-dessus tout.

— Je comprends. À sa place, je ne serais pas tranquille non plus. Tu crois que la famille de la victime sait qu'il est sorti de prison ?

— Je suppose que oui. Au fait, tout roule entre vous ? Le 25, j'ai cru qu'il allait te gober les amygdales, tellement il te galochait.

Je m'esclaffe à cette remarque. Il arrive quelquefois à Ella de faire des réflexions incluant des organes quand elle parle. Médecin un jour, médecin toujours ! C'est d'ailleurs assez rigolo.

— Il a évoqué ses années d'incarcération avec toi ? Il paraît qu'il s'est pris deux coups de couteau les premiers mois. Ça a dû être très dur pour lui. C'est bizarre, tu sais, mais je ne l'imagine vraiment pas en train de tuer un homme. Yann est le mec le plus gentil qu'il m'ait été donné de rencontrer. Combien de fois a-t-il calmé Nath, quand il lui arrive de péter un câble !

Cette réflexion, je me la fais très régulièrement. Mais je ne peux pas en parler, étant donné que j'ai promis de ne jamais aborder la question. Depuis le premier soir, j'ai compris qu'y déroger, revenait à sonner le glas de notre relation. Et je n'ai aucune envie de voir les choses se terminer entre nous.

— Non, c'est l'omerta. Il refuse d'en discuter et m'a expressément défendu de l'interroger à ce sujet.

Cette fois, c'est Ella qui ricane à l'autre bout du fil.

— Comme si ça t'avait déjà arrêtée ! En général, c'est le contraire qui se produit.

— Pardon ?

— Sans vouloir te critiquer, il suffit qu'on t'interdise un truc pour que tu le fasses. Tu as toujours eu un esprit de contradiction très développé, je ne vois pas pourquoi ça changerait aujourd'hui.

— Tu exagères…

— Mika, papa t'a dit de ne jamais grimper dans le pommier, et tu t'es empressée de le faire. Il t'a déconseillé de fréquenter Catherine en arguant qu'elle venait d'une famille à problèmes, et c'est devenue ta meilleure amie. Il t'a défendu de rencontrer ton prof d'espagnol en dehors des cours, et il a été ton premier amant, alors qu'il était marié. Tu veux que je continue ?

— Non, j'ai bien compris l'idée générale, grogné-je avec agacement. Mais cette fois, c'est différent. Je respecte le besoin de passer à autre chose qu'il éprouve et je ne mettrai pas notre histoire en péril en jouant les mouches à merde. Il ne me le pardonnerait pas.

— Tu as raison, c'est beaucoup plus prudent de t'en tenir là. Bon, je dois filer, il faut que j'aille bosser. La journée va encore être rude, je suis déjà épuisée rien que d'y penser.

— Menteuse ! Arrête de jouer les victimes, tu adores ton job !

Ma sœur se marre et raccroche peu après, me laissant à la fois perplexe et perdue. Depuis ma première rencontre avec Yannick

Leray, j'ai décidé que je ne voulais surtout pas fouiner dans son passé. Pourtant, la vérité est là et bien là. Je crève d'envie d'en savoir plus. *Interdis-moi une chose, et tu peux être à peu près sûr que je le ferai.* Ella a tellement raison...

Durant de longues minutes, je pèse le pour et le contre, avant d'en arriver à la conclusion qu'il n'y aurait aucun mal à effectuer deux ou trois recherches. Après tout, j'ai promis de ne jamais mentionner son passé devant lui, ni de poser de questions à ce propos, mais je n'ai jamais juré de ne pas essayer d'en savoir plus. Ce n'est absolument pas pour obtenir un scoop, mais juste pour avoir le sentiment de mieux connaître l'homme qui partage désormais ma vie. Parce que dans le genre mystérieux, il fait figure de champion olympique.

Alors, quel serait le problème si je tapais son nom sur Google pour voir ce qui en ressort ? Aucun, c'est sûr.

Chapitre 19

Yann

Ma vie est parfaite. Si on m'avait dit, il y a six mois de cela, quand je croupissais au gnouf, que les choses se dérouleraient ainsi, je me serais pissé dessus de rire. Mais les faits sont là : j'ai une petite amie géniale, j'étudie avec succès quatre soirs par semaine, j'ai un job que j'adore, et je vis dans un appartement qui me donne l'impression d'avoir trouvé mon chez-moi pour la première fois. Depuis quinze jours, je me rends quotidiennement au centre de formation pour entraîner les adolescents repérés par le club. Le courant passe tellement bien entre eux et moi qu'aujourd'hui le coach m'a laissé carte blanche, se contentant d'observer ma manière de procéder. À la fin de la session, il m'a juste lancé : « Tu es un bon, toi ! Jamais je n'ai vu un mec être aussi respecté et si facilement accepté par les jeunes. C'est extraordinaire ! Tu n'es pas près de nous quitter, tu peux me croire. » Quel plaisir d'entendre ces mots.

On se demande comment un poissard comme toi peut avoir autant de bol ! Attends-toi à ce que la tuile qui te tombera inévitablement sur le coin de la gueule fasse sacrément mal, me souffle ma conscience qui est une éternelle pessimiste.

Peu importe ce que l'avenir me réserve, je croque la vie à pleines dents au jour le jour, en prenant ce qu'elle a à me donner. Demain arrivera bien assez vite. J'ai appris, au cours de ces sept dernières années, à me contenter de petites joies, plutôt que de courir après un bonheur illusoire. C'est sans doute pour cette raison que je suis enfin serein. Mes erreurs passées et le système ne m'ont pas cassé, mais m'ont rendu plus fort.

Il est 23 h 30 quand je déverrouille la porte de l'appartement. Étrangement, Mika n'est pas allongée sur le canapé comme d'habitude. Pourtant, les lampes du salon et celle posée sur la console de l'entrée sont allumées. Un coup d'œil dans la cuisine m'indique que mon repas m'attend comme chaque soir. Mais aucun signe d'elle.

— Mika ?

Pas de réponse. Bizarre…

— Mika ? j'appelle plus fort.

Soudain, j'entends un bruit provenant d'une des chambres et, enfin, elle apparaît, arrivant visiblement de la sienne.

— Oh ! tu es là…, murmure-t-elle avec un petit sourire.

Ses pommettes sont roses, et le ton de sa voix me fait penser qu'elle est nerveuse. Que se passe-t-il au juste ? Immédiatement, une sonnette d'alarme résonne dans ma tête. Je m'oblige à ne pas me montrer méfiant. Après tout, on parle de ma copine, la fille géniale qui partage désormais ma vie.

— Il y a un problème, chérie ? je m'enquiers en déposant mes affaires sur une chaise.

— Non, non. J'étais juste en train de bosser, je n'ai pas vu l'heure qu'il était. Tu as passé une bonne journée ?

— Ouais, pas mal. Tu travailles sur quoi ?

Silence. Un ange passe… Qu'est-ce qu'elle me cache ? Aussi, j'insiste :

— Mika, est-ce que tu as quelque chose à me dire ?

Aucune réponse.

— Si tel est le cas, c'est le moment ou jamais.

Je l'observe attentivement, tandis qu'elle se mord la lèvre.

— Alors ?

Elle redresse les épaules et inspire un bon coup.

— Est-ce que tu as vu ou écouté les informations aujourd'hui ?

Hein ? Quoi ? Se pourrait-il que… ? Non, impossible !

— Pas vraiment. Mes journées sont plutôt chargées en ce moment. Pourquoi ?

— Mon père vient d'être nommé ministre de la Justice. Georges Moreau est le nouveau garde des Sceaux.

— Sérieusement ? Mais c'est une excellente nouvelle, n'est-ce pas ?

— Je l'ignore. Je suis spécialisée dans le domaine sportif, cela ne devrait donc pas avoir d'impact sur mon travail. Mais qui sait ?

— C'est ça qui t'inquiète ? Tu as peur de perdre ton job ? Approche…

Elle s'avance et je la prends immédiatement dans mes bras pour la serrer contre moi. Elle se laisse aller et m'enlace par la taille.

— Ne t'inquiète pas, tout se passera bien. Tu es une journaliste exceptionnelle, personne ne te cherchera des noises.

Elle hoche la tête et finit par s'écarter.

— Je t'ai préparé un bol de soupe, ça ira ?

— Mais oui, ne t'en fais pas. Tu te joins à moi ?

— Euh… non, j'ai déjà dîné. Je vais juste ranger mes notes et mes papiers, j'en ai pour cinq minutes.

— Pas de problème. Ensuite, si tu es toujours aussi tendue, je te masserai le dos. Ça te branche ?

— Et comment ! s'exclame-t-elle en disparaissant dans le couloir, tandis que je me dirige vers la cuisine.

Chapitre 20

Mika

Ouf ! C'était moins une ! J'ai vraiment cru que j'allais me faire griller. Yann ne doit surtout pas savoir sur quoi portent mes recherches. Étrangement, sur Google, je n'ai pas trouvé grand-chose. Tout juste, y avait-il un article vieux de sept ans paru dans la presse lilloise, qui résumait vaguement l'affaire sans toutefois établir le moindre lien avec Nathan. Sur la photo, relativement floue, j'ai reconnu mon petit ami, beaucoup plus jeune, mais déjà très beau, l'air complètement hagard. Le procès avait été bouclé rapidement et, la plaidoirie de son avocat, un débutant, n'avait rien arrangé à l'affaire. Il avait écopé de la peine maximale pour violences ayant entraîné la mort sans intention de la donner. De toute évidence, les jurés avaient retenu des circonstances aggravantes. À part ça, aucune trace de lui sur Internet : Yann n'est présent sur aucun réseau social et ne l'a jamais été.

J'aurais dû me contenter de ça, mais ma curiosité était aiguisée et je n'ai pas pu m'empêcher de vouloir creuser un peu plus profondément. Pour cela, il n'y avait pas trente-six solutions. J'ai téléphoné à Stéphane, mon collègue chroniqueur judiciaire. Grâce à un de ses contacts, il a pu obtenir le compte rendu du procès, qu'il m'a envoyé il y a environ une heure. Voilà pourquoi je n'ai pas vu le temps passer, ni fait attention au retour de Yann. Vous n'imaginez pas dans quel état j'étais quand je l'ai entendu m'appeler. S'il m'avait surprise en train de fouiner, il aurait été furax. Alors, autant ne pas lui parler de ma petite enquête qui doit demeurer secrète.

Je referme rapidement mon PC et range les documents que je viens d'imprimer dans une pochette. À première vue, il s'agit d'une affaire judiciaire comme une autre, et je ne pense pas que je trouverai quoi que ce soit de plus. C'est d'autant moins probable que j'ignore ce que je cherche. Il vaudrait mieux pour mon couple que je laisse tomber maintenant. Mais en suis-je seulement capable ? Il y a une part de moi qui veut encore approfondir.

Mais tu sais ce que tu risques s'il le découvre ? me souffle ma conscience. *Jamais il ne te le pardonnera.*

Sauf s'il ne l'apprend jamais, rétorque le démon qui sommeille en moi.

Je fais taire les voix dans ma tête. Le dossier est planqué, je peux à nouveau respirer normalement. Heureusement que j'ai eu l'idée de lui parler de la nomination de mon père pour noyer le poisson. Malheureusement pour moi, Yann est très perspicace, et je ne suis pas dissimulatrice pour deux sous. Toutefois, si je veux poursuivre mes recherches, je n'ai pas le choix, il va bien falloir que j'arrive à jouer la comédie.

Lorsque je le rejoins dans la cuisine, il termine de dîner. Je lui souris avec tendresse, mais aussi avec une pointe de soulagement, maintenant que tout est sous contrôle.

— Ton gâteau au fromage blanc est une pure merveille, me complimente-t-il, la bouche pleine.

— Merci. C'est une spécialité de ma mère. Elle m'a envoyé la recette.

— Alors ? Ça va mieux ?

Je m'installe en face de lui, tandis qu'il se lève pour débarrasser et me préparer une infusion à la menthe.

— Je ne sais pas. Je redoute l'impact de cette nomination sur notre famille. Tu imagines ? S'il déconne ou que les choses se passent mal ? Si la presse fouille et met à jour ses aventures extraconjugales ? Ce serait terrible pour ma mère.

— Fais-lui confiance. Tu m'as dit dernièrement que c'était un homme très brillant et une bête de travail. Il n'y a aucune raison.

— C'est vrai. Mais son tempérament le pousse souvent à commettre des erreurs. Quand tu es maire ou même sénateur, tu n'occupes pas le devant de la scène. Par conséquent, tu n'intéresses pas grand monde, hormis tes électeurs. Mais dans les hautes sphères du pouvoir, c'est une tout autre histoire. Les médias te scrutent en permanence.

Yann pose la tasse devant moi et reprend sa place.

— Tes parents ne sont pas au courant pour nous, n'est-ce pas ?

— Non.

Ma réponse le blesse, ça se remarque tout de suite à sa tête, mais j'ai assez raconté de salades pour ce soir.

— Tu as honte de moi ?

Je l'aurais parié.

— Absolument pas. Mais je refuse de leur donner un moyen de s'immiscer dans ma vie. Et puis, je connais mon paternel. Il se mettrait à fureter pour en savoir plus sur toi, comme il l'a fait avec Nathan. Tu te vois supporter ça ?

J'ai conscience d'appuyer là où ça fait mal, mais ce n'est toujours que la vérité. Georges Moreau est un as pour ce qui est de mettre le doigt sur les points faibles des gens qu'il a dans le collimateur. C'est de lui que je tiens mon côté fouille-merde.

Yann me sourit avec une certaine tristesse, et je sens mon cœur se serrer. Il traîne son passé comme un boulet, ce qui est très injuste quand on y réfléchit. Mais ni lui ni moi n'y pouvons rien. Nous devons simplement accepter la situation telle qu'elle est et faire avec.

— Non, tu as raison. Cela étant, que se passera-t-il quand on sera ensemble depuis quelque temps et qu'on aura des projets d'avenir ?

J'aime autant te prévenir, je n'ai pas l'intention de te lâcher de sitôt. Tu m'as voulu, alors il va falloir me supporter un petit moment.

Je m'esclaffe à ces mots. J'adore l'idée qu'il puisse laisser entendre aussi ouvertement qu'il tient à moi. C'est d'autant plus rassurant que je ressens exactement la même chose. Je n'imagine pas mon avenir sans lui. J'irais carrément plus loin : je ne peux plus me passer de cet homme extraordinaire. Et pour la première fois de ma vie, éprouver ce genre de sentiments ne me fait pas peur. Yann compte plus pour moi que n'importe quel mec avec qui j'ai été. Tellement plus…

— J'espère bien, rétorqué-je avec un sourire amusé. Toi non plus, tu ne te débarrasseras pas de moi si facilement.

— Tant mieux. Nous sommes donc sur la même longueur d'onde. Mais tu n'as pas répondu à ma question…

— Parce que je n'y ai jamais réfléchi et je ne sais pas quoi dire. Pourquoi est-ce qu'on doit se faire des nœuds au cerveau pour ça, ce soir ? On est bien ensemble, c'est tout ce qui compte, non ?

— Tu as parfaitement raison.

Il me tend la main et m'emmène vers sa chambre où nous nous déshabillons mutuellement en silence. Une partie de moi s'estime en droit d'enquêter sur son passé, mais l'autre se sent coupable de le faire. Alors, comme pour m'affranchir de cette dualité qui me met mal à l'aise, je me montre plus entreprenante et plus tendre encore qu'à mon habitude. Yann est un amant génial qui se préoccupe toujours plus de mes orgasmes que des siens. Toutefois, ce soir, j'ai envie de diriger les opérations. Aucune partie de son corps n'échappe à mes baisers, de son visage à son sexe dressé. Longuement, je le suce et le caresse, jusqu'à ce que je sente qu'il n'en supportera pas plus. Et j'en retire un plaisir incroyable. Lorsque le moment est venu, je viens au-dessus de lui de manière à le chevaucher. Il me laisse faire, visiblement heureux de cette initiative. Assise sur son sexe rigide qui m'emplit totalement, je donne le rythme, montant et descendant, uniquement centrée sur les sensations qui nous submergent. Peu à peu, mon corps s'emballe. Yann n'est pas en reste, puisqu'il saisit mes hanches pour imprimer une cadence beaucoup plus soutenue. Au moment où il se redresse pour me coller contre lui, sa bouche ayant happé un de mes tétons pour le sucer, je me sens partir très loin. Si loin que je n'ai plus conscience de la réalité ni de l'endroit où je me trouve. Mon cri se joint au sien quand nous explosons tous les deux. Essoufflée, je ris doucement, en resserrant l'étreinte de mes bras autour de ses épaules.

— C'est moi ou plus on le fait et plus c'est bon ?

— Disons que tu étais en grande forme ce soir, réplique-t-il avec une moue amusée. Mais loin de moi l'idée de m'en plaindre.

Il se redresse, tandis que je suis toujours enroulée autour de son corps, et nous emporte tous les deux vers la salle de bains, où nous prenons une douche qui se transforme très vite en une séance de sexe torride. Comme je l'ai sucé, il me rend la politesse avant de finir par me demander de prendre appui sur le carrelage, pendant qu'il me pénètre par-derrière. Cette fois, c'est lui qui domine, comme très souvent.

C'est donc heureux, repus et sereins, que nous nous endormons dans les bras l'un de l'autre. Je dois avoir sombré dans les bras de Morphée depuis quelques heures, lorsque mes yeux s'ouvrent brusquement. À côté de moi, mon amoureux respire régulièrement, ce qui prouve qu'il comate toujours. Qu'est-ce qui m'arrive ? Pourquoi ce réveil brutal ? Serait-il possible que pendant mon sommeil, mon cerveau ait continué à tourner à plein régime ? Tout porte à le croire, car ce qui m'a fait revenir à la réalité, c'est une idée ou plutôt un souvenir de ma lecture de la soirée.

Les jurés ont retenu la préméditation. Pourtant, certains témoignages, notamment celui d'Éric et d'un de ses amis de l'époque, expliquaient clairement que Yann ignorait qu'il allait croiser sa victime.

Si le tribunal a malgré tout tenu compte de ces circonstances aggravantes, c'est uniquement en raison d'une déposition accablante. Celle du policier chargé de l'affaire. Un autre point me turlupine bien plus encore. J'ai lu que dans les pièces à conviction, il y avait des analyses de sang effectuées par le légiste. Il n'a d'ailleurs pas été appelé à la barre pour témoigner au procès, ce qui est pour le moins étrange. Mais ce n'est pas uniquement ce point qui m'a réveillée en pleine nuit. Non, ce qui titille mon esprit de journaliste, ce sont les résultats de ces relevés. En effet, ils révèlent que la victime était parfaitement clean, sans aucune trace de substance illicite ni même d'alcool. Or, selon plusieurs témoins, le mec était un dealer et, surtout, un drogué notoire. Comment est-ce possible ? Ella m'a parlé un jour d'un séminaire sur l'addiction auquel elle a assisté. Elle m'a expliqué en long en large et en travers que la durée de positivité des stupéfiants dans le sang pouvait varier de deux à soixante-dix jours. Alors pourquoi est-ce que personne n'a tiqué ? Comment se fait-il que l'avocat de Yann n'ait pas remarqué cette incohérence ? Je sais qu'il s'agissait d'un débutant commis d'office, mais il y a quand même un minimum syndical, non ?

Durant plusieurs heures, je cogite à m'en coller une migraine d'enfer. Et parce que mon cerveau est en ébullition, le sommeil ne revient pas. Si je m'écoutais, je retournerais dans ma chambre pour relire le rapport et pointer clairement les anomalies. Mais je ne peux pas. Yann se lève souvent la nuit et, avec la guigne que j'ai, il me choperait. Autant ne pas créer de problèmes là où il n'y en a pas. Mais cela ne m'empêche pas de m'interroger longuement. Et si mon mec n'était pas aussi coupable qu'on a voulu le lui faire croire ?

Stop, intervient illico ma raison, *cette affaire a été jugée. Tu aimerais tellement le voir blanc comme neige que tu essaies de trouver toutes les failles qui pourraient aller dans ton sens. Mais que tu le veuilles ou non, il s'est battu et a tué un homme. C'est la réalité, même si elle ne te plaît pas.*

Je sais que c'est sans doute ainsi que je devrais voir les choses, mais je n'y arrive pas. Et j'ai bien l'intention de comprendre pourquoi.

Chapitre 21

— Salut, Mika. Entre, je t'en prie.

Je referme la porte derrière moi, histoire de m'assurer qu'aucune oreille indiscrète ne traînera dans le coin.

— Salut, Stéphane. Tu as deux minutes à m'accorder ?

— Bien sûr. Qu'est-ce que je peux faire pour toi ?

— C'est à propos du rapport d'audience que tu m'as transmis la semaine dernière. Il y a deux ou trois petites choses qui me perturbent, et j'aimerais avoir ton avis éclairé de grand manitou des affaires judiciaires.

— Pas la peine de me brosser dans le sens du poil, je t'aiderais même sans ça ! s'exclame-t-il en riant.

Je ne parviens pas à me dérider. Depuis plusieurs jours, je suis préoccupée par cette histoire au point d'en perdre le sommeil et l'appétit. Sans parler du fait que tenter de convaincre mon compagnon que tout va bien est compliqué, pour ne pas dire très, très, très compliqué. Je pense d'ailleurs qu'il commence à avoir des doutes, même s'il n'en parle pas.

— Alors ?

Je sors les documents de ma chemise pour lui exposer ce qui cloche. En tout cas, de mon point de vue.

— Pour moi, il y a de sérieuses incohérences.

— Mika, l'affaire a été jugée, j'ai beaucoup de peine à imaginer qu'un dossier mal ficelé ait pu faire l'objet d'une audience. Le magistrat l'aurait forcément remarqué. En France, tu es innocent jusqu'à preuve du contraire. Donc…

— Et moi, j'affirme qu'il y a un problème. En fait, j'ai l'impression que tout le procès repose sur le témoignage accablant du flic chargé de l'enquête. Il a décrit Yann comme un tueur froid et sans scrupule. Même si son avocat, qui était une véritable brêle entre parenthèses, a défendu la thèse de l'accident, personne n'a eu l'air d'y croire. C'est quand même dingue, quand on y réfléchit. Ils ont retenu la préméditation, mais lui ont malgré tout trouvé des circonstances atténuantes.

— Lesquelles ?

— La mort de sa sœur trois jours avant des suites d'une overdose. Mais l'inspecteur a réfuté le fait que la victime était son dealer, alors que Yann était formel là-dessus. En plus, les personnes qui ont témoigné en sa faveur n'étaient pas forcément des citoyens modèles et ils ont tous été taillés en pièces par le ministère public, hormis son beau-frère Éric. Hélas, c'était sa parole contre celle du flic, et personne ne douterait de la bonne foi d'un officier de police.

— Et comment il s'appelait, ce super flic ?

— Attends que je reprenne mes notes… Ah voilà ! Grégory Dojong.

— Dojong, tu dis ? C'est bizarre, son nom me dit quelque chose… Attends, je regarde dans mes dossiers.

Je suis en train de trépigner sur ma chaise comme si j'avais des vers au cul pendant qu'il consulte des fichiers sur son ordinateur.

— Ah ouais ! Quand même…

— Quoi ?

— Ce type est réputé pour être assez sulfureux. Il a été muté de Lille après une histoire d'accointance avec des dealers. S'il a soutenu que ce n'était pas lui mais un de ses indics, rien n'a pu être prouvé, d'autant que le truand en question est mort dans des circonstances bizarres. Il est à Strasbourg depuis. J'ai un contact là-bas, je peux me renseigner si tu veux.

— Oui, je veux bien.

Il décroche son téléphone, compose un numéro et discute pendant quelques minutes avant de couper la communication.

— Apparemment, il a également eu des ennuis à Strasbourg avec une bande de jeunes, mais mon correspondant n'est pas dans le même service que lui alors il n'a pas pu m'en dire beaucoup plus. En tout cas, il a une réputation épouvantable, alors qu'il n'est là-bas que depuis trois ans. Mais comme il obtient des résultats, personne ne l'ouvre. Ce qui pourrait être intéressant, ce serait de te procurer le compte rendu de l'enquête.

— Mais j'ai déjà celui de l'audience.

— Ce n'est pas la même chose. Dojong peut très bien avoir écarté des témoins à décharge pour qu'ils ne s'expriment pas au cours du procès.

— Est-ce qu'il pourrait avoir bidouillé les conclusions du légiste ?

— Dans quel but ? C'est vraiment très risqué. Pourquoi faire un truc pareil ?

— Dans le rapport du médecin qui a été présenté à la cour, la victime était hyper clean, alors qu'il était connu pour être un junkie de haut vol. Ça ne te choque pas ? Ma sœur m'a pourtant expliqué que les traces de ces substances restaient longtemps dans le sang, normalement.

— Tu es sûre de toi ?

— Il faudrait que je pose la question à Ella, mais j'ai peur d'éveiller ses soupçons. Vis-à-vis de Nathan, ça la mettrait dans une situation inconfortable. Je crois que je suis dans l'impasse.

— Tu te fous de moi, Mika ?

— Quoi ?

— Ton père est garde des Sceaux. S'il y en a une qui peut se procurer des dossiers de la police, c'est bien toi.

— Plutôt crever que de demander un truc pareil à mon paternel !

— Dans ce cas, tu es effectivement dans une voie sans issue et je ne peux rien pour toi. C'est dommage, parce que j'aurais été curieux de connaître les détails de cette affaire. Tu imagines si on était face à une erreur judiciaire ?

— Ça me paraît improbable, Yann n'a jamais nié avoir tué ce mec.

— Dommage. Je suis sûr qu'on aurait pu avoir un super créneau horaire pour un documentaire choc et une émission spéciale.

— Alors, là, même pas en rêve ! Yann ignore que je fouine dans son passé. S'il l'apprenait, tout serait fini entre nous.

— Et tu n'en as aucune envie, je suppose…

— Non, aucune.

Durant les heures qui suivent, je me repasse la conversation en boucle. Et si Stéphane était dans le vrai ? Ce serait quand même intéressant de creuser encore un peu, non ? En tout cas, il me semble que ça se tente. Mais le jeu en vaut-il la chandelle ?

Heureusement que Yann a cours ce soir, parce que j'aurais du mal à jouer la comédie. J'ai beau essayer de me sortir cette histoire de la tête, je n'y parviens pas. Finalement, en désespoir de cause, je décide d'appeler ma sœur. Hélas, au moment de composer son numéro, je réalise qu'elle sera soit en train de bosser et par conséquent indisponible, soit chez Nathan. Dans un cas comme dans l'autre, elle ne pourra pas me parler. En imaginant qu'elle parvienne à s'isoler, si je lui raconte tout, elle va forcément réagir, je la connais. Et l'autre naze pigera qu'il y a anguille sous roche. C'est le meilleur moyen de nous foutre toutes les deux dans la merde. Autant éviter…

Je repose mon iPhone, dépitée, lorsque l'illumination surgit de je ne sais où. Harry ! Lui, il pourrait m'aider, et je suis certaine qu'il ne refusera pas. Cela dit, je dois la jouer finement, parce que s'il a le moindre doute, il racontera tout à mon ministre de père qui déboulera tel un char d'assaut. Or, toute cette enquête doit rester secrète pour le moment. Si je ne trouve rien, je la remiserai aux oubliettes, et personne n'en saura jamais rien. Une fois que j'ai établi une stratégie et que mon petit discours est prêt, j'inspire et je compose son numéro, en espérant qu'il sera chez lui.

— Mika ? Salut, petit boudin. Ça va ?

Je souris avec ironie. Notre définition des surnoms affectueux est vraiment très particulière.

— Hello, vieux puceau. Oui, tout va bien. Je t'appelle parce que j'ai un service à te demander.

— Lequel ?

— J'ai tenu compte de vos remarques, à papa et à toi, et je suis en train de chercher à me reconvertir.

— Sérieusement ? Je ne suis pas sûr que tu aies choisi le bon moment pour te mettre à la politique.

— Pas dans la politique, triple buse. Je ne suis pas suicidaire, non plus.

— Alors quoi ?

— Mon boss m'a proposé de collaborer avec mon collègue des chroniques judiciaires, dis-je en mentant comme une arracheuse de dents.

— Ah bon ? Et ça te plairait de faire ça ?

— C'est un début. Et puis, de quoi tu te plains ? C'est toujours mieux que la rubrique sportive, non ?

— En tout cas, c'est plus sérieux.

— Bref, quelqu'un m'a donné un tuyau, et j'aurais besoin des comptes rendus de toutes les affaires traitées par un inspecteur de police qui était en poste au SRPJ de Lille en 2010. Est-ce que tu crois que tu peux me les procurer ?

C'est tout ce que j'ai trouvé pour biaiser. L'idée, c'est de le persuader que je cherche à coincer ce flic, pas que je m'occupe d'une enquête en particulier.

— Mika, c'est interdit de communiquer ce genre de renseignement. Tu dois bien le savoir, non ?

— Harry, je ne te demanderais pas ton aide si je pouvais faire autrement.

— Je viens tout juste de prendre mes fonctions, et tu veux déjà que je resquille ! Tu sais ce que je risque si je me fais choper ?

— Mais qui sera au courant ? Personne ! Merde, Harry, j'ai enfin une opportunité de bosser sur un sujet sérieux ! Ça fait plus d'un an que vous me serinez, les parents et toi, à répéter que journaliste sportive ce n'est pas assez bien ni assez respectable. Il faudrait savoir.

— OK, je vais voir ce que je peux faire pour toi. Mais tu ne préférerais pas demander directement à papa ?

— Plutôt me faire arracher la langue ! Je n'ai toujours pas digéré ses insultes et je ne suis pas prête à le lui pardonner. Il est temps qu'il comprenne que je ne suis pas une serpillère sur laquelle il essuie ses grolles.

— Crois-moi, il n'a pas fini de le comprendre. Maman est en train de se charger de le lui expliquer à sa façon. Et le moins que l'on puisse dire, c'est que l'ambiance est plombée à Vendôme.

— Dans la mesure où je ne risque pas d'y remettre les pieds avant un bon bout de temps, ce n'est pas mon problème. Je dois te laisser, j'ai du boulot. Mais s'il te plaît, vois si tu peux me filer un coup de main. Je te jure que tu me rendrais un immense service.

— Je ne te promets rien, mais je vais voir ce que je peux faire. De quoi est-ce que tu as besoin exactement ?

— Des rapports d'enquêtes dirigées en 2009, 2010 et 2011 par un inspecteur du nom de Grégory Dojong à Lille.

— OK, c'est noté. Tu penses que c'est un ripou ou un truc de ce genre ?

— Je n'en sais encore rien. Mais sois assuré que je te tiendrai au courant si je débusque un lièvre.

La clé qui tourne dans la serrure me fait sursauter. Merde, il rentre déjà ? Ce n'est pas possible !

— Harry, il faut que je te laisse. À très vite et merci pour tout.

En catastrophe, je raccroche, sans même attendre sa réponse. Puis je jette le téléphone sur le canapé comme s'il me brûlait les mains. J'espère que Yann n'a rien entendu de ma conversation avec mon frère. Il ne manquerait plus que ça.

— Salut, lance-t-il avec son habituel sourire bienveillant.

— Tu es déjà là ? Il est tôt, pourtant.

— Ma prof d'histoire était absente.

Il m'observe longuement, fronce les sourcils, puis finit par demander d'une voix beaucoup plus froide :

— Je te dérange ? Tu fais une de ces têtes ! Cache ta joie. Ça te fait chier de me voir ou quoi ?

Au prix d'un effort surhumain, je tente de me détendre, mais je n'y parviens pas. Je suis sûre que tout dans l'expression de mon visage doit transpirer la culpabilité.

— Bien sûr que non. C'est juste que j'étais en train de bosser et je n'ai pas eu le temps de préparer le dîner.

— Tu es sûre ? Mika, qu'est-ce que tu me dissimules ?

J'ouvre de grands yeux. Il faut que je trouve une parade avant de me faire griller. Sans réfléchir, je lui sors le premier truc qui me passe par la tête :

— Rien, je suis en train de travailler sur un dossier délicat, et ça me prend un peu la tête, c'est tout.

Bravo, Mika, ça, c'est du génie pur, du grand art ! Dis-lui également que tu enquêtes sur lui tant que tu y es ! Tu verras, ça lui fera vachement plaisir !

— Un dossier délicat ? Dans le milieu du foot ? questionne-t-il d'un air incrédule.

— Non, pas dans le foot.

Là, tu es carrément nullissime, ma fille ! songé-je avec dépit. Comment me sortir de cette ornière maintenant ?

— Tu développes, ou c'est classé secret défense ?

Il faut que je trouve quelque chose et, pour ça, j'ai besoin d'un petit moment de réflexion. Aussi, je tente de noyer le poisson.

— Il faut que je prépare le repas. Je te raconterai en dînant si tu veux…

Yann fronce les sourcils et passe une main lasse sur son front, comme chaque fois qu'il est préoccupé. C'est mauvais signe.

— Très bien. Dans ce cas, je vais prendre ma douche. J'ai le temps ?

— Oui, pas de problème, j'acquiesce en détournant mes yeux de son regard trop perçant.

Dans le réfrigérateur, je récupère un reste de quiche lorraine préparée avant-hier, que je place dans le four pour la réchauffer. Je sors également deux pannacotta et de la salade. Puis, je mets le couvert et fais rapidement une vinaigrette. J'ai l'air calme en apparence, mais c'est loin d'être le cas. À l'intérieur de moi règne une agitation sans nom. Je suis en train de me tirer une énorme balle dans le pied et je ne sais pas comment m'en sortir. Yann est futé, il comprendra tout de suite que je ne dis pas la vérité.

Peu après, il me rejoint dans la cuisine. Je ne suis guère plus avancée, n'ayant pas encore fait le tri entre ce que je peux lui révéler et ce que je dois garder pour moi. Pour le moment, je n'ai pas assez d'éléments probants pour qu'on puisse évoquer clairement une erreur judiciaire. Il m'est donc impossible d'être honnête en lui avouant tout.

— Mika, qu'est-ce que tu as ? demande-t-il, quand je m'installe en face de lui.

J'évite son regard, envahie par l'impression d'être prise au piège, comme un lapin dans les phares d'une voiture. C'est une sensation très désagréable. Comme je reste silencieuse, il repose ses couverts, l'air malheureux.

— Tu en as marre de moi et tu ne sais pas comment me le dire, c'est ça ? Si c'est le cas, il faut que tu sois franche. Je sais que tu es du genre à te lasser vite d'un mec, je l'ai toujours su. Mais j'espérais malgré tout…

Je le dévisage, scotchée par ce qu'il est en train de me raconter. Alors que je la pensais définitivement aux abonnés absents, ma langue reprend enfin du service.

— Pardon ? Tu es dingue ou quoi ?

— Comment veux-tu que j'interprète ton attitude ? Depuis quelque temps, tu as changé, et ça me perturbe. Tu sembles fuyante et, autant dire les choses telles qu'elles sont, je ne te sens pas très souvent avec moi, sauf au lit et encore… Alors, je vais répéter ma question. Qu'est-ce qui se passe ?

J'aimerais tant pouvoir lui faire part de la vérité, mais je sais que ça signifierait la fin de notre histoire. De plus, je suis déjà allée trop loin dans mes recherches pour m'arrêter maintenant. Cette histoire de flic me turlupine tout le temps. Appelez ça l'instinct du journaliste ou je ne sais quoi, mais je sens qu'un truc cloche, et ça me rendrait complètement dingue de ne pas aller au bout de mes investigations.

— Mika ? Merde ! Tu pourrais au moins me parler, non ? Ou alors je compte si peu à tes yeux que je ne mérite même pas une minable explication ?

— Je suis amoureuse de toi, murmuré-je d'une voix presque inaudible.

Il écarquille les yeux et semble si étonné que je trouverais ça presque comique, dans d'autres circonstances. Seulement, je n'ai aucune envie de rire. Je pense sincèrement ce que je viens de dire. Pour la première fois de ma vie, j'aime vraiment un homme. Depuis fort longtemps d'ailleurs. Yann est tout ce que j'attends et plus que ça.

— Tu peux répéter, s'il te plaît ?

— Je t'aime.

Lentement, il pose ses couverts, l'air totalement abasourdi. Remarquez, même moi je le suis. Pour autant, je n'ai jamais été aussi sûre de moi et j'en suis la première étonnée. Car entre sentir les choses, les accepter, et les formuler distinctement, il y a un monde que je n'ai jamais franchi jusqu'à aujourd'hui. Il rougit et baisse la tête. Merde ! Je crois que je lui ai fait peur. C'est malin, ça ! Maintenant, il va se barrer en courant, et je vais juste me retrouver seule, avec un amour qui n'est pas partagé et une grosse déprime en perspective. Génial !

Je ne supporte pas de lui mentir, même par omission. Alors, faire preuve d'un minimum d'honnêteté m'a paru nécessaire pour soulager ma conscience. Et le seul sujet sur lequel je peux être franche, c'est celui de mes sentiments pour lesquels je n'ai aucun doute.

Son absence de réaction me rend malade. Soudain, une bouffée de chaleur m'envahit, et la nausée me gagne. Je crois que je vais me trouver mal. Je sens des larmes monter et me brûler les yeux. Tout ça pour ça ? Depuis des jours, je me sens horriblement coupable à l'idée de fouiller dans son passé, même si c'est pour l'aider. Mais en fait, ça n'a vraisemblablement aucune importance, vu qu'il ne m'aime pas.

— Tu le penses vraiment ? finit-il par demander d'une voix qui me paraît incertaine.

— À ton avis ? Tu imagines sincèrement que je serais en train de m'humilier devant toi si ce n'était pas le cas ?

— Est-ce que tu l'as déjà dit à quelqu'un avant ?

— Oui.

Il baisse à nouveau la tête, visiblement dépité. Je m'empresse donc de préciser :

— À ma sœur.

Il se redresse avec un sourire lumineux qui éclaire ses traits.

— Moi aussi, se contente-t-il de murmurer.

— Pardon ?

— Moi aussi, je t'aime.

Je laisse échapper un long soupir de soulagement, prenant soudain conscience que je retiens ma respiration depuis que j'ai prononcé ces mots. Yann se lève et me rejoint pour caresser ma joue avec tendresse.

— Dis, c'est bien vrai, hein ?

Mes bras enlacent sa taille, tandis que je ris et pleure en même temps.

— Oui, monsieur Leray. Tu es le premier homme à qui je fais ce genre de déclaration, je te le promets sur ce que j'ai de plus cher.

— Moi non plus, je n'ai jamais aimé une femme comme je t'aime. Tu es le centre de mon univers, ma belle Mika.

Le repas est bientôt oublié, lorsqu'il m'attrape par la main pour m'entraîner vers sa chambre. Tant mieux, j'avais perdu tout appétit. Dans un silence quasiment religieux, nous nous déshabillons mutuellement. J'ai l'impression de redécouvrir son corps de rêve, ses tatouages et la douceur de ses gestes, comme si c'était la première fois. Il me semble que cette nuit, notre relation prend une autre dimension, presque mystique, tellement elle est intense.

Une fois nus, nous nous allongeons sur le lit sans jamais nous quitter des yeux. C'est si fort que j'ai du mal à respirer. Sa peau contre la mienne provoque des frissons que je ne peux pas réprimer. Nos baisers sont empreints d'une telle douceur que je pourrais en pleurer.

Sa bouche bifurque vers ma gorge, mes épaules, et se dirige vers mes seins tendus. Longuement, il les embrasse, les mordille, pour finir par sucer mes tétons avec avidité. En transe, je ne peux que gémir de plaisir, les mains dans ses cheveux, comme pour lui interdire de s'arrêter. Pourtant, je le laisse glisser plus bas, faire une pause au niveau de mon nombril pour le titiller, et poursuivre sa descente vers mon sexe qui ne demande que ça. Lorsqu'il souffle doucement dessus, mon corps décolle du matelas, tellement je suis excitée. Sans hâte, ses lèvres frôlent mes replis intimes, avant qu'il les écarte. Sa langue s'enroule presque aussitôt autour de mon clitoris, tandis qu'il glisse deux doigts en moi en même temps. Il sait à quel point j'adore quand il me fait ça. Dès que son index et son majeur bougent, en rythme avec les assauts de sa bouche, je frôle la combustion spontanée. Il ne me faut que quelques instants pour exploser contre sa langue, en poussant un long râle de plaisir. Pour autant, Yann ne s'arrête pas. Il continue à me lécher avec application. J'attrape sa tignasse pour tenter de l'écarter, parce que tout est tellement sensible que ça en devient douloureux au contact de sa barbe. Mais il résiste et grogne :

— Encore…

— Je n'y arriverai pas, je proteste doucement.

— Bien sûr que si. Fais un effort.

Il enfonce ses doigts plus profondément, tandis qu'il reprend sa délicieuse torture. Nom de nom, c'est trop bon ! Et, effectivement, mon clitoris durcit à nouveau sous l'assaut de cette langue incroyablement douée pour ce genre d'exercice. Quand il l'attrape pour le sucer avec ardeur, il ne me faut pas plus de quelques secondes pour jouir comme jamais. Tout mon corps tremble, ma tête se vide, et je ne sais plus où je suis. C'est complètement dingue !

Dès qu'il sent les spasmes de mon sexe s'espacer autour de ses doigts, Yann se redresse et me soulève par les hanches. Telle une poupée de chiffon, je le laisse me placer selon son envie. En matière de positions, cet homme fait preuve d'une imagination incroyable. Ce soir, il me met à genoux, dos à lui. Puis, il se cale derrière moi et me pénètre doucement. Ce qu'il y a d'agréable, c'est que ses mains peuvent caresser et pincer mes seins ou jouer avec mon clitoris. Sa bouche va de ma nuque à mon oreille, déclenchant des frissons particulièrement intenses. Très rapidement, il bouge en moi de plus en plus vite et de plus en plus fort. Je lui réponds avec des déhanchements incontrôlables, afin de trouver à nouveau cet assouvissement qu'est l'orgasme. Yann Leray est le seul homme sur terre à savoir m'en procurer plusieurs d'affilée. Ça ne m'était jamais arrivé auparavant. Quand je suis avec lui, ce que je ressens est juste prodigieux.

Au moment où je sens mon sexe se contracter une nouvelle fois autour de lui, il accélère le rythme qui en devient presque frénétique. Je le sens durcir encore en moi, et il me serre plus fort contre lui, un bras autour de ma taille, l'autre en travers de mon buste, avant de se libérer à son tour. C'est long et c'est violent, si j'en juge par le gémissement bestial qu'il pousse.

Ensuite, repus et épuisés, nous retombons sur le matelas, nos corps tremblants et nos souffles haletants. Peu après, nous nous endormons, étroitement enlacés. Malgré tout ce qui se passe, je me sens sereine et heureuse, comme apaisée.

Chapitre 22

Yann

Allongé sur le lit, ma belle blonde serrée tout contre moi, je suis heureux. Il n'y a aucun autre mot qui corresponde aussi bien à mon état d'esprit. Je suis heureux, tout simplement. Ni plus ni moins…

Ce soir, notre histoire a pris une nouvelle dimension, lorsque Mika m'a avoué qu'elle était amoureuse de moi. Si je m'étais attendu à ça ! Quand j'ai vu sa mine honteuse, comme une gamine qui aurait piqué des bonbons, je me suis inquiété. Depuis quelque temps, je la sentais plus distante, souvent ailleurs. Pour l'angoissé de haut vol que je suis, il ne m'en a pas fallu davantage pour en conclure qu'elle en avait ras le bol de ma tronche. Et bon sang, j'y ai vraiment cru. Quand j'ai recommencé à faire des cauchemars, j'ai compris qu'il fallait régler le problème au plus vite. Un peu comme quand on arrache un pansement d'un coup sec.

La vérité, c'est que ma prof était là. J'ai séché les cours, parce que je ne supportais plus cette situation et ces non-dits. Pourtant, lorsqu'on s'envoyait en l'air, c'était toujours aussi fort, aussi incroyablement génial. Seulement, dès que c'était fini, elle redevenait anormalement distraite, complètement perdue dans ses pensées. Au bout du compte, je passais mon temps à flipper comme un malade. Je connais la réputation de Mika. Elle n'est pas réellement considérée comme une fille volage, mais elle n'est pas réputée pour la durée de ses relations. Être ensemble depuis un mois constitue déjà un record en soi.

Quand je suis rentré, sa tête était celle d'une parfaite petite coupable. Et si elle avait un autre mec ? Cette question, je me la posais depuis des jours. Et ce soir, mes soupçons se sont mués en certitudes. Partager une femme ? Impossible pour moi. Je suis un adepte de l'exclusivité. Rester en espérant qu'elle finirait par revenir vers moi, non merci. Je n'ai aucun penchant masochiste.

Passer sous la douche, m'asseoir comme si de rien n'était m'a coûté un effort surhumain. Donc, imaginez ma surprise lorsqu'elle a avoué m'aimer. Il m'a fallu quelques minutes pour comprendre que je ne rêvais pas. Mais quand ça a été le cas, j'ai été envahi par un sentiment de bonheur si intense que ma tête tournait. Jamais je n'ai ressenti une émotion aussi violente.

Ces mots m'ont également permis de comprendre que je suis fou de cette fille depuis un bon moment. Si je n'avais pas été amoureux, jamais je ne l'aurais laissée m'approcher, moi qui étais persuadé de finir ma vie seul.

— Mika ?

Je la sens sourire contre ma peau. Allongée sur le flanc, au creux de mes bras, elle trace des dessins sur mon torse, du bout de l'index.

— Quoi ?

— Tu m'aimes vraiment ?

— Oui. Tu n'imagines pas à quel point ça a été difficile pour moi de te le dire. Mais il fallait que ça sorte.

— C'est pour ça que tu étais bizarre, ces derniers temps ?

Elle semble chercher ses mots avant de répondre.

— Non. C'est lié à mon boulot.

— Ton boulot ? Je pensais que tout se passait bien.

— C'est le cas, mais je t'ai déjà expliqué que j'en avais un peu marre du sport en général et du foot en particulier.

Nouvelle hésitation…

— J'adorerais bosser avec mon collègue des chroniques judiciaires, avoue-t-elle finalement.

Immédiatement, je me crispe, saisi d'une appréhension que j'ai du mal à contrôler.

— Les chroniques judiciaires ?

— Oui. Il relate des affaires en cours, travaille sur des procès. Ça m'intéresse beaucoup.

Nous restons longtemps silencieux, tandis que je prends la pleine mesure de ce que ce changement impliquerait. N'oublions pas qu'à la base, j'étais réticent à fréquenter une journaliste, pour des raisons évidentes. Toutefois, dans la mesure où elle était spécialisée dans le domaine sportif, il n'y avait pas grand risque. Mais, là, la donne change considérablement.

Comme pour confirmer cette appréhension, Mika me demande doucement :

— Pourquoi est-ce que tu refuses de me parler de ton passé ?

Putain de merde ! Je fais quoi, moi, maintenant ? Et surtout, je réponds quoi ?

— On avait dit que le sujet était tabou, tu t'en souviens ? Tu étais d'accord.

— Oui, mais aucun de nous n'avait prévu qu'on tomberait amoureux l'un de l'autre.

C'est sans doute vrai, mais il n'en reste pas moins que je ne suis pas le seul à être impliqué. Nathan est un personnage public et les retombées de telles révélations pourraient être très compliquées à gérer pour lui. C'est déjà un miracle que cette histoire n'ait pas encore été déterrée.

— Écoute, ma chérie, ce qui est fait est fait. Je dois aller de l'avant et oublier ces années sombres.

— C'était si dur que ça ?

— Tu n'imagines même pas.

Et c'est tout ce que je lui dévoilerai. Elle n'a pas besoin d'en apprendre davantage. L'index de Mika suit le tracé d'une cicatrice sur mon abdomen.

— Et ça ?

Je souffle, oscillant entre agacement et perplexité. Comment est-ce que je vais me sortir de cette ornière ? Il faut que je lui donne un os à ronger, comme ça elle me fichera la paix avec le reste. De toute façon, elle sait déjà où j'ai passé les sept dernières années. Lui raconter le minimum syndical apaiserait sans doute sa curiosité, somme toute légitime.

— Les premiers mois en prison ont été les plus difficiles. J'ai vu et été confronté à des trucs dont tu n'as même pas idée.

— D'où la cicatrice ?

— Oui. Il y avait un groupe de mecs surnommés les sodomites. Je n'ai pas besoin de t'expliquer pourquoi. À leurs yeux, un gamin de vingt ans était synonyme de chair fraîche. Un soir, ils ont tenté de me coincer dans les douches. Comme je ne me suis pas laissé faire, j'ai eu droit à deux coups de couteau dans le ventre pour me punir. Les gardiens m'ont retrouvé en train de pisser le sang, inconscient. Ça m'a valu six mois d'hospitalisation. J'étais incarcéré à Lille au départ mais, après ça, j'ai été transféré à Béthune.

— Mon Dieu !

Elle a l'air profondément choquée. Sans doute n'imaginait-elle pas que les choses avaient tourné si mal pour moi. Je ne mentais pas quand je disais que j'étais un poissard.

— Et maintenant, si tu le permets, j'aimerais bien qu'on arrête de parler de ça. Je t'en ai déjà trop dit.

— Yann, est-ce que tu ne t'es jamais demandé si tu étais innocent ?

Mais qu'est-ce qu'elle me fait là ? Bon sang, à quoi ça sert de remuer la merde ? Pourquoi est-ce qu'elle ne veut pas respecter mon désir de ne pas évoquer le passé ? Je suis fou d'elle, mais il y a quand même des choses que je ne peux pas accepter. L'amour n'autorise pas tout. Plus vite elle le comprendra, plus vite elle arrêtera de me casser les couilles avec ça, et mieux ce sera.

— Mika, ça suffit maintenant ! Fous-moi la paix avec cette histoire. Qu'est-ce que tu cherches au juste ? À faire de moi un innocent accusé à tort ? Merde, j'ai tué un homme, c'est la réalité. Et même si tu n'as pas envie d'y croire et de me voir comme un criminel, c'est pourtant ce que je suis. Je ne l'ai pas souhaité et je n'avais rien prémédité, mais je lui ai collé une beigne, il est tombé dans l'escalier et s'est brisé la nuque. C'est moi qui l'ai poussé. Point barre.

— Pourquoi est-ce que tu t'en es pris à lui ?

— Stop ! Qu'est-ce que tu ne piges pas quand je dis que je refuse d'évoquer cet épisode de ma vie ? Je t'aime, je veux que notre couple soit solide et durable. C'est la seule chose qui doit avoir de l'importance pour toi. Pourquoi ressasser ?

Seul le silence me répond. Elle est allée trop loin dans ses questions et semble enfin l'avoir compris. Et heureusement, parce que je suis à deux doigts de la virer de ma piaule pour qu'elle me fiche la paix. Tout ce bordel est derrière moi désormais, et je ne tiens pas à ce que ma petite amie se fasse des illusions sur mon compte. Je suis un meurtrier, c'est la triste vérité.

Chapitre 23

Mika

Quelle dinde déplumée je suis ! Assise en face de Yann, je ne peux m'empêcher de me reprocher amèrement mon attitude inquisitrice d'hier soir. Je n'avais pas prévu que la conversation s'orienterait sur son passé. Mais je ne sais pas… Quand il m'a avoué ses sentiments, j'ai cru que ça me donnait des droits, en oubliant celui qu'il avait de vouloir taire certains aspects de sa vie. J'aurais dû respecter cette demande, justement parce que je suis folle de lui. Seulement, c'était plus fort que moi. L'envie d'y voir plus clair dans cette affaire m'a rendue imprudente. Voilà qui est très mal joué de la part d'une investigatrice en herbe.

Le bon sens me conjure de laisser tomber, dans la mesure où ça pourrait mettre mon couple en péril. Hélas, je me connais, je n'arrêterai pas. D'une manière ou d'une autre, je ferai tout ce qui est en mon pouvoir pour qu'il retrouve son honneur perdu. Toutefois, je dois me montrer discrète à l'avenir. Si je débusque une incohérence, un élément nouveau, peut-être que je pourrai lui en parler. Mais pour le moment, c'est trop risqué, puisque tout porte à croire qu'il est bien responsable de la mort de cet individu. Il l'a reconnu lui-même.

Seulement, la femme amoureuse que je suis veut absolument penser que l'homme de sa vie est innocent de tout crime. Pourquoi est-ce que je ne parviens pas à l'accepter tel qu'il est, avec les casseroles monumentales qu'il traîne ? Il y a des jours où je ne me comprends pas moi-même.

Yann me dépose devant le siège de BFM, avant de se rendre à l'entraînement des gamins. Pendant tout le trajet, nous agissons comme si de rien n'était. Mais l'ombre de cette discussion plane au-dessus de nous, aussi sûrement que des nuages sombres dans le ciel, un soir d'orage. Bref, c'est carrément le bazar, et je ne sais pas comment m'en sortir. L'attitude réservée de Yann me contrarie, mais je tente de me rassurer en me persuadant que ça lui passera. Enfin, je l'espère…

Arrivée à l'étage, je laisse mes affaires sur ma chaise et me dirige vers le bureau de Stéphane. Malheureusement pour moi, au détour du couloir, je tombe sur Claude. Merde !

— Mademoiselle Moreau, fait-il d'une voix trop doucereuse pour être honnête. Dans mon bureau…

Tête baissée, je lui emboîte le pas. Je sens déjà que je vais me faire shampouiner. Je n'en mène pas large quand je m'assieds en face de lui.

— Il paraît que tu as annulé une interview avec le président de l'OM. C'est quoi ce bordel ? Tu devais me pondre un reportage sur les tensions qui règnent au sein du club. Qu'est-ce que tu fous ?

Je soupire, mal à l'aise. Il est vrai que ces derniers jours, j'ai négligé mon travail pour me consacrer à mes recherches sur Yann. Or, et jusqu'à nouvel ordre, j'ai été recrutée pour parler sport, pas pour me tourner les pouces, et encore moins pour jouer les détectives.

— J'étais occupée avec un autre sujet.

— Ah oui ? Lequel ? Et pourquoi est-ce que je ne suis au courant de rien ?

— En réalité, je donne un coup de main à Stéphane.

— À Stéphane ? Tu te fiches de moi ? Qui te l'a demandé ? Mika, tu ne peux pas faire ce que tu veux ici ! Tu es payée pour un job précis et, si ça ne te plaît pas, tu n'as qu'à essayer de te reconvertir dans la culture d'endives aux Maldives !

Ah, ce qu'il me soûle avec ses jeux de mots débiles ! Les cailloux au Pérou, les endives aux Maldives, l'élevage de capotes à Mayotte, ça va bien cinq minutes. Là, je ne suis pas d'humeur.

— Mais bien sûr ! je rétorque sèchement. Ce n'est pas comme si je ne t'avais pas répété mille fois au moins que j'avais envie de bosser avec lui.

Claude doit remarquer que je suis à fleur de peau et que des larmes de colère brillent dans mes yeux, car il se calme illico. Il n'a pas l'habitude de me voir dans cet état. En temps normal, je lui aurais répondu qu'il pouvait se mettre ses endives où je pensais et j'aurais brandi mon escarpin en guise de représailles. Mais là, je suis loin de faire preuve de ma hargne habituelle.

— Mika, tu sais que je t'adore et que je crois beaucoup en toi. Tu as un potentiel dingue. Alors, j'aimerais que tu m'expliques posément ce qui t'arrive, pour me permettre de te comprendre. Je vois bien que tu n'es pas au top, mais comment puis-je t'aider si j'ignore pourquoi ?

— Personne ne le peut, Claude. C'est un problème d'ordre privé.

— En rapport avec Stéphane ? Non, mais c'est bon, arrête là ! Tu me prends vraiment pour le dernier des abrutis.

Soudain, je ne peux plus me retenir : je craque et me mets à pleurer à chaudes larmes. Immédiatement, il contourne son bureau, m'attrape par le bras et m'entraîne vers le canapé situé dans un coin de la pièce. Je m'y laisse tomber, amorphe, pendant qu'il récupère une boîte de mouchoirs et une petite bouteille d'eau dans un mini réfrigérateur.

— Mickaëlla, il faut que tu me parles. Si tu ne le fais pas, je ne pourrai rien pour toi.

Parce que ce fardeau est désormais trop lourd à porter, je lui raconte tout. J'ai la certitude de pouvoir lui faire entièrement confiance, en dépit de son éthique et de sons sens moral parfois discutables. Je lui explique ma rencontre avec Yann, ce que j'ai appris sur lui, mon besoin viscéral et malsain d'en savoir plus sur sa vie, le fait que notre couple soit très fragile, notamment à cause de son passé, et toutes les questions qui trottent en ce moment dans ma tête, dont la plus importante : dois-je continuer ou laisser tomber ?

Il reste silencieux durant un bon bout de temps. Mais quand il s'exprime enfin, je lis une détermination peu commune dans ses yeux.

— Si tu n'avais pas découvert des éléments troublants concernant ce flic et le procès, je te conseillerais immédiatement d'abandonner plutôt que de foutre une belle histoire d'amour en l'air. Je ne connais pas Yannick Leray personnellement, mais l'entraîneur du PSG est un ami proche de mes parents. Il m'a parlé de lui, la semaine dernière. Ce qu'il en dit est juste incroyablement positif. C'est simple, il ne tarit pas d'éloges à son sujet et il a plutôt tendance à être très critique en temps normal. Et puis, il y a autre chose…

Je me mouche bruyamment, avant de pivoter vers lui.

— Quoi ?

— Avant de recruter ton mec comme assistant entraîneur, il a appelé Marcel Berthoux qui était le coach des juniors à Lille, au cas où il le connaîtrait. Non seulement le type ne lui a rien raconté au sujet du passé de détenu de ton copain, mais en plus il lui a expliqué que Yann était destiné à une carrière très prometteuse. D'après lui, il était encore plus doué que Nathan au foot. Marcel l'a quasiment supplié d'intégrer le centre de formation quand il avait dix-sept ans. Il était persuadé qu'il avait la trempe d'un Zidane ou d'un Platini.

— Pardon ? On parle bien de Yann ?

— Oui. Mais ton jules a refusé, parce que sa mère était morte, et qu'il devait prendre soin de son frère et de sa sœur, plus jeunes que lui. Apparemment, sa situation familiale était très compliquée, et il n'a pas voulu les abandonner. Quand il lui a présenté Nathan, Marcel espérait encore que Yann rejoindrait le centre en même temps que son frangin. Si Nath est brillant, son aîné était carrément un cran au-dessus. Il paraît que c'était un vrai génie dès qu'il avait un ballon au pied. Bref, il semblerait que Yann avait donné son accord et avait arrêté de fumer, mauvaise habitude prise lorsqu'il avait refusé cette proposition, comme pour se saborder lui-même. Mais ensuite, tout a capoté. Berthoux n'a pas indiqué pour quelle raison, il a prétendu qu'au dernier moment Yann avait dit non et avait purement et simplement disparu de la circulation. Je suppose que c'était une manière de protéger son poulain.

— Ça alors…

— Et maintenant, tu m'expliques qu'il est peut-être innocent. Tu avoueras que ce serait vraiment jouer de malchance pour lui.

— Effectivement. Mais tu sais, je n'ai aucune certitude, juste des présomptions. C'est pour ça que je suis allée voir Stéphane, pour qu'il me donne son avis en tant que spécialiste des affaires judiciaires.

— Et il en pense quoi ?

— Disons que les points relevés sur le compte rendu du procès l'ont également interpellé. En tout cas, assez pour m'avoir conseillé de creuser davantage.

— Dans ce cas, fonce. Je mettrai le nouveau stagiaire à ta disposition pour te libérer du temps. Si tu découvres la vérité, je vous offrirai un créneau en *prime time* pour que vous puissiez présenter une émission consacrée à cette affaire avec un documentaire sur les principaux protagonistes.

À ces mots, je panique. Si je comprends qu'il est animé des meilleures intentions vis-à-vis de moi, je ne sais pas quelle serait la réponse de Yann à une telle proposition. Or, sans son accord, il n'y aura aucun moyen de monter un projet pareil. Je n'ose pas imaginer sa réaction en apprenant tout ce que j'ai mis en branle. Cette histoire est en train de me dépasser.

— On verra… De toute façon, si ça se trouve, je ne vais rien débusquer du tout, et l'enquête sera terminée avant même d'avoir réellement commencé.

Claude balaie mon objection d'un revers de la main, comme si ce n'était qu'un vulgaire détail.

Tu parles d'un détail !

— Allez au boulot ! Mais avant ça, fais-moi le plaisir de briefer le stagiaire.

— D'accord, c'est toi le chef.

— Il visionnera les matchs, préparera les commentaires et rédigera les comptes rendus. Tu chapeauteras le tout et tu seras toujours aux interviews et à la présentation. Si tu disparais du jour au lendemain, les spectateurs vont se poser des questions. Ce serait bête de griller ta couverture, tu ne crois pas ?

Griller ma couverture ? Il est à la masse, on n'est pas dans Men in Black, *non plus.*

— Eh, James Bond, il faut te calmer, sinon tu vas nous faire une paranoïa aiguë, et c'est toi qui finiras par te recycler dans l'élevage de melons au Japon !

Il rit et tape dans ses mains, particulièrement satisfait.

— Elle n'est pas mal celle-là ! Mais je suis sûr que tu peux faire beaucoup mieux.

Je ne réponds pas et me dirige d'un pas plus léger vers le bureau de Stéphane. Maintenant que j'ai l'aval de mon patron, les choses sérieuses peuvent commencer. Ma reconversion est en marche, et je vais traquer la vérité jusqu'à ce qu'elle éclate au grand jour.

Et Yann, tu en fais quoi ? Et ce qu'il pense ? Tu te rends compte quand même qu'il ne veut plus entendre parler de cette période et qu'il risque de le prendre très mal quand il découvrira ton rôle dans cette histoire ? me souffle ma conscience.

Mais j'agis pour son bien, lui réponds-je in petto. *C'est pour lui et pour nous que je fais tout ça, pour lui rendre son honneur perdu et lui permettre de tourner définitivement la page sans avoir l'impression d'être inférieur à n'importe qui d'autre, alors qu'il vaut tellement mieux que la plupart des gens. Il ne peut pas se fâcher et m'en vouloir si je suis animée des meilleures intentions du monde.*

Si j'avais dû écouter les consignes et les ordres, ma vie ne serait certainement pas ce qu'elle est actuellement, c'est-à-dire celle d'une femme libre et autonome. Alors, ce n'est pas aujourd'hui que je vais arrêter de suivre mon instinct. Et celui-ci me hurle de chercher encore, tant pour aider l'homme que j'aime que pour donner un nouvel élan à ma carrière professionnelle avant qu'elle ne s'enlise dans les commentaires de matchs et les interviews de footballeurs. Même si ce n'est pas ma motivation première, je ne peux pas nier que plus j'attendrai, plus ce sera compliqué pour moi de me débarrasser de cette étiquette.

Alors que je suis dans le couloir, on m'appelle depuis l'*open space*. Rares sont les journalistes qui ont leur propre espace clos. Steph en fait partie en tant qu'ancien de la chaîne, mais également parce qu'il traite de sujets sensibles.

— Mika ! Une livraison pour toi !

Bon sang, j'espère que ce n'est pas cet abruti d'Enrique ! Depuis qu'il est venu à mon appartement et m'a vue embrasser Yann, je n'ai plus aucune nouvelle. Et j'ai envie de vous dire que c'est tant mieux.

En soupirant, je prends la direction de mon bureau. Une de mes collègues désigne un jeune homme qui patiente. Il me remet un petit paquet contre signature. Aucun expéditeur. Rien qui me laisse deviner d'où il provient. Machinalement, j'appose ma griffe sur le calepin, sans tenir compte de son regard qui ne me quitte pas, enfin surtout la partie de mon corps qui se situe entre mes épaules et mon abdomen. Dès qu'il tourne le dos, j'ouvre l'enveloppe à bulles et en sors un disque dur externe. Sur un Post-it, je lis : « *Fais-en bon usage et, si on te demande où tu l'as trouvé, réponds que tu l'as ramassé dans la rue. H.* » Ravie, je souris de toutes mes dents. Mon frère ne m'a pas laissé tomber.

Munie de mon précieux paquet, je file chez Stéphane qui m'accueille avec de grands moulinets.

— Viens, entre ! J'ai du nouveau pour notre affaire.

— Moi aussi, dis-je en brandissant l'objet.

— C'est quoi ?

— Si mon frangin a bien fait les choses, il s'agit des affaires traitées par Dojong entre 2009 et 2011. Ce qui signifie que, normalement, la nôtre devrait s'y trouver.

— C'est bon, ça ! se réjouit-il en tapant dans les mains.

— Et toi ? je m'enquiers, gagnée par la curiosité.

— J'ai rappelé mon contact à Strasbourg, et une inspectrice qui bossait avec Dojong a accepté de te parler, sous le couvert de l'anonymat. Voici son numéro de téléphone.

— Et pour Lille ? C'est surtout ça qui m'intéresse.

— J'ai essayé, mais pour le moment j'ai fait chou blanc. Les flics ne sont pas très enclins à balancer, surtout pas aux journalistes.

— Quelle merde !

— Pas forcément. Il faudrait que tu parviennes à persuader la fliquette à Strasbourg de passer un coup de fil à un de ses collègues du Nord pour lui demander de te recevoir. Si elle affiche ouvertement son soutien pour toi, je suis sûr que les langues se délieront.

— Et je fais ça comment ?

— Je n'en sais rien. Tu improvises… Que veux-tu que je te dise ?

Je soupire en m'installant face à lui.

— OK. Tu peux m'en dire plus sur elle ?

— Il s'agit d'une inspectrice qui a environ ton âge. Elle vient de Lyon et est à Strasbourg depuis deux ans. D'après ce que j'ai cru comprendre, elle a eu des emmerdements avec son boss, c'est-à-dire notre homme. Son nom est Lorie Dejean. Tiens, voilà son numéro.

Consciencieusement, je prends des notes sur mon carnet.

— Et où est-ce que je commence mes recherches sur le disque dur ? Il y a trois ans d'enquêtes là-dessus.

— Déjà, tu épluches le dossier de Yann. Ensuite, tu choisis une ou deux affaires au hasard et tu regardes comment elles ont été menées. Tu vérifies s'il y a également des trucs qui clochent, éventuellement des similitudes. Si tu en repères, tu viens me voir et on approfondira. J'aimerais t'aider plus, ma belle, mais je suis en train de bosser sur trois autres sujets que je dois boucler pour le prochain *prime* et je ne peux pas trop traîner.

— Au fait... J'en ai parlé à Claude, avoué-je mal à l'aise.

— Ah... Je ne sais pas si tu as bien fait. Imagine qu'on ne trouve rien.

— Je n'avais pas vraiment le choix. J'ai pas mal négligé mon travail, ces derniers jours. Il se doutait que quelque chose n'allait pas.

— OK. Et comment a-t-il réagi ?

— Plutôt bien, si on considère que j'ai piqué une crise de nerfs dans son bureau et que j'ai chialé comme une gamine. Il m'a attribué un stagiaire pour me dégager du temps. Si nos recherches sont probantes, il nous propose un *prime time*.

— Pas mal...

— Je n'en suis pas sûre. Yann n'acceptera jamais et, sans son accord, rien n'est possible.

— Écoute, on n'en est pas encore là. Fais ce que tu as à faire, on verra ensuite. Ne mettons pas la charrue avant les bœufs.

— Très bien. Je peux la contacter maintenant ?

— Absolument. Elle attend ton appel.

— Super !

Une demi-heure plus tard, je raccroche. Lorie Dejean n'a pas voulu me donner des renseignements par téléphone. Toutefois, elle est d'accord pour me rencontrer demain en fin d'après-midi. Sans perdre de temps, je réserve mon billet de train et envoie un texto à Yann pour l'informer de mon voyage à Strasbourg. Aucune réponse. Ce silence ne devrait pas m'inquiéter puisqu'il est à l'entraînement. Pourtant, ça me rend nerveuse. Mais peut-être que c'est parce que je me sens mal vis-à-vis de lui.

Durant le reste de la journée, je forme le stagiaire. Dès que je peux, je rentre chez moi pour étudier les données sur le disque dur. Pour le coup, au lieu de prendre le métro, j'opte pour un Uber, plus rapide et plus pratique. À peine la porte de mon appartement est-elle refermée que je cavale en direction de la chambre pour allumer mon ordinateur portable et y brancher le périphérique. Je ne sais pas par quel miracle mon frère l'a obtenu, mais je doute qu'il s'agisse d'un prodige très légal. Il faudra que je songe à le remercier comme il se doit quand toute cette histoire sera terminée.

Durant les heures qui suivent, je lis des comptes rendus et je regarde des centaines de photos. Certaines sont particulièrement glauques, notamment celles d'une adolescente battue à mort. Pour autant, je ne vois rien d'anormal dans les procédures. J'essaie alors de me concentrer sur des affaires liées à des trafics de drogue. D'après ce que je sais, leur sœur est morte d'une overdose. Il doit forcément y avoir un lien de cause à effet, puisque le mec que Yann a tué était son dealer. Hélas, là aussi, je fais chou blanc.

Lorsque la porte s'ouvre, il fait déjà nuit, et je constate avec stupeur qu'il est 23 h 30.

— Mika ! appelle Yann depuis l'entrée.

J'entends ses pas et, prise de panique, je pose un dossier sur les documents liés à son affaire que j'ai imprimés afin de les dissimuler. Alors seulement, je réponds :

— Je suis là !

Il arrive dix secondes plus tard et semble surpris de me trouver en train de bosser à cette heure.

— Tout va bien ?

Je sens qu'il est intrigué et j'aimerais le rassurer, mais je sais que mentir ne ferait qu'empirer les choses. Yann est très perspicace et comprendrait immédiatement que je suis en train de le bananer. Il faut que j'improvise si je ne veux pas tout foutre en l'air.

— Très bien. Je planche sur une affaire de dopage dans le milieu sportif.

Menteuse, hurle ma conscience.

La ferme, lui rétorqué-je.

— Vraiment ?

— Oui, c'est un sujet très sensible, c'est pour ça que je dois rester discrète et travailler ici.

— Oh ! je comprends, fait-il avec un petit sourire. C'est aussi pour cette raison que tu pars à Strasbourg demain ?

— Exactement. Si je parviens à réunir suffisamment de preuves, Claude me permettra de collaborer avec Stéphane, mon pote des chroniques judiciaires.

Brusquement, je le vois se détendre, comme si on venait de lui retirer une épine du pied. Si ça se trouve, il supposait que j'étais en train de fouiner dans son passé. À juste titre…

— Tu as déjà mangé ?

— Non. D'ailleurs, j'ai totalement zappé le dîner.

— Ne t'inquiète pas. Tu cuisines assez souvent pour que je te rende la pareille. J'ai vu qu'il restait de la soupe dans le frigo, ça te tente ?

— Oui, je vais m'en occuper.

— Pas question. Continue à travailler. Je ne suis pas le genre de mec super macho qui met les pieds sous la table et s'attend à ce qu'on le serve. Ce soir, c'est moi qui me charge de tout. Au fait, tu as remarqué qu'il neige ?

— Non. J'étais tellement absorbée par mon dossier que je n'ai pas fait attention.

— Je vois ça. Je te laisse bosser, je m'en voudrais de te déranger. Je t'appellerai quand ce sera prêt.

— Super, merci !

Au lieu de quitter la pièce, Yann s'avance vers moi, et je me fige, paniquée. Toutes sortes de papiers, dont certains qui le concernent directement, traînent sur mon bureau. Ce serait trop stupide de me faire choper aussi bêtement. Mais si je les rassemble maintenant, il le remarquera, c'est sûr. Et là, il sera trop tard. Alors, je ne bouge pas, tétanisée. Heureusement, il n'y prête pas la moindre attention et se penche sur moi pour m'embrasser et me serrer contre lui. Son baiser et son geste me donnent envie de pleurer, parce que j'ai bien conscience de trahir sa confiance. Mais je me répète, une fois de plus, que c'est pour lui que je fais ça.

Lorsqu'il quitte la pièce, je pousse un petit soupir de soulagement. Pour m'assurer de ne plus revivre un stress pareil, je rassemble les feuilles et me mets à les classer. Sur mon écran, il y a une analyse toxicologique qui figure dans un rapport de légiste. Machinalement, mes yeux se posent sur les lignes. Hélas, je n'y comprends pas grand-chose, aussi je décide de refermer le dossier. Je pourrai toujours effectuer des recherches plus approfondies dans le train demain pour tenter d'y voir plus clair.

Alors que je m'apprête à cliquer sur la croix en haut à gauche, je sursaute violemment. Je ne sais pas par quelle méthode les résultats sont obtenus, mais je pense que je viens de mettre le doigt sur quelque chose d'énorme. Je me frotte les yeux et avance le visage vers l'écran, pour être sûre de ne pas me tromper.

Personne ne peut avoir exactement les mêmes résultats lors d'analyses de sang ou d'analyses toxicologiques, c'est impossible. Même si deux personnes ont ingéré la même drogue en quantité identique, leur physiologie est différente. Pas besoin d'être Einstein pour comprendre ça. Pourtant, sur ce rapport pris au hasard, ce sont les mêmes chiffres que ceux indiqués pour la victime de Yann, j'en suis sûre. Les deux premières lignes sont similaires, je n'ai pas le moindre doute puisque j'ai classé le document il y a moins de trois minutes. Et ce n'est pas comme si je ne l'avais pas lu et relu depuis hier, dans la mesure où ce rapport figure également dans les pièces à conviction présentées lors du procès. Comment est-ce possible ? Fébrilement, je récupère le feuillet que j'ai rangé et compare scrupuleusement les valeurs entre les deux analyses. Elles sont parfaitement identiques. Que dois-je en conclure ? Que le dossier a été trafiqué ? Si oui, pourquoi ?

— Mika ! C'est prêt !

D'une main tremblante, je replace une mèche de cheveux derrière mon oreille. Au moins, je sais ce que je dois chercher. De là à prétendre que je tiens un début de piste, il n'y a qu'un pas que j'ai envie de franchir allègrement.

— J'arrive !

Je me dépêche de tout remballer, puis je rejoins Yann dans la cuisine où il a dressé la table.

— Qu'est-ce qui se passe ? demande-t-il quand je m'assieds en face de lui. Tu es toute rouge.

Super ! Je réponds quoi, moi, maintenant ?

Je décide de lui avouer une partie de la vérité, histoire de ne pas m'empêtrer dans mes propres mensonges. Ce serait le meilleur moyen d'être démasquée.

— En fait, je crois que j'ai trouvé quelque chose.

— C'est vrai ? Génial ! C'est quoi ? À moins que tu n'aies pas le droit de m'en faire part, ajoute-t-il avec un sourire malicieux.

— Les analyses toxicologiques sont peut-être bidouillées.

— Comment ça ? C'est possible ?

— Les résultats sont exactement les mêmes pour les deux personnes.

— Et alors ?

— Alors, tu penses vraiment qu'elles ont pris précisément la même chose au milligramme près, au même moment ? Et même si c'était le cas, chaque corps assimile la drogue ou les produits dopants de manière différente. Cela ne peut pas être pile-poil pareil, à moins d'une coïncidence complètement improbable.

— Effectivement, vu sous cet angle, il y a de quoi douter.

Nous mangeons en silence, puis Yann débarrasse et remplit le lave-vaisselle, pendant que je nettoie la table.

— Tu viens te coucher, chérie ? Il est tard.

Certainement pas ! Il faut que je vérifie encore chaque dossier pour l'année 2010. Si je retrouve ces chiffres dans d'autres rapports, ce sera la preuve irréfutable qu'il y a forcément un sérieux problème.

— Non, je voudrais continuer à creuser cette piste. De toute façon, je n'arriverai pas à dormir.

— Très bien, c'est toi qui vois.

Yann m'embrasse et me serre contre lui. Mais même à ce moment-là je suis ailleurs, perdue dans mes pensées.

— Vas-y, file, tu ne tiens pas en place.

Je lui souris avec tendresse. Je l'aime à un point inimaginable. Et pour la première fois depuis le début de notre histoire, j'ai le sentiment de l'aider et non de jouer les fouille-merdes.

— Bonne nuit, mon chéri.

— Essaie de ne pas te coucher trop tard.

Je ne l'écoute plus, déjà dans le couloir pour rejoindre ma chambre au pas de course.

Lorsque j'éteins mon ordinateur, il est 3 heures du matin. J'ai fouiné dans tous les dossiers de 2010, année au cours de laquelle Yann a été accusé du meurtre. Bien sûr, quand on sait où chercher, c'est beaucoup plus simple. J'ai examiné méticuleusement une petite centaine d'enquêtes les unes après les autres. Et ce que j'ai découvert est édifiant. Vingt analyses toxicologiques sont absolument identiques. Si cette éventualité était difficile à croire pour deux affaires, imaginez pour vingt et juste sur une année. C'est absolument impossible. Je pense que Dojong a volontairement bidouillé les rapports des légistes pour orienter les instructions dont il était chargé dans le sens qu'il voulait. Minutieusement, j'ai imprimé tous les documents liés aux autopsies, afin de les comparer plus en détail. Toutefois, ça devra attendre demain parce que, là, je suis trop crevée. Les chiffres dansent devant mes yeux, totalement flous. Il est temps pour moi de dormir.

À pas de loup, je file dans la salle de bains, avant de rejoindre Yann dans sa chambre. Dès qu'il sent mon corps contre le sien, il m'attrape par la taille et me serre contre lui.

Durant de longues minutes, je me demande si je fais bien de m'entêter à poursuivre cette enquête, comme cent fois par jour depuis que j'ai commencé. Si je n'avais rien trouvé, je suppose que je laisserais tomber. Mais maintenant que je tiens un élément concret, il est trop tard, je ne peux plus faire marche arrière.

Cette piste, qui pourrait tout remettre en cause si elle s'avérait exacte, provoque en moi une peur panique. Comment est-ce que je pourrai justifier tout ça auprès de Yann ? Difficile, n'est-ce pas ? Surtout, après m'être engagée à ne pas essayer d'en savoir plus sur son passé. J'ai failli à ma promesse et, pour la première fois, je suis déstabilisée à l'idée de l'avoir trahi. Pour le coup, je me sens vraiment mal. Et j'ai le sentiment très perturbant que ce n'est pas près de s'arranger. Nom de Zeus, mais dans quoi est-ce que je me suis embarquée ?

Chapitre 24

Dans le train qui m'emmène vers Strasbourg, je n'arrête pas de prendre des notes. Depuis ce matin, je fouille inlassablement dans les fichiers qu'Harry m'a transmis.

Bizarrement, je me suis réveillée à 6 heures, alors que je m'étais couchée à peine trois heures plus tôt. Pour tenter d'apaiser la culpabilité qui me tenaillait, je me suis lovée contre Yann et l'ai tiré de sa léthargie avec une gâterie. Il a gémi dans son sommeil, puis m'a souri après avoir ouvert les yeux.

— Je croyais que c'était un rêve, mais je suis heureux que ce ne soit pas le cas, a-t-il murmuré.

Ensuite, il m'a soulevée, m'a embrassée à pleine bouche et m'a rendu la politesse, avant de me pénétrer pour un corps-à-corps des plus délicieux.

Hélas pour moi, ces minutes de plaisir n'ont rien changé à mon état d'esprit. Je me sens toujours aussi mal. Cette sensation s'est accentuée quand il a préparé le petit déjeuner pendant que je prenais ma douche. Lorsqu'il m'a demandé si j'avais trouvé ce que je cherchais, j'ai simplement répondu que je n'en étais pas encore sûre.

Après ça, j'ai fait mon sac, je l'ai embrassé longuement et je suis partie en taxi vers les locaux de BFM. Pour la première fois, j'ai refusé qu'il me dépose, arguant que je devais faire une course. La vérité, c'est que moins nous sommes ensemble, moins je risque de me trahir. Car plus j'avance dans cette enquête, plus ça me pèse de ne pas pouvoir lui avouer tout ce que je sais. Si on ajoute à cela cette culpabilité grandissante, on comprendra que je suis loin d'être à l'aise en sa compagnie.

Avec Stéphane, nous avons consacré toute la matinée à ces investigations, notamment en créant un tableau Excel dans lequel nous avons rentré les différentes données sur les trois années. C'est un travail fastidieux, presque de fourmi, mais nécessaire pour y voir plus clair. Cela nous a pris tellement de temps, que j'ai failli rater mon train. Mon collègue a décidé de se rendre à Lille, pour discuter de vive voix avec son contact. De nombreux rapports d'autopsie semblent incohérents et ne cadrent pas avec d'autres éléments des différentes enquêtes. Je suppose qu'il fallait une vue d'ensemble pour tomber dessus. Heureusement que j'ai demandé l'intégralité des dossiers pour les trois ans à mon frère, sinon je chercherais encore.

Arrivée à la gare de Strasbourg, je file directement vers mon hôtel situé tout près, où je récupère la clé de ma chambre. Je suis fatiguée, mais il n'est pas question de me reposer. Dans moins d'une heure, j'ai rendez-vous avec Lorie Dejean. Après cela, je reviendrai à l'hôtel pour travailler au calme. J'aurais pu rentrer dès ce soir, par le dernier TGV, mais il m'a semblé plus facile de rester ici cette nuit pour pouvoir bosser tranquillement.

Un Uber m'emmène vers le bar où je dois retrouver l'inspectrice. J'ai opté pour un look très simple et non pour l'habituel tailleur-escarpins, histoire de ne pas passer pour la grosse bourge de service. Je sais que cela peut avoir un aspect intimidant, et ce n'est pas le but recherché. Les rues défilent sous mes yeux, mais je n'y prête pas la moindre attention. Pourtant, Strasbourg est une belle ville, très agréable à visiter. Je la connais un peu, pour m'y être rendue à deux reprises, afin d'interviewer le président du club de foot. Tout ça me semble si loin…

Après avoir inspiré un bon coup, j'entre dans un pub situé dans le quartier de la Krutenau. J'ignore à quoi elle ressemble, mais elle me reconnaîtra. Et effectivement, lorsque je scrute la pièce, une très jolie jeune femme lève la main. Je la rejoins sans attendre.

— Lorie ?

— Oui. Mickaëlla ?

— C'est ça. Appelez-moi Mika, je vous en prie.

— D'accord.

Je m'installe à la table et commande un expresso. De la caféine, voilà ce qu'il me faut. Elle va droit au but, sans perdre une minute.

— Pourquoi est-ce que vous faites des recherches sur Grégory Dojong ?

J'apprécie cette attitude franche et un peu brutale, mais… Que répondre ? J'essaie de biaiser.

— Je ne peux pas vous le dire, je suis désolée.

— Dans ces conditions, la discussion est close, réplique-t-elle aussitôt en saisissant son écharpe pour l'enrouler autour de son cou.

Merde, elle va partir, et j'aurai fait ce voyage pour rien. Pas question !

— Très bien, je vais tout vous raconter, mais il faut me promettre de ne rien révéler à personne.

— Je suis flic, vous savez… La confidentialité, je connais.

Mouais, j'ai des doutes. Si tel était le cas, elle ne serait pas ici. Cela dit, je n'ai pas vraiment le choix. Je dois lui faire confiance.

— OK. Mon petit ami a été condamné pour meurtre en 2010. Il a effectué sept ans de prison et est sorti depuis peu. Comme il ne voulait pas me parler de cette histoire et que j'avais vraiment envie de comprendre ce qui s'était passé, j'ai réussi à me procurer le compte rendu de son procès. C'est là que j'ai relevé certaines incohérences. L'inspecteur en charge de l'affaire était Grégory Dojong. Par un biais que je ne peux pas vous révéler…

— C'est-à-dire votre père, m'interrompt-elle en souriant avec ironie.

— Non, pas lui.

Je n'apprécie pas qu'elle me prenne pour une fille à papa, quand bien même c'est probablement ce que je suis. Bien sûr, sans Harry, je n'aurais pas pu obtenir ces informations, mais ça ne la regarde pas. Il semblerait qu'elle ait effectué des recherches sur moi, ce que je peux concevoir. Seulement, ça ne signifie pas qu'elle me connaît.

— Donc, comme je vous l'expliquais, j'ai pu me procurer les dossiers concernant les enquêtes menées par Dojong sur une période de trois ans.

— Et ?

— Et il y a des choses étranges, notamment des rapports toxicologiques qui sont exactement les mêmes, alors que ce genre de coïncidence est hautement improbable.

Elle sourit avec cynisme, comme si ça ne l'étonnait pas.

— De toute évidence, vous ne savez pas qui est Greg Dojong. Vous n'avez jamais eu affaire à lui.

— Justement, je comptais un peu sur vous pour m'éclairer sur le personnage.

— J'ai travaillé sous ses ordres pendant plus d'un an. Très vite, j'ai découvert un homme trouble, pour qui la légalité est une vue de l'esprit. Il est capable de tout pour parvenir à ses fins. Pour autant, il n'agit pas pour le bien public, ni dans le seul but d'arrêter des truands. Dernièrement, il s'en est pris à une bande de jeunes étudiants. Des petits dealers, mais ça ne justifiait pas le traquenard qu'il a mis en place. La vérité, c'est qu'il était amoureux de la compagne de l'un d'entre eux. Qui plus est, sa propre sœur était mêlée à ce trafic, mais elle n'a jamais été inquiétée ni même mentionnée. Je suis tombée sur cette info par hasard, parce que j'ai sympathisé avec la jeune fille en question. Il a détruit leurs vies. Et vous voulez savoir pourquoi ? Pour permettre à un gang autrement plus dangereux de récupérer ce territoire.

J'ouvre de grands yeux étonnés.

— Sérieusement ?

— Oh oui. Il était en cheville avec ces trafiquants qui l'ont payé afin qu'il fasse le ménage pour eux. Il a touché deux cent mille euros pour ça.

— J'ai entendu parler de quelque chose de similaire, qui aurait eu lieu à Lille, mais il n'y avait pas assez de preuves pour l'incriminer. C'est après ça qu'il a été muté ici.

— Bref, quand cette affaire a éclaté, il a été appréhendé.

— Où est-il à présent ?

— Où voulez-vous qu'il soit ? En prison.

— Oh ! Vous croyez que je peux le rencontrer ?

— Vous pouvez toujours essayer de contacter son avocat pour qu'il vous arrange un permis de visite à la maison d'arrêt. Mais un bon conseil, méfiez-vous de Grégory, c'est un individu très dangereux et terriblement manipulateur.

Elle note les coordonnées de l'homme de loi sur un Post-it qu'elle me remet. Puis, elle se lève et enfile sa veste. Notre discussion est terminée. Même si elle ne m'a pas éclairée sur l'affaire de Yann, dont elle ignore probablement les tenants et les aboutissants, elle m'a permis de comprendre que le policier en charge de l'enquête était un ripou. Je ne sais pas si cela changera grand-chose, mais ça vaut la peine que je m'y attarde.

Rapidement, je finis mon café et demande l'addition. À peine ai-je payé qu'elle revient sur ses pas et me reprend le bout de papier que je tiens entre mes doigts.

— Mais… Qu'est-ce que…

— J'ai décidé de vous donner un coup de main. Je vais appeler cet avocat moi-même pour qu'il vous arrange une rencontre au plus tôt. Il me faudrait aussi le nom de votre compagnon.

Immédiatement, je tique, pas très chaude pour lui délivrer ce renseignement.

— Pas de panique, je vous ai dit que j'allais vous aider. Un de mes amis de promotion est affecté à Lille. Si vous ou n'importe qui d'autre l'interrogez, il ne vous racontera rien. Mais, à moi, il me parlera plus facilement. Entre flics, l'usage est de se couvrir et de ne surtout divulguer aucune information. Et certainement pas aux médias.

— Même si le policier en question est en tort ?

— Surtout si c'est le cas. Le problème, c'est qu'on se demandera pourquoi personne n'est intervenu pour empêcher Dojong de magouiller comme il l'a fait. Ça ne donnerait pas une très bonne image de la police, n'est-ce pas ?

Nous sortons toutes les deux du bar et décidons de regagner ma chambre d'hôtel ensemble.

Une heure plus tard, elle a réussi à m'obtenir un droit de visite pour demain matin. Puis, elle contacte son collègue du Nord et se rend dans la salle de bains pour discuter longuement avec lui. Lorsqu'elle revient, je comprends immédiatement qu'elle a du neuf. Trépignant d'impatience, j'attends qu'elle me raconte ce qu'elle vient d'apprendre.

— Mon ami n'était pas encore en poste là-bas au moment où votre ami a été arrêté. Il est arrivé deux ans après le départ de Greg. Mais il a beaucoup entendu parler de lui. Il semblerait que ce cher Greg était considéré comme un super flic, capable de résoudre une affaire en deux temps trois mouvements. Dojong voulait absolument passer commandant. Pour ça, il lui fallait des résultats. Pourriez-vous me montrer ce que vous avez trouvé ? Ça me permettrait peut-être d'y voir plus clair dans cette affaire.

Je lui remets alors les différentes analyses toxicologiques identiques et lui indique que plusieurs témoins ont été écartés, notamment ceux qui affirmaient que la victime était aussi le dealer responsable de la mort de Léa Leray.

Aussitôt, elle reprend son téléphone, rappelle son contact et lui demande les coordonnées du service de médecine légale de Lille dont elle griffonne le numéro. Dans la foulée, elle le compose et demande à parler au médecin dont le nom est indiqué sur le rapport d'autopsie. Par chance, il exerce toujours là-bas. Durant un bon quart d'heure, Lorie lui explique qu'elle enquête officieusement sur Dojong, impliqué dans de nombreuses malversations. Le praticien accepte de lui transmettre une copie du compte rendu envoyé à l'époque, à condition que ce soit sur une adresse mail professionnelle. Une demi-heure plus tard, elle se connecte à sa messagerie depuis mon ordinateur portable et ouvre un document.

— Ça, c'est le véritable rapport transmis à Dojong, m'explique-t-elle en pointant son écran du doigt.

Pas besoin de sortir de Saint-Cyr pour piger qu'il y a eu une falsification notoire. Lorie propose de le montrer au légiste de Strasbourg qu'elle connaît bien, afin qu'il lui donne ses conclusions. Durant tout le reste de la soirée, nous travaillons d'arrache-pied sur ce dossier. Les incohérences sont telles que l'évidence saute aux yeux : Yann a été victime d'un traquenard. Car comment expliquer autrement le fait que cette affaire ait été instruite entièrement à charge et non de manière impartiale, comme cela aurait dû être fait ?

Le lendemain matin, nous nous rendons à la prison de l'Elsau, en banlieue de Strasbourg. Grâce à Lorie qui m'accompagne, je peux conserver mon téléphone portable sur moi pour enregistrer la conversation.

— Reste sur tes gardes, me conseille-t-elle juste avant que je pénètre dans le parloir.

Il s'agit d'une pièce sombre qui comporte plusieurs tables et autant de chaises. Je m'installe là où me l'indique le gardien. Puis j'attends. Dix minutes plus tard, un homme entre par une autre porte. Ce doit être Dojong, étant donné qu'il est menotté. Âgé d'une trentaine d'années, il est de taille moyenne, brun, et ses yeux un peu bridés attestent de ses origines asiatiques. En m'apercevant, un sourire éclaire son faciès.

— Mademoiselle Moreau. Je suis ravi de recevoir la visite d'une personnalité aussi prestigieuse. Ce n'est pas souvent que ça m'arrive.

Durant un instant, je suis déstabilisée par son sourire avenant et la douceur de sa voix. Si je le croisais dans la rue, je pourrais même lui trouver du charme. Je ne sais pas à quoi je m'attendais, mais il n'a rien d'un monstre, c'est tout le contraire. Détendu, souriant, sympa. J'ai beaucoup de mal à garder une certaine distance et à ne pas lui rendre son sourire. Il faut que je visualise de visage de Yann pour y parvenir.

— Bonjour, monsieur Dojong. Je vois que les présentations sont inutiles.

— Je suis un grand amateur de foot, indique-t-il en guise d'explication. Je trouve d'ailleurs que vos interventions sur BFM sont formidables, à la fois professionnelles et emplies d'humour.

À ces mots, je me fige. Il est trop mielleux et tous ces compliments éveillent immédiatement ma méfiance. Depuis qu'il est entré dans la pièce, il n'a pas arrêté de me passer la brosse à reluire. C'est bizarre... Qu'est-ce qu'il cherche ?

— Aujourd'hui, ce n'est pas la présentatrice sportive qui désire vous parler, mais la journaliste d'investigation. J'enquête sur plusieurs affaires qui se sont déroulées à Lille et que vous avez conduites.

Instantanément, il se ferme et adopte une attitude méfiante, loin de celle du charmeur qui est entré dans la pièce il y a quelques minutes à peine.

— Je n'ai aucun commentaire à faire.

— C'est dommage, parce que moi j'ai beaucoup de choses à

vous demander. Notamment, comment vous vous y êtes pris pour falsifier certains rapports d'autopsie.

— J'ai dit que je n'avais rien à déclarer, espèce de salope ! Tu es sourde ou quoi ?

À ces mots, je me fige. C'est quoi, son problème ? Il est en manque ? Mon attention se focalise sur son regard, et je comprends très vite qu'il est tout sauf normal. On croirait celui d'un fou. Ce type n'est pas tout seul dans sa tête, c'est clair. Il a l'air du parfait psychopathe dans toute sa splendeur.

Brusquement, il se lève et repart en direction du gardien qui se trouve près de la porte.

— Vous êtes un tordu de première, et j'ai bien l'intention de faire toute la lumière sur vos agissements ! je m'écrie, furieuse qu'il me plante comme ça.

Dojong s'immobilise, puis revient sur ses pas. S'il n'y avait pas le maton, je serais probablement terrorisée. Même là, je n'en mène pas large.

— Tu n'arriveras jamais à prouver ce que tu avances. Si tu n'es pas flic, tu as sans doute obtenu les rapports par un moyen illégal. Aucun juge ne pourra en tenir compte.

Je baisse la tête, dépitée. Il a raison, je le sais parfaitement. C'est bien pour cette raison que j'avais besoin qu'il confirme avoir truqué les enquêtes.

— Maintenant, casse-toi, et ne reviens plus jamais ici. J'ai des chiens de garde dehors qui s'occuperont de ton cas si tu me fais chier. Peut-être que si tu étais venue en minijupe et que tu t'étais montrée un peu plus gentille avec moi, je t'aurais raconté deux ou trois anecdotes.

Non, mais je rêve ! Et puis quoi encore ? Dojong éclate d'un rire complètement dément qui me terrifie littéralement. Si c'est volontaire, son stratagème fonctionne parfaitement. Mais je refuse de me laisser dominer par un tel sentiment. Ce n'est pas dans mes habitudes, ça ne l'a jamais été. Envahie par la fureur, je me lève brusquement pour le défier. Tout psychopathe qu'il est, il ne me fait pas assez peur pour m'obliger à renoncer.

— Salopard, grogné-je entre les dents. J'aurai ta peau, espèce de malade mental !

Le traiter de fou n'est pas ce qu'il y a de plus diplomate, mais je m'en tape, c'est exactement ce que je pense. Dans un élan de rage, il crache dans ma direction mais il rate sa cible.

En voyant que la situation est en train de tourner à l'orage, le gardien s'approche et le tire en arrière pour l'obliger à quitter la pièce.

Dès qu'il disparaît de ma vue, je m'effondre sur ma chaise, profondément choquée par cette entrevue particulièrement violente, que ce soit dans les mots ou le ton employé. Cet homme est dangereux et, pour ma propre sécurité, je dois à tout prix trouver un moyen de le confondre sans avoir à me retrouver à nouveau face à lui.

Chapitre 25

Yann

Ce soir, je n'ai pas cours et, dans la mesure où Mika n'est pas là, je me traîne comme une âme en peine. Après un dîner léger, je décide de ranger l'appartement et de me plonger dans un devoir de français que je dois rendre la semaine prochaine. Tant qu'à faire, autant prendre de l'avance.

J'ai tout juste terminé le brouillon lorsque mon portable sonne. Dans un premier temps, je crois que c'est Mika, mais je découvre qu'il s'agit de Marcel Berthoux. Bizarre… Immédiatement, je décroche.

— Marcel ?

— Salut, fils. Comment vas-tu ?

Cet homme est un second père pour moi, un exemple à suivre. Il m'a pris sous son aile il y a une dizaine d'années, sans que je sache trop bien pourquoi, et il fait partie des rares personnes à ne pas m'avoir laissé tomber quand je me suis retrouvé en taule. Il venait régulièrement me rendre visite au parloir, et je n'oublie pas non plus que c'est en partie grâce à lui que j'ai obtenu le poste d'assistant entraîneur. Si un jour j'ai l'occasion de lui rendre ne serait-ce qu'un dixième de ce qu'il a fait pour moi, ce sera sans hésiter.

— Bien et toi ?

— Oh ! tu sais, je me fais vieux. Que veux-tu, on ne rajeunit pas !

— Qu'est-ce que je peux faire pour toi ? Je suppose que tu ne m'appelles pas à 21 heures pour prendre de mes nouvelles.

Il rit et se racle la gorge, je me crispe aussitôt. Ce n'est pas le genre de gars à tourner autour du pot. S'il est mal à l'aise, c'est que l'heure est grave.

— Ce n'est pas pour te demander un service que je te contacte, mais plutôt pour te mettre en garde.

— De quoi ?

— Comme tu le sais, mon neveu est flic.

Oh oui, je suis parfaitement au courant. C'est d'ailleurs grâce à cet officier que mon affaire est passée inaperçue. Marcel l'avait prié de s'arranger pour qu'il n'y ait aucune vague, afin de préserver Nathan. Le tout, après que je l'ai supplié d'intervenir.

— Et alors ?

— Il m'a téléphoné ce soir pour me raconter qu'un journaliste de BFM est venu au commissariat cet après-midi pour poser des questions.

À ces mots, je me fige. BFM est pour moi synonyme de Mika.

— Des questions sur quoi ?

— Sur toi, sur ceux qui avaient instruit l'enquête. Personne ne lui a rien dit, mais je préfère te prévenir. Je sais que tu veux absolument protéger ton frère. Si cette affaire est étalée sur la place publique, ce ne sera bon pour personne.

— Donc, ils ne lui ont rien révélé ?

— Je ne pense pas.

— Tu es sûr qu'il s'agissait d'un homme et non d'une femme ?

— Oui. Mais il y a autre chose. Mon neveu a entendu un de ses collègues discuter de l'inspecteur qui t'a arrêté avec une de ses homologues qui est en poste à Strasbourg.

— Très bien. Merci de m'avertir.

— J'ignore ce que tu peux faire pour stopper tout ça, mais je te suggère fortement de prendre dès à présent conseil auprès d'un avocat, mon garçon.

— D'accord. Je te remercie de m'avoir appelé. Je te recontacterai très bientôt.

Ces derniers mots sont si durs à prononcer d'une voix normale que je raccroche dans la foulée, complètement sous le choc. Si j'avais le moindre doute sur l'instigatrice de cette chasse aux sorcières, entendre parler de Strasbourg a mué mes soupçons en certitudes.

Mika est en train d'enquêter sur moi et sur mon passé, alors que je lui faisais une confiance aveugle. Putain, quel con j'ai été ! Je me laisse tomber sur le canapé, le cœur littéralement brisé par cette découverte. Comment a-t-elle pu me rouler dans la farine de cette façon ? J'ai la tête qui tourne, ma gorge se serre, et une vague de nausée me submerge, tel un tsunami. Je me sens floué, horriblement trahi par la femme dont je suis amoureux. Pourquoi a-t-elle fait ça ? Bordel, je lui ai dit et répété que je ne voulais surtout pas qu'elle cherche à en savoir plus. Mais en bonne mouche à merde qu'elle est, elle n'a pas pu s'en empêcher.

En toute franchise, au fond de moi, j'étais devenu méfiant en raison de cette froideur inexpliquée et de ses questions de l'autre nuit. Seulement, hier soir, quand elle a évoqué une affaire de dopage dans le milieu sportif, j'ai tant désiré y croire que j'ai fait taire mes doutes.

Au bout de ce qui semble une éternité, je finis par me lever pour me rendre dans sa chambre. Même si les révélations de Marcel sont accablantes, je veux encore penser qu'il y a une erreur, que la femme dont je suis amoureux n'est en rien impliquée là-dedans. Je tiens tellement à me persuader de son innocence que je refuse de voir la réalité en face, quand bien même on me colle le nez dedans.

À moins que je sois en train de chercher des preuves de sa culpabilité ? En vérité, je suis perdu, noyé dans un brouillard opaque et glauque qui m'empêche de réfléchir posément. Mon cerveau est en mode off, mon cœur semble lesté de plomb. C'est une sensation horrible, presque pire que celle que j'ai ressentie quand les flics sont venus m'arrêter.

Méthodiquement, je fouille sa piaule, sans le moindre respect pour sa vie privée. En temps normal, cette seule idée me répugnerait au plus haut point, mais on n'en est plus là, pas vrai ? Une heure plus tard, je n'ai rien trouvé et je commence à me demander s'il n'y a pas erreur sur la personne. Il ne me reste plus que la commode où elle range ses sous-vêtements, mais je suis quasiment sûr qu'elle n'a rien planqué là-dedans. Évidemment, comme elle a emporté son ordinateur portable, tout est encore possible.

Par acquit de conscience, j'ouvre le premier tiroir. Rien. Pas plus que dans le deuxième. Mais arrivé au troisième, sous les chaussettes et les pyjamas… tout au fond, ma main touche une pochette cartonnée que je m'empresse de sortir. Et là, le ciel me tombe sur la tête. C'est le compte rendu de mon procès, putain de bordel de merde ! Si j'avais encore le moindre doute, ce n'est plus le cas. Mika m'a bel et bien trahi. Je me laisse choir sur le lit dont les draps sont empreints de son odeur et me mets à chialer comme un gamin, comme le jour où ma mère est morte. C'est si terrible de me sentir berné comme un débutant que j'en suis physiquement malade. J'ai tout juste le temps de me précipiter vers les toilettes pour rendre mon dîner. Secoué par des tremblements que je ne parviens pas à contrôler, je tente de me relever, mais c'est impossible. Mes jambes sont en coton, incapables de me porter. Étalé sur le sol, je reste là à pleurer sur ce qu'elle m'a fait, mais également sur mon propre aveuglement.

Mon portable sonne au loin, mais je m'en fiche. Il s'arrête, puis la sonnerie reprend de plus belle. Animé par l'énergie du désespoir, je retourne au salon et constate qu'il s'agit de Nathan. Après un instant d'hésitation, je rappelle mon frère. J'ai été là si souvent pour lui quand il avait des problèmes qu'il viendra forcément me soutenir.

Au fond, ce n'est pas plus mal. Je ne peux pas rester seul, sinon je crois que je vais faire une grosse connerie. J'hésite entre tout casser ou me jeter par la fenêtre, et aucune des deux solutions n'est la bonne. Je vaux mieux que ça.

— Hey, Yann, ça va ? Ella me demande de vous inviter, la blondasse et toi, pour dîner à la maison vendredi soir. Il faut qu'on discute du mariage.

Je ne réponds pas, infoutu d'articuler deux mots. Sans parler du fait que son bonheur éclatant me rappelle juste mon propre malheur.

— Yann ? Ho, Yann ! Qu'est-ce qui se passe ? demande-t-il d'une voix inquiète.

Silence…

— Putain, Yann ! Yann !

Toujours incapable de parler, je m'oblige à raccrocher. Mes tempes bourdonnent, mon cœur bat à mille à l'heure alors que je le croyais définitivement hors d'usage, et mes poumons me brûlent, irradiant dans toute ma poitrine. Je ne suis plus qu'un champ de ruines, un être vidé de toute substance, une chose complètement amorphe. Allongé sur le parquet, je laisse encore une fois libre cours à mes larmes. Elles n'arrangeront rien à ma situation, j'en ai conscience, mais au moins elles me soulagent, me libèrent un peu de cette tension humainement insupportable qui m'habite depuis l'appel de Marcel.

Longtemps après, alors que je suis toujours recroquevillé et que j'ai perdu toute notion de la réalité, la porte s'ouvre, et des bras me soulèvent. C'est Nathan. Ella qui se tient à son côté et est en train de sortir un tensiomètre de sa mallette. Je n'ai aucune réaction quand il me mène vers le canapé, pas plus que je ne bouge lorsqu'elle m'ausculte. Elle me tapote la joue, mais je ne moufte pas. Alors, elle se dirige vers le meuble où sont rangées les bouteilles et revient juste après avec un verre contenant un liquide ambré.

— Tu es sûre ? lui demande Nathan.

— Il n'a aucun problème d'ordre physique ou médical. Il est juste en état de choc. Je connais ça, j'en ai déjà fait l'expérience moi-même. Un truc bien traumatisant t'arrive, et tu te renfermes pour te couper de la réalité. C'est un processus très humain et tout à fait courant, explique-t-elle tranquillement.

Mon frangin lui prend le verre des mains et m'oblige à boire. J'obéis, telle une poupée de chiffon. L'alcool, du whisky, me brûle l'œsophage, mais me donne également un coup de fouet. À la deuxième gorgée, je m'empare du verre pour en avaler le contenu cul sec. Bon sang, ça fait du bien !

— Un autre, je réclame d'une voix rocailleuse que je ne reconnais pas comme étant la mienne.

Ella retourne fouiller dans le meuble et revient carrément avec la bouteille.

— Putain, Yann, qu'est-ce qui t'arrive ? s'enquiert mon frère avec impatience. Tu m'as fichu une de ces trouilles !

Il me faut deux verres supplémentaires pour rassembler suffisamment mes esprits et être capable de parler.

— Marcel m'a appelé tout à l'heure. Des reporters de BFM enquêtent sur moi et s'intéressent de très près à l'affaire qui m'a conduit en taule.

Il se fige une seconde, puis ouvre de grands yeux.

— Quoi ? Mika ?

— Impossible ! s'interpose immédiatement Ella. Elle ne ferait jamais rien pour te nuire, Yann. Elle t'adore, tu le sais, et…

— Ouais, et c'est une putain de journaliste à la con ! l'interrompt aussitôt Nathan, rouge de colère. Ce ne sont que des enfoirés de charognards, et elle est comme tous les autres !

— Je t'interdis de parler de ma sœur comme ça ! Mika est une femme intègre qui se préoccupe des gens qu'elle aime. Entre tes petites partouzes dans la bagnole, ton comportement envers moi et le fait qu'elle était au courant pour Yann, elle aurait pu te foutre dans la merde mille fois. Et pourtant, elle ne l'a jamais fait, pas vrai ? Alors, ne t'avise pas de l'insulter devant moi.

— Ella, je sais que c'est ta sœur et que tu l'adores, murmuré-je d'une voix lugubre, mais elle est dans le coup.

— Non ! s'écrie-t-elle, les larmes aux yeux.

— J'ai trouvé ça, planqué au fond de sa commode. C'est un rapport détaillé de mon procès. J'ignore comment elle se l'est procuré, mais une chose est sûre, ce n'est pas moi qui le lui ai donné. La seule condition pour qu'on soit ensemble, c'était justement qu'on n'évoque jamais mon passé. Elle avait accepté, mais elle a menti de toute évidence.

— Il doit forcément y avoir une explication. Je la connais, elle n'est pas comme ça.

— J'ai voulu croire qu'elle n'y était pour rien, mais au bout d'un moment, on ne peut plus nier l'évidence. Pourtant, je lui faisais confiance. J'avais envie de construire un avenir pour nous deux. C'est pour elle que j'ai accéléré ma formation, que j'ai bossé deux fois plus, pour qu'elle n'ait jamais à avoir honte de moi.

— Mika t'admire, Yann, elle me l'a souvent dit. Elle est folle de toi. Laisse-la au moins s'expliquer. D'ailleurs, où est-elle ?

— À Strasbourg.

— Tu vois ! Elle n'enquête pas sur toi. Il n'y a aucun rapport entre Lille et Strasbourg.

— Justement si, il y en a un.

Le soulagement qui venait de se peindre sur son visage se mue en une grimace crispée.

— Lequel ?

— Le flic qui m'a fait foutre en taule et m'a chargé comme une mule lors de mon procès a été muté à Strasbourg, depuis.

Le silence d'Ella parle pour elle. Cette fois, elle est bien obligée d'admettre que sa sœur n'est pas une victime innocente.

— La salope ! s'exclame Nath, furieux. Quand est-ce qu'elle revient ? Que je lui taille un short à ma façon !

— Elle reprend le train demain après-midi. D'ici là, je vous interdis à tous les deux de la contacter. Pas d'appel, pas de texto, pas de mail. Je veux qu'on règle cette histoire demain soir, en famille.

— D'accord, mais on reste avec toi. Je vais retourner à l'appartement pour chercher des affaires, et on squatte ici. Il n'est pas question que tu sois seul. Pas vrai, Ella ?

— C'est bon, j'y vais, déclare-t-elle en faisant mine de se lever.

— Certainement pas ! Tu serais capable de lui téléphoner pour la prévenir. Tu restes là avec mon frangin.

Nath récupère ses clés sur la table basse et me serre l'épaule en signe de soutien.

— Je reviens vite, mon frère.

Il quitte la pièce peu après. Assise près de moi, Ella semble mal à l'aise, et on le serait à moins. Au bout d'un long moment, elle finit par chuchoter :

— Je suis tellement désolée pour toi, Yannick.

Pas autant que moi.

Chapitre 26

Mika

Dans le train qui me ramène à Paris, je fais le point sur ce que je sais et ce qui me reste à découvrir. Sans aveux de la part de Dojong, difficile d'avoir une preuve tangible de sa culpabilité. J'ai écouté l'enregistrement sur mon portable en boucle, mais il ne révèle rien, si ce n'est que ce type est totalement perché. Autant dire qu'il ne m'est d'aucune utilité. Que le rapport d'enquête ait été falsifié ne fait plus aucun doute, mais démontrer que ce sale type en est responsable, ça, c'est une autre histoire. Je n'ai aucun moyen d'étayer cette thèse, quand bien même j'ai l'intime conviction qu'il est derrière tout ça.

Lors de ma rencontre avec cet homme, je me suis trouvée face à un dangereux psychopathe. Dire que personne n'a vu qui il était réellement, à savoir un truand de la pire espèce.

Lorie ne m'a pas encore rappelée. Après m'avoir raccompagnée à mon hôtel au sortir de la prison, elle devait se rendre chez le médecin légiste de Strasbourg, afin de comprendre comment il était possible pour un flic de trafiquer un compte rendu d'autopsie et de lui demander par la même occasion d'interpréter celui qui concerne l'affaire de Yann. Depuis, je n'ai aucune nouvelle et je refuse de la harceler à tout bout de champ. C'est déjà miraculeux qu'elle ait accepté de m'aider, inutile de la presser comme un citron. Je pourrai toujours lui envoyer un texto demain.

Au lieu de rentrer à l'appartement, je file au bureau, mais Stéphane n'est pas là. Tout ce que j'apprends par Claude, c'est qu'il s'est rendu à Lille pour rencontrer son informateur du SRPJ, hier. Il aura probablement tout un tas de choses à me dire.

Il faudrait que je tente de téléphoner au témoin chez qui Yann se trouvait juste avant l'altercation qu'il a eue avec sa victime. Un certain Tony. Mais comme je ne sais pas s'ils sont encore en contact, j'ai trop peur qu'il appelle mon compagnon pour tout lui raconter ensuite. Sans compter que, s'il est aussi bavard que tous les autres acteurs impliqués dans cette histoire, je ne risque pas d'apprendre grand-chose. Ce qui prédomine dans cette affaire, c'est l'omerta. Ce silence solidaire, ce refus de révéler quoi que ce soit à qui que ce soit, tant dans la famille Leray que chez les flics. Je présume que c'est pour cette raison que rien n'a jamais filtré dans la presse ou ailleurs. En même temps, Yann est la discrétion incarnée : il se fond volontiers dans le décor et évite les projecteurs comme la peste. La preuve, je n'avais jamais entendu parler de lui avant notre première rencontre. Certes, il venait tout juste de sortir de prison, mais tout de même. Pour ce qui est d'interroger l'entourage de la victime, ça ne m'intéresse pas. S'il le faut, j'irai leur rendre visite, mais pour le moment, ce n'est pas à l'ordre du jour.

Vers 18 heures, je décide de rentrer chez moi. Non seulement il n'y a rien que je puisse faire de plus aujourd'hui, mais en plus j'ai vraiment envie de voir Yann. Il m'a manqué durant ces vingt-quatre heures d'absence, même si j'étais très occupée.

J'insère la clé dans la serrure, chargée comme un mulet entre mon sac de voyage, ma besace qui contient mon ordinateur et les courses que je viens de faire. Ce soir, pendant qu'il sera en cours, je vais lui concocter un dîner en amoureux. Cannelloni à la ricotta et aux épinards, puis une tarte aux poires et aux amandes. Je sais qu'il adore ça et j'ai besoin de me détendre.

C'est donc d'un pas alerte et avec un sourire lumineux aux lèvres que je franchis la porte de mon appartement. Imaginez ma surprise quand j'aperçois mon mec qui a l'air effondré, ma sœur qui tire une tronche de six pieds de long et mon futur beau-frère qui semble à deux doigts de me sauter à la gorge. La première pensée qui me traverse l'esprit est qu'il est arrivé quelque chose à Emma ou à un membre de sa famille. Seulement, ça ne tient pas, parce que Nathan serait dans le même état que Yann, alors qu'il paraît juste fou de rage.

Lorsque mon regard croise celui d'Ella, je comprends. Ils savent… J'ignore comment ils l'ont appris, mais aucun doute n'est permis. Horriblement mal à l'aise, je me dirige en silence vers la cuisine pour y déposer mes provisions et gagner quelques précieuses minutes. Qu'est-ce que je vais bien pouvoir leur dire ?

Au stade où tu en es, la vérité est probablement la meilleure option. Je t'avais pourtant prévenue, me souffle ma conscience, à juste titre. *À force de n'écouter personne, tu passes ton temps à provoquer toutes sortes de catastrophes. Et maintenant, voilà le résultat.*

— Reviens ici tout de suite, espèce de grosse connasse ! hurle Nathan depuis le séjour.

J'inspire un grand coup, avant de retourner dans le salon. En temps normal, je serais déjà en train de l'incendier, mais à quoi bon ? J'ai des préoccupations bien plus importantes, et ce qui m'attend est autrement plus gravissime.

Décidant de jouer la prudence, je m'arrête sur le pas de la porte pour garder une distance de sécurité. Dans le couloir, mon téléphone, resté dans mon sac, se met à sonner, mais je ne réponds pas. Ce n'est vraiment pas le moment.

— Bordel de merde, tu es vraiment une pétasse de première ! Comment tu as pu l'enculer de cette façon ? Hein ? Tu te rends compte de ce que t'as fait ? Du boxon que tu es en train de foutre dans nos existences ? Si cette histoire ressort, on va le clouer au pilori, lui en faire baver comme pas permis. Il perdra son job, sans compter que les frangins de Manu sauront où le trouver. S'il lui arrive quoi que ce soit, ce sera de ta faute et autant te dire que je ferai de ta vie un véritable enfer.

— Nathan, calme-toi, tente de tempérer Ella.

— Oh toi, ne commence pas ! s'écrie-t-il en pointant un index menaçant dans sa direction. Tu es toujours en train de prendre sa défense, mais cette fois tu serais bien mal avisée de t'en mêler. Cette fouille-merde a été jusqu'à prévenir sa chaîne, putain ! Tu as eu quoi en échange de ce scoop ? Une promotion ? Pour une fois que tu n'as pas eu besoin de te faire sauter par un footballeur en vue, ça doit te changer ! Tu avais l'intention de te foutre de sa poire encore combien de temps ? Tu crois que je vais te regarder détruire mon frère sans broncher ?

Là, je commence à tiquer. Parce qu'il a beau jeu de m'accuser de tout et n'importe quoi, il n'est pas tout blanc dans cette histoire.

— Moi, j'ai détruit ton frère ? m'insurgé-je aussitôt. Et toi, alors ?

— C'est tout ce que tu trouves pour te défendre, sale pute ?

Il va trop loin et, s'il ne ferme pas sa grande gueule, je vais lui coller la gifle de sa vie avant d'enchaîner avec un coup de genou dans les roubignoles, pour qu'il la boucle une bonne fois pour toutes. Je suis sûre que ce serait rendre service à l'humanité tout entière.

— Nath, arrête… intervient Yann d'une voix lasse.

— Tu peux m'insulter autant que tu veux, ça ne change rien au fait que ton frangin a renoncé à intégrer le centre de formation quand il avait dix-sept ans, parce qu'il se sentait obligé de s'occuper de son merdeux de petit frère. Il paraît qu'il était vachement meilleur joueur que toi. Si tu ne me crois pas, demande à Marcel Berthoux, il te le confirmera.

Cette fois, il se tait, pétrifié. *Eh oui, Nath Leray, tu n'es pas le seul prodige de la famille. Tu es même un* loser *de première par rapport à ton aîné.* Lentement, il se tourne vers son frère.

— C'est vrai, Yann ? demande-t-il d'une voix étranglée. C'est à cause de moi que tu n'y es pas allé ?

L'homme que j'aime hausse les épaules avec un fatalisme qui me fait froid dans le dos. Toute sa vie n'est qu'une succession de mauvais choix dont je fais sans doute partie. Mais celui-là a de toute évidence été plus lourd de conséquences que tous les autres. S'il avait réussi à sortir de son milieu difficile, il aurait probablement évolué très différemment.

— Mika, ça ne change rien au fait que tu as porté une affaire privée sur la place publique, intervient ma jumelle avec sévérité.

— Personne ne devait être au courant. J'ignore comment vous l'avez appris, mais c'était censé rester confidentiel.

— Et on doit se contenter de ça ? éructe Nathan qui a repris du poil de la bête.

— Pourquoi tu as fait ça ? se désole Ella. Tu es ma sœur, je croyais te connaître par cœur, mais j'avoue que je ne te comprends pas.

Il est temps de dire la vérité. Que le grand déballage commence, songé-je avec cynisme.

— Au début, c'était par curiosité. Yann m'avait formellement défendu d'évoquer cet épisode de sa vie. Mais tu sais très bien ce qui se passe quand on m'interdit quelque chose.

— Ce n'est pas une excuse, fait-elle valoir à juste titre.

— Je sais... Mais je voulais juste lire le compte rendu de l'audience, à la base. J'ai réussi à me le procurer par l'intermédiaire de Stéphane. Très vite, j'ai remarqué des incohérences assez flagrantes et, comme il est spécialisé dans ce domaine, je lui en ai parlé. Il a trouvé ça troublant, lui aussi. Alors, j'ai décidé d'effectuer des recherches et de creuser.

— Mais creuser quoi, connasse ? s'écrie Nath. L'affaire a été jugée.

— Et s'ils s'étaient trompés ? je m'écrie avec ferveur. Le rapport d'autopsie est un faux, et le flic chargé de l'enquête qui a plombé Yann au procès est un dangereux psychopathe qui se trouve actuellement en taule. Tu ne trouves pas ça bizarre, toi ? Je sais que tu n'es pas particulièrement fute-fute, mais il me semble que même un débile dans ton genre peut se poser des questions, non ?

Je suis méchante, j'en suis consciente. Lui parler comme ça ne fera que monter ma sœur contre moi. Mais j'en ai ras le bol d'être traitée de tous les noms.

Soudain, Yann se lève et me fusille du regard.

— Qu'est-ce que tu racontes, Mika ? Que je suis innocent ? Je t'ai déjà dit que j'ai vu le mec s'écrouler devant moi, ça ne te suffit pas ? Et quand bien même ce que tu sous-entends est vrai, tu te rends compte de ce que ça signifie ? Parce que, là, tu es juste en train d'insinuer que j'ai été incarcéré pendant sept ans pour rien. Que toute mon existence a été fracassée pour rien. Que j'ai été tabassé, poignardé, et presque violé en taule pour rien. Mais si c'est la vérité, qu'est-ce qui me reste à part me tirer une balle face à tant d'injustice ? Hein ? Qu'est-ce que j'ai fait dans ma chienne de vie pour mériter ça ?

Sa voix sinistre, son accablement, la peur qui le mine et l'horreur que provoque en lui cette plongée dans le passé me brisent le cœur. Les larmes coulent sur mes joues, parce que je ne supporte pas de voir l'homme dont je suis amoureuse aussi malheureux. Jamais je n'ai voulu ça. Tout ce que je cherchais à faire, c'était l'aider, laver son honneur. Au final, mes bonnes intentions, ma curiosité insatiable et mon entêtement jusqu'au-boutiste se retournent contre moi.

— Tu n'as toujours pas répondu, déclare ma sœur. Pourquoi ?

C'est alors que Yann se précipite vers moi. Arrivé à mon niveau, il me toise avec un mépris qui me fait frémir. Non, pas ça… tout, mais pas ça.

— Tu sais quoi ? Tes motivations, je n'en ai rien à foutre. Mieux, je n'ai aucune envie de les écouter. En fait, je ne veux plus t'entendre et encore moins te voir.

Il se rue dans le couloir et, pour la première fois depuis que nous vivons ensemble, claque la porte de sa chambre.

Chapitre 27

Mika

Ne pas dormir, j'ai l'habitude. Combien de fois ai-je fait la fête toute la nuit au Showcase pour arriver ensuite au bureau dans un état second et passer la journée à me gaver de café, histoire de rester réveillée. Enfin, pas ces derniers temps évidemment, et encore moins cette nuit. Quand Yann s'est enfermé dans sa chambre, j'ai eu droit à un sermon de deux heures, *made in* Ella Moreau. Et le moins qu'on puisse dire, c'est que c'était quelque chose… Même Nathan ne la ramenait pas. Je pense d'ailleurs qu'il a fini par oublier sa colère, tellement il avait pitié de moi. Juste avant qu'ils ne rentrent chez eux, ma sœur m'a carrément menacé de ne plus jamais m'adresser la parole si je n'arrangeais pas très vite les choses.

Et je la crois, je sais qu'elle en est parfaitement capable. Comme elle l'a tant et si bien répété : « on ne peut pas aider en douce quelqu'un qui ne souhaite pas l'être ». Elle n'a pas tort, mais malheureusement les investigations sont allées trop loin pour que je puisse arrêter la machine. J'aimerais pouvoir affirmer le contraire, mais ce serait un mensonge.

Pendant des heures, je suis restée allongée dans le noir, à attendre que Yann bouge, guettant le moindre bruit en provenance de sa chambre et craignant par-dessus tout qu'il fasse une connerie. Ses paroles ont résonné dans ma tête comme un mantra. « Mais qu'est-ce qu'il me reste à part me tirer une balle, face à tant d'injustice ? » Certes, c'était sous le coup de l'émotion, mais j'ai passé la nuit à flipper comme une dingue à l'idée qu'il puisse avoir réellement pensé ces mots.

Il est 6 heures quand je me lève pour prendre une douche. Il faut que je me remue avant de me transformer en légume dépressif, façon courgette ratatinée. La battante qui sommeille en moi n'est jamais très loin. L'objectif de la journée est de parler à Yann et de l'obliger à m'écouter. Avant ça, il va d'abord falloir que j'envoie un texto à Claude pour le prévenir que je ne serai pas au bureau aujourd'hui, et un autre à Stéphane afin de lui demander de venir ici. Nous ne serons pas trop de deux pour convaincre mon amoureux que la situation est préoccupante et qu'il doit nous aider à découvrir la vérité. Mais… est-il toujours mon amoureux ? Rien n'est moins sûr, et cette simple idée me déprime horriblement.

J'ai une tronche à faire peur, mais je m'en fous. Je n'ai aucune envie de me maquiller ni même de m'arranger. Un jean, de grosses chaussettes et un sweat-shirt appartenant à l'objet de mes tourments feront bien l'affaire.

Arrivée dans le couloir, je constate qu'il y a de la lumière dans la cuisine. Assis à la table, Yann boit un café, le regard perdu dans le vide. Je suis incapable de décrire le soulagement qui m'envahit en le voyant. Dans le fond, ma plus grande peur n'était pas qu'il fasse une bêtise, ce n'est pas son genre. Non, ma pire crainte était qu'il parte et que je ne le revoie jamais.

— Tu es encore là ? je demande avec toute la douceur dont je suis capable.

— Où veux-tu que j'aille ? rétorque-t-il d'une voix brisée.

Aussitôt, mon estomac se serre sous l'effet de l'émotion. Je me racle la gorge et décide de me faire un triple expresso. Il me faut au moins ça pour affronter la discussion à venir. Puis je m'assieds à ma place habituelle, en face de lui. J'aimerais tant lui tenir la main, le prendre dans mes bras, mais je sais déjà que cette initiative serait malvenue.

— Nulle part. Tu es ici chez toi, tu n'as aucune raison de partir.

— Vraiment ?

— Oui. Je t'aime, Yann, aujourd'hui plus que jamais et…

— Eh bien, on ne dirait pas ! s'écrie-t-il avec colère.

Je sursaute si fort que mon café manque de se renverser. Pourtant, je rive mes prunelles aux siennes. Mentir ne servant plus à rien, je décide de lui livrer le fond de ma pensée, sans filtre.

— Je t'aime et, tout ce que je voulais, c'était te réhabiliter. Tu crois que ça me fait plaisir de te voir raser les murs ? De voir que tu baisses les yeux pour ne pas regarder les gens en face, parce que tu as honte de celui que tu es ?

Il ne répond pas. Mes paroles sont brutales, j'en ai conscience, mais elles sont nécessaires pour qu'il accepte la réalité.

— Si tu estimais que je n'étais pas assez bien pour toi, pourquoi avoir fait des pieds et des mains pour sortir avec moi ?

— Je n'ai jamais rien prétendu de tel et, si c'est ce que tu penses, alors cela ne fait que confirmer ce que je viens de dire.

Il baisse la tête, mais j'ai quand même le temps d'apercevoir ses yeux emplis de larmes et je sens mon cœur se briser. C'est terrible de voir cet homme dans un tel état à cause de moi. En silence, j'attends qu'il soit réellement prêt à m'écouter.

— Tu veux savoir le pire dans tout ça ? murmure-t-il en relevant la tête pour me regarder. C'est que je t'aime toujours. Je voudrais te haïr, je fais tout ce que je peux pour te détester, mais je n'y arrive pas. Tu es ma lumière, la raison qui me donne envie de devenir meilleur, ma motivation première. Et ça, ça ne change pas.

À ces mots, je craque, submergée par des sanglots déchirants. Ce qu'il vient de me dire est sans conteste la plus belle déclaration d'amour qu'un homme puisse faire à une femme. Entre deux hoquets, je chuchote :

— Si tu savais comme je t'aime… tellement…

Yann se lève et contourne la table pour me prendre dans ses bras et m'entraîner vers sa chambre. Le lit n'est pas défait et, malgré le froid de ce mois de février, la fenêtre est ouverte. Je suppose qu'il lui fallait ça pour contrebalancer la porte fermée. Malheureusement, sa claustrophobie n'a pas disparu par magie.

— Tu n'as pas dormi ? je m'enquiers en pointant la couette parfaitement tirée.

— Non, j'ai passé toute la nuit dans la cuisine.

— Je ne t'ai pas entendu. J'ai guetté le moindre bruit, pourtant.

— Je m'y suis glissé pendant que ta frangine te passait le savon du siècle.

— Tu as tout entendu, alors ?

— Oui, et je n'aurais pas aimé être à ta place.

Je ris doucement, me sentant soudain plus légère. Il me semble que quand un amour résiste à une telle épreuve, il est sacrément solide. Or, depuis que j'ai mis un pied dans l'appartement hier soir et que j'ai compris qu'il savait, je m'attendais à une rupture sans espoir de réconciliation. Mon soulagement et ma joie sont immenses ce matin.

Il referme la fenêtre et m'invite à m'allonger sur le lit où il me rejoint. Nous restons enlacés en silence dans les bras l'un de l'autre pendant très longtemps. Je n'ai besoin de rien de plus. Et finalement, c'est lovée contre son torse puissant que je sombre, épuisée.

Nous avons dû dormir pendant plusieurs heures. Lorsque je me réveille, Yann est encore couché près de moi. Il doit être crevé, le pauvre ! J'aurais adoré que nous puissions émerger en faisant l'amour, histoire d'acter notre réconciliation. Mais l'urgence, en cet instant précis, c'est de faire taire le bruit strident qui émane du couloir, pour permettre à mon chéri de se reposer encore un peu.

Je me lève avec précaution, sors de la chambre et me rue sur mon portable. C'est ma complice strasbourgeoise qui cherche à me contacter.

— Lorie ?

— Ah, quand même ! Mais qu'est-ce que tu fiches, Mika ? J'essaie de te joindre depuis hier soir. Tu aurais au moins pu prendre la peine de me répondre ou de rappeler.

— Je suis désolée. Des emmerdements à la pelle me sont tombés dessus.

— Du genre ?

— Yann a découvert que j'enquêtais sur lui. Ma sœur et son frère se sont joints au comité d'accueil. C'était compliqué d'expliquer pourquoi j'avais fait les choses en catimini.

— Quoi ? Il n'était pas au courant ? Mais tu es folle ou quoi ! Le mec avec qui tu vis ignore que tu fouilles dans sa vie, et tu t'étonnes qu'il soit en pétard ?

— Je ne suis pas étonnée, à vrai dire. Et j'avais l'intention de tout lui avouer très bientôt, j'attendais simplement d'avoir assez d'éléments pour le faire.

— En parlant de ça, on a un sérieux problème.

— Un de plus ou un de moins, je me sens un peu blasée, si tu vois ce que je veux dire.

— Crois-moi, dans le genre, celui-là est assez ennuyeux.

— Vas-y…

— Dojong est mort.

— Quoi ? je m'écrie, sous l'effet du choc.

— Il a été assassiné hier en fin d'après-midi dans les douches de la prison. Tout porte à croire que le meurtre a été commandité par la bande d'Amoros.

— Amoros ?

— C'est le caïd pour lequel il bossait. D'après certains bruits de couloirs, il s'apprêtait à les balancer pour sauver sa peau et obtenir une réduction de peine.

— C'est une blague ?

— À ton avis ?

— Mais qu'est-ce que je vais faire, maintenant ? Comment prouver qu'il a falsifié des éléments importants de l'enquête qui auraient pu permettre une condamnation plus clémente pour Yann ? Je comptais retourner le voir la semaine prochaine.

— Il n'aurait rien avoué, je te le certifie. Ce type était un manipulateur comme on en fait peu. Ma copine Madie, qui a eu des embrouilles avec lui, est prête à raconter sous serment ce qu'il lui a fait et comment il a manœuvré pour foutre son mari en taule.

— Ça risque de ne pas suffire.

— Ça dépend. Car j'ai une autre nouvelle, et excellente pour le coup. Enfin, tout dépend de quel point de vue on se place.

— Annonce…

— Tu es assise ?

— Attends.

Je file vers le salon pour m'installer confortablement sur le canapé.

— C'est bon.

— Le médecin légiste qui bosse avec nous a examiné le rapport que nous avons récupéré hier.

Cette fois, je suis suspendue à ses lèvres.

— Et ?

— Il est impossible de déterminer avec précision ce qui a causé le décès de Manuel Ortega.

Là, j'en reste comme deux ronds de flanc. Comment est-ce seulement imaginable ? Yann est sûr qu'il est mort suite à la chute qui a résulté de la bagarre. Il lui a collé une beigne, et l'autre est tombé en arrière. C'est comme ça que les faits se sont déroulés.

— Tu plaisantes ?

— J'ai l'air ?

— Dans ce cas, il faut que tu m'expliques en détail parce que, s'il y a une chose qui n'a jamais été mise en doute, c'est bien la façon dont ce mec a cassé sa pipe.

— Justement, c'est là qu'il y a une couille. Ortega avait une quantité pharaonique d'héroïne dans le sang. Il pourrait très bien avoir succombé des suites d'une overdose.

— Mais il a fait une chute !

— Exact, et il avait bien une fracture au niveau des cervicales. Mais ces blessures ne sont pas toujours fatales. Cela dit, il aurait sans doute fini paralysé ou un truc dans ce genre.

— Mais alors, il est mort de quoi ? Il s'est pété la gueule dans un escalier ou il s'est démonté la gueule à coups de seringues ?

— Le médecin a déclaré qu'il n'y avait aucun moyen d'en avoir la certitude aujourd'hui. C'est soit l'un soit l'autre. Il aurait fallu effectuer des analyses plus poussées qui n'ont a priori pas été faites à l'époque. Pourtant, dans la conclusion de son rapport, le légiste qui l'a autopsié demandait l'aval de la police pour pouvoir procéder à des tests supplémentaires. Mais tout porte à croire que Dojong n'a pas donné suite à cette requête.

— Pourquoi ? Ce n'est pas systématique ?

— Non, c'est l'inspecteur en charge du dossier qui les ordonne. Or, comme je viens de te l'expliquer, Dojong a mené l'enquête à charge et non de manière impartiale.

— Nom de Dieu !

— Comme tu dis. En attendant, et dans le doute, ton mec aurait dû être acquitté pour insuffisance de preuves directes. Il aurait probablement écopé d'un peu de sursis pour l'avoir cogné. Cela étant, rien n'est moins sûr, puisque tu m'as indiqué qu'Ortega était responsable de l'overdose de sa jeune sœur.

— Mais si tu dis vrai, c'est terrible…

— Je suis bien d'accord avec toi. Cet enfoiré a envoyé un gars potentiellement innocent en prison. Le toubib a accepté de nous fournir une attestation écrite. Je te la communiquerai dès que je l'aurai. Et si tu as du nouveau, surtout tiens-moi au courant.

— Très bien. Je vais voir ce que Stéphane a pu découvrir à Lille.

— Il n'aura rien trouvé du tout, murmure une voix depuis l'entrée de la pièce. Personne ne lui a parlé, mais on m'a prévenu.

Je déglutis avec difficulté, tandis que mon regard croise celui, hagard, de Yann.

— Écoute, Lorie, il faut que je te laisse. Merci pour tout. Je te dois une fière chandelle. Je te rappelle demain sans faute.

— OK, bonne journée.

— Qu'est-ce qui te fait dire ça ? je m'enquiers après avoir posé mon téléphone sur la table.

— À ton avis, comment est-ce que je suis au courant de ta petite enquête ?

— Justement, tu ne me l'as pas expliqué. Qui t'en a parlé ?

— Le neveu d'un de mes amis proches est flic au SRPJ de Lille. Marcel m'a appelé hier pour me prévenir que des journalistes de BFM cherchaient à en savoir plus sur moi.

— C'est bien ma veine, grogné-je avec défaitisme.

Je soupire longuement, avant de me lever pour me diriger vers la cuisine et nous préparer deux cafés. Je sens que nous allons en avoir besoin.

— Qu'est-ce qui se passe ? s'enquiert Yann en prenant place à la table.

— Je pense que tu le sais, si tu as entendu ma conversation.

— Oui, mais je préfère être sûr.

— D'après le rapport d'autopsie et dans l'état actuel des choses, on ne peut pas déterminer de quoi Manuel est mort. Il aurait fallu des analyses complémentaires qui n'ont pas été effectuées. C'est aussi simple que ça.

À ces mots, il devient carrément livide, à tel point que pendant un instant, j'ai peur qu'il fasse un malaise.

— Quoi ? Comment est-ce que c'est possible ? Je l'ai vu tomber, putain ! Cette image restera gravée dans ma tête toute ma vie.

Yann se frappe le front de la main. Aussitôt, j'attrape celle-ci pour entremêler ses doigts aux miens.

— Il avait consommé énormément de drogue peu avant son décès. Le taux dans le sang prouve qu'il aurait parfaitement pu succomber des suites d'une overdose.

— Mais…

— Il avait bien une fracture au niveau des cervicales, consécutive à la chute, mais ce type de blessure n'est pas forcément mortel. Si l'enquête avait été menée comme il se doit, dans le doute, tu aurais dû être acquitté.

— Pourquoi est-ce que personne n'est intervenu ?

— Parce que Grégory Dojong avait trafiqué le rapport d'autopsie et a fait en sorte que le médecin légiste ne vienne pas témoigner comme c'est l'usage. Voilà pourquoi… La mauvaise nouvelle, c'est que cet enfoiré n'avouera jamais ses forfaits, puisqu'il est décédé.

— Tu n'as pas dit que tu l'avais vu hier ?

— Si. Mais il a été agressé dans la soirée et il est mort poignardé.

— Putain…

— Comment est-ce que tu te sens ?

— Je n'en sais rien. C'est très perturbant d'imaginer qu'on a peut-être fait de la taule pour rien. Sept ans, c'est un quart de ma vie.

— Pas peut-être, Yann : tu as très probablement fait de la prison pour rien.

— Je n'étais pas forcément innocent.

— C'est vrai. Mais tu n'étais pas forcément coupable. Et en France, la loi prévoit que le doute bénéficie à l'accusé.

— Et maintenant ? On fait quoi ? Comment est-ce que je suis supposé réagir ?

— Ça dépend de toi. Je peux continuer mes recherches, mais si tu refuses, je laisse tomber.

— C'est trop pour moi. Même si tu veux absolument croire que je suis victime d'une erreur judiciaire, il n'en reste pas moins que j'ai frappé un homme assez fort pour risquer de le tuer. Et ça, c'est un fait avéré. Je préférerais tout arrêter, Mika. Il le faut avant que cette affaire nous pète à la gueule.

— Tu ne penses pas qu'il est déjà trop tard ?

— Tu iras jusqu'au bout, n'est-ce pas ? Quoi que je dise, quoi que je fasse, tu continueras.

Je baisse les yeux et me mords la lèvre inférieure, avant d'admettre :

— Oui. C'est pour nous que je me bats. Je refuse que tu te caches, que tu aies honte devant ma famille, alors que je suis si fière de toi, au contraire. Tu mérites tellement de relever la tête et d'avancer dignement dans la vie.

Il sourit. Ma déclaration d'amour n'est pas mal non plus, dans son genre.

— OK. Dans ce cas, je te laisse poursuivre tes investigations. Mais je t'en conjure, Mika, si ça devient trop dangereux, tu arrêtes. Et tout ceci doit rester absolument confidentiel. Je pourrais perdre mon job et j'y tiens plus que tout. C'est la première fois que je suis payé pour faire quelque chose qui m'éclate réellement.

Je pousse un soupir, heureuse et soulagée.

— Très bien. C'est comme tu veux.

— Je ne sais pas si je fais bien de te suivre dans ce bordel. En vérité, je suis même sûr que je commets une erreur monumentale. Mais j'ai envie de te faire confiance.

— Je ne te décevrai pas, assuré-je avec solennité.

— J'espère bien…

Chapitre 28

Mika

Je descends du train qui nous a emmenés à Lille, Lorie — qui a pris des jours de congé pour nous aider —, Stéphane et moi. Depuis une semaine, nous ne relâchons pas nos efforts. Yann a finalement accepté de témoigner pour le documentaire et a même réussi à persuader Nathan de l'imiter.

Le lendemain de mon retour de Strasbourg, Steph est venu à la maison dans la soirée. Durant plusieurs heures, nous avons épluché les éléments à notre disposition. Yann nous a parlé des vidéos X qui ont provoqué cet accès de fureur. Non seulement Manuel était le dealer de Léa, leur petite sœur, mais il la prostituait à son insu quand, trop stone, elle était incapable de se défendre. Et comme si ça ne suffisait, il l'avait filmée et avait posté les vidéos sur le Net. C'est en les découvrant que Yann avait été pris d'un coup de sang. Et quand il l'avait croisé dans la cage d'escalier, il n'avait pas pu s'empêcher de tabasser celui qui était responsable de la mort de Léa, et qui en plus avait abusé d'elle de manière immonde.

Dans la mesure où Manuel est mort, nous avons supposé que les films pouvaient encore être sur le Net, que personne n'avait songé à les supprimer, puisqu'il les avait postés peu de temps avant sa mort. Seulement, où ? Là était la question. Je vous jure que passer des sites pornos en revue n'est pas mon occupation favorite, mais il a bien fallu nous y résoudre. L'unique information dont Yann se souvenait était que le prénom de Léa apparaissait dans la légende. C'est mon collègue qui est enfin tombé dessus à 4 heures du matin. J'ai refusé de regarder. Yann aussi. Du coup, c'est Steph qui s'y est collé. À voir la manière dont il a pâli brusquement, j'ai compris que le spectacle était encore plus glauque que tout ce que j'avais imaginé.

— Merde, c'est immonde ! s'est-il exclamé avec dégoût.

Parce que nous n'avions pas le choix, un des informaticiens de BFM a été mis à contribution pour tenter de dégoter l'adresse IP de celui qui avait posté les trois vidéos où apparaissait Léa. Je connais bien le mec, je sais qu'il est très discret puisqu'il bosse souvent sur des sujets sensibles. Il lui a fallu un peu de temps, car les films n'étaient pas récents, mais il a fini par trouver. Et bingo ! L'ordinateur qui les avait mis en ligne a été localisé à Roubaix et appartenait à un certain Manuel Ortega. Et voilà le travail !

Plus nous avançons, plus les éléments s'accumulent. Yann essaie de rester calme, mais je vois bien qu'il a envie d'y croire et de penser qu'il peut être innocent. Passer du statut de bourreau à celui de victime semble plus facile pour lui que je ne l'avais imaginé. Je pense même qu'il en éprouve un réel soulagement. Et je vais m'employer à faire en sorte que ça arrive.

Grâce aux contacts de Lorie, les langues au SRPJ de Lille sont en train de se délier. Nous avons d'ailleurs rendez-vous avec un inspecteur qui a bossé sur cette affaire sous les ordres de Dojong. Celui-là, j'ai l'impression que personne ne va le pleurer !

Il faut absolument que nous trouvions un maximum d'éléments pour permettre de rouvrir le dossier. D'ailleurs, j'ai déjà contacté Harry à ce sujet. Cette fois, je lui ai dit toute la vérité. Dès que nous aurons bouclé notre enquête, il prendra les choses en main et portera plainte pour demander une révision du procès. Lors de notre discussion téléphonique, il m'a confirmé qu'il fallait des éléments nouveaux et probants pour qu'un magistrat accepte de revoir une affaire déjà jugée. En tout cas, plus nous aurons de preuves ou d'indices, et plus nous aurons de chances de voir la requête aboutir. C'est pour cette raison qu'il n'est pas question de bâcler notre travail.

L'inspecteur nous attend en compagnie du commissaire qui était en poste à l'époque et était donc le supérieur hiérarchique de Dojong. C'est lui qui risque d'être mis en cause si nous avons assez d'éléments concordants. D'un commun accord, nous laissons Stéphane prendre la direction de l'entretien. Clairement et calmement, il expose les faits, les rapports et les preuves irréfutables tels que l'attestation du médecin légiste strasbourgeois et les deux comptes rendus d'autopsie de la victime, l'original et la version falsifiée, diamétralement différents. Le chef de service déglutit avec difficulté et s'éponge le front en les découvrant. Il sait ce que ça signifie.

— Tu étais au courant, Morel ? demande-t-il en se tournant vers son subalterne.

L'autre tousse, rougit, soupire, puis finit par passer à table :

— Oui.

— Et tu l'as laissé faire ?

— Je n'avais pas le choix, monsieur.

— Comment ça ?

— Dojong me faisait chanter. Je menais une double vie à cette époque, et ma maîtresse était une prostituée. Si j'avais ouvert ma gueule, il m'aurait arrêté pour proxénétisme.

— L'ordure !

Le commissaire nous explique alors comment il a eu des doutes quand plusieurs indics ont commencé à raconter à certains de ses hommes que Dojong trempait dans des histoires louches et qu'il avait les moyens de mener une vie beaucoup trop luxueuse pour un simple inspecteur. Mais le gars était malin, et il n'a jamais rien pu prouver, pas plus que les agents de l'IGS. Il a donc simplement écopé d'un blâme et d'une mutation disciplinaire.

À la fin de l'entretien, l'ambiance est nettement plus détendue qu'à notre arrivée. Alors qu'il nous raccompagne, le commissaire nous prend à part.

— Cette histoire, j'en fais une affaire personnelle. Je vais demander la réouverture de l'enquête, et nous recommencerons tout depuis le début. Il se peut que Yann Leray soit à nouveau convoqué. S'il n'a pas la possibilité de se déplacer, nous irons le voir à Paris. Il peut être dédommagé par l'État, vous savez…

— Nous n'en sommes pas encore là, déclare Steph en lui serrant la main.

Dans le train qui nous ramène vers la capitale, nous sommes à deux doigts de sabler le champagne. Cette fois, nous entrevoyons le bout du tunnel. C'est presque jouissif comme sensation. En tout cas, cette enquête m'aura permis de découvrir un autre aspect du journalisme qui me passionne autrement plus que les matchs de foot. Jamais je n'ai été aussi investie dans mon travail, et collaborer avec mon ami est un plaisir de tous les instants.

Lorie reste à Paris ce soir, puisqu'il est prévu que son témoignage sous couvert de l'anonymat soit enregistré demain matin dans les locaux de BFM. Steph l'héberge chez lui, et j'ai comme l'impression que ces deux-là se plaisent, même si je sens que l'inspectrice est sur la réserve. Mais après tout, ça ne me regarde pas. J'ai bien assez à faire avec mon propre couple pour ne pas m'occuper de celui des autres.

À mon retour, seule dans l'appartement vide, je trépigne d'impatience en attendant que Yann revienne de ses cours. Dans la cuisine, je chantonne un air qui est diffusé à la radio, plongée dans la préparation d'une pizza et de compote. Toute la pièce embaume la pomme et la cannelle, c'est simplement parfait.

Quand mon téléphone sonne à 21 h 30, je me demande qui

peut m'appeler aussi tard. Je récupère mon iPhone qui charge et constate qu'il s'agit de Claude.

— Oui, boss ? Qu'est-ce qui se passe ?

— Ramène tes fesses ici tout de suite !

— Excuse-moi ? Tu as vu l'heure ? Si tu crois que…

— Mika, c'est la merde ! Il y a eu une fuite.

— *Quoi ?*

Le souffle coupé, je me laisse aller contre le mur derrière moi. Ce n'est pas possible ! Là, il est évident que Yann ne me pardonnera pas. Déjà la dernière fois, la pilule a été dure à avaler. Mais s'il devait perdre son job, je n'ose même pas imaginer sa réaction. Ce serait une catastrophe !

— Qui ?

C'est tout ce que je parviens à demander, mais ça nécessite un effort dingue.

— Je l'ignore, mais je compte bien mettre la main sur celui ou celle qui est à l'origine de tout ça. En attendant, on a besoin de toi pour sauver la mise à ton mec, sinon, tu deviendras bonne sœur à Honfleur. Un taxi doit déjà t'attendre en bas de chez toi.

— OK, j'arrive. Seulement, je t'avertis, s'il arrive quoi que ce soit à Yann, moi je serai peut-être bonne sœur à Honfleur, mais toi tu seras mort à Cahors.

Pour la première fois, personne ne rit. J'envoie rapidement un texto à Yann pour le prévenir de mon départ précipité, puis je range vite fait la cuisine. Enfin, j'enfile mes chaussures et mon manteau et je quitte l'appartement en trombe. Je suis restée très vague dans mon message et je sais qu'il faudrait que je l'appelle, mais je n'y arrive pas. J'ai trop honte de ce qui vient de se produire. J'ai, une fois de plus, été incapable de tenir parole. Peu importe que ce ne soit pas de ma faute. C'est le résultat qui compte, et celui-ci est dramatique. Est-ce que cette enquête valait qu'il perde tout ce qu'il a construit depuis qu'il a été libéré ? Si j'avais abandonné quand je le pouvais, rien de tout ceci ne serait arrivé.

Au bas de l'immeuble, le chauffeur de taxi m'attend en fumant une cigarette, appuyé contre sa voiture. Dans un état de nerfs indescriptible, je m'avance vers lui.

— Mickaëlla ? s'enquiert-il en se redressant.

— Oui. Je peux vous en taxer une ?

— Pas de problème. Philip Morris, ça vous convient ?

J'acquiesce d'un hochement de tête, tandis qu'il me tend son paquet et son briquet. Je me sens un peu mieux après la première bouffée. J'en viendrais presque à comprendre pourquoi ma frangine est accro à ces saletés.

L'homme fronce brièvement les sourcils en regardant par-dessus mon épaule, avant de se remettre à sourire avec bonhommie. Au bout de quelques minutes, il écrase son mégot contre une poubelle et l'y jette.

— On y va ?

À nouveau, j'opine en silence. Il fait de même avec ma cigarette, et nous montons dans le véhicule. Assise sur la banquette, je suis plongée dans mes pensées, quand le type lance :

— Vous avez un papier et un stylo ?

— Pardon ?

Si c'est pour me filer son numéro, il peut toujours rêver !

— Notez : AT 009 CS.

Machinalement, j'obéis, sans comprendre ce qui se passe. Il répète pour s'assurer que j'ai bien inscrit sur mon agenda.

— Il s'agit de l'immatriculation d'une Mercedes noire qui nous suit, finit-il par expliquer.

Immédiatement, je me retourne pour regarder par la vitre arrière. Effectivement, la voiture est derrière nous.

— Vous en êtes sûr ? C'est peut-être une coïncidence.

— Ça m'étonnerait. La bagnole était garée devant votre domicile. Quand vous êtes sortie, le chauffeur a mis le contact, et les feux se sont allumés. C'est comme ça que je l'ai remarqué. Puis, lorsqu'il a compris qu'on fumait, il a à nouveau coupé le moteur. Et dès que vous êtes montée dans mon taxi, rebelote. Je suis un ancien gendarme, on ne me la fait pas.

J'essaie de rester calme, mais je commence à avoir peur. Je n'ai jamais imaginé qu'il pouvait y avoir un quelconque danger à enquêter sur Yann et je me rends compte que j'ai fait preuve d'une inconscience monumentale. Après tout, il n'est pas le seul en cause. Outre Dojong, il y a des flics de Lille qui savaient et ont laissé faire, la famille de la victime, et sûrement d'autres personnes qui pourraient ne pas apprécier qu'on parle d'elles.

Une fois devant les locaux de BFM, le chauffeur m'accompagne jusqu'à la porte d'entrée. Je le remercie chaudement, avant de monter à toute vitesse vers les étages. Arrivée dans l'*open space*, je me dirige directement vers le bureau de Claude. Steph et Lorie sont déjà là.

— Qu'est-ce qui s'est passé ? je m'exclame, en panique. Je pensais qu'on était d'accord pour que cette affaire reste confidentielle tant que nous n'étions pas prêts à la dévoiler !

Entre les mains de mon boss, je découvre un magazine people sur lequel je suis en première page avec Yann. On nous y voit en train de nous balader main dans la main. Je le lui arrache et l'examine avec dégoût. Ce qui me choque plus que tout, c'est le titre : *Mickaëlla Moreau, la journaliste de BFM, en couple avec le frère de Nathan Leray, emprisonné il y a peu encore pour meurtre*. En médaillon, il y a un cliché d'Ella et de Nath, et un autre de mon paternel. C'est immonde ! L'article s'étend sur trois pages. On y évoque l'affaire de la *sextape*, mon père et sa réputation de séducteur, et bien sûr mon histoire avec mon colocataire, ainsi que mes précédentes liaisons. Il y a même une photo d'Enrique en train de m'embrasser au Showcase. En bref, j'ai droit à la totale.

— Au moins, ils ne savent pas qu'on enquête sur le meurtre, fait remarquer Steph avec calme.

— Franchement, je m'en fous ! Il faut que j'appelle mon frangin pour qu'il interdise la diffusion.

— C'est trop tard, intervient Claude. Le secret a été particulièrement bien gardé, comme pour la fois où ils ont fait paraître l'article sur l'ancien président en scooter. Dans notre cas, je n'en ai entendu parler qu'en fin d'après-midi par un ami qui bosse pour la concurrence. Ce numéro sera dans tous les points de vente demain matin, tu ne peux plus rien faire. Il a déjà été imprimé et distribué.

— C'est ce qu'on va voir !

Immédiatement, je téléphone à Harry qui décroche à la deuxième sonnerie. Au début, il râle, arguant à juste titre qu'il doit se consacrer à son travail avec notre père et n'a pas le temps de s'en occuper. Mais quand je fonds en larmes, il finit par accepter de m'aider et promet de me tenir au courant. Je me souviens que lorsque l'affaire de la *sextape* a éclaté et qu'Ella a été éclaboussée, il a fait un travail remarquable.

Je reprends place à la table où mes collègues débattent sur le meilleur moyen d'avancer la diffusion du reportage et du documentaire de quinze jours, afin que Yann soit blanchi le plus vite possible. C'est la seule solution pour rattraper le coup. Parce que, actuellement, pour l'opinion publique, il est juste un criminel.

— Il me faut une semaine pour annoncer le *prime time*, explique Claude en mode directeur des programmes. Est-ce que c'est bon pour vous ?

— Si on bosse d'arrache-pied, on peut y arriver. Mais ça signifie du 24/24. Tu en es, Mika ? s'enquiert Steph.

— Évidemment ! m'exclamé-je avec feu.

— OK, il nous reste à rassembler les derniers témoignages. Les intervenants seront filmés dans les trois prochains jours. Mais je te préviens, quatre jours pour le montage, c'est chaud. Prépare-toi à camper ici, ajoute-t-il.

— Pas de problème.

De toute façon, au train où vont les choses, je n'aurai bientôt plus aucune raison de rentrer chez moi. Plus vite nous terminerons, et mieux ce sera pour tout le monde. Peut-être qu'à l'issue de cette émission, Yann finira par me pardonner cet énième rebondissement qui risque de lui coûter cher.

— D'accord. Je vous appelle un taxi à chacun pour que vous puissiez récupérer des affaires chez vous. Il y a des canapés convertibles dans l'espace de repos et une salle de bains. Je resterai avec vous, ajoute Claude.

Ces mots, par association d'idées, me rappellent ce qui s'est produit lors de mon trajet.

— Au fait, le chauffeur qui m'a amenée ici a relevé la plaque d'une Mercedes noire qui nous suivait, d'après lui.

Tous les visages se tournent vers moi. Leurs mines affolées me feraient presque sourire, si je n'étais pas aussi perturbée.

— C'est sans doute une erreur, mais je préfère en avoir le cœur net.

— Je m'en occupe ! lance Lorie.

Je lui communique le numéro noté sur mon agenda, et elle s'éloigne pour passer un appel. Lorsqu'elle revient, elle semble préoccupée.

— Ce véhicule est enregistré au nom d'un cabinet de détectives privés. Si ça se trouve, ce sont eux qui sont à l'origine de la fuite.

— Mais ces détectives ont bien été engagés par quelqu'un, non ? questionne Claude. Quand bien même il s'agit du magazine, il fallait qu'ils aient été prévenus !

— Tu as raison. Le seul moyen d'y voir plus clair serait de leur rendre une petite visite, murmure-t-elle, songeuse.

— Ce n'est pas ta juridiction, tu n'as aucun droit de demander des comptes à ces mecs.

— Alors, je prendrai le gauche. Et si ça ne suffit pas, je leur montrerai mon flingue d'un peu plus près. Tu verras, ils se mettront à table.

Steph est saisi d'un fou rire face à une telle motivation. Il est vrai que Lorie est un personnage comme on en fait peu. La Lucky Luke de la police française.

— Je ne voudrais rater ça pour rien au monde ! lance mon collègue avec bonne humeur. Je viens avec toi. On y va quand ?

— Demain matin, il est trop tard ce soir. J'espère juste qu'ils ne savent pas pour l'enquête et le reportage.

— Ce n'est qu'une question de temps, murmure Claude, les sourcils froncés. Et maintenant, les enfants, il n'y a pas une minute à perdre. Au boulot !

Alors que nous nous apprêtons à quitter le bureau de mon boss, je retiens Lorie par le bras.

— Pourquoi est-ce que tu fais tout ça pour nous aider ?

Elle rougit, baisse la tête un instant, puis finit par me regarder, l'air troublé.

— Je veux me venger. Greg Dojong m'a pourri la vie pendant plus d'un an. Maintenant encore, je paie le fait d'avoir ouvert ma gueule pour dénoncer cette ordure. Non seulement ses méthodes sont répugnantes, mais l'homme dont je suis tombée amoureuse est parti à l'autre bout du monde à cause de lui. Il faut que ses pratiques soient révélées au grand jour. Peut-être que des victimes de cette enflure se manifesteront.

— Il est mort, je ne vois pas comment il pourrait payer.

— S'il a pu se comporter ainsi pendant des années en toute impunité, c'est qu'il avait des complices ou tout au moins des gens qui ont fermé les yeux. Quand j'ai signalé ses agissements auprès de mes supérieurs, mes collègues m'ont traitée comme une paria.

Tu n'imagines pas à quel point j'en ai bavé. Je veux ma revanche, je veux que ces connards rougissent et baissent la tête en me croisant, et qu'ils comprennent que ce n'est pas parce qu'on fait partie de la police qu'on est au-dessus des lois.

Chapitre 29

Yann

Je suis mis à pied… Me prendre ça en pleine tronche est si violent que j'ai l'impression de ne plus pouvoir respirer. Il paraît que c'est juste temporaire, mais je sais déjà que ça se terminera par un licenciement. Ce n'est pas tant le club qui pose problème, mais les parents des gamins que j'entraîne. Plusieurs d'entre eux ont menacé de retirer leurs enfants du centre si je n'étais pas écarté du staff. C'est la pire journée de ma vie depuis celle où j'ai été condamné. Un véritable cauchemar.

Mika m'avait pourtant promis que tout resterait confidentiel, qu'elle ne travaillait qu'avec des gens de confiance, qu'il n'y avait aucun risque de fuite. Une fois de plus, je l'ai crue. Et une fois de plus, je me suis fait avoir comme un bleu. Je ne lui en veux même pas, puisque j'ai été assez con pour la suivre dans ses délires. Mais au final, c'est sur ma gueule que ça retombe, c'est moi qui paie les pots cassés et personne d'autre. Et encore ce torchon ne parle que de la prison, pas de l'enquête que Mika mène contre vents et marées.

En attendant, qu'est-ce que je vais devenir ? Cette question me hante depuis que Robert m'a convoqué dans son bureau pour me faire part de la décision du président. Il le regrette, mais est impuissant. Quand il m'a montré le magazine qui me mettait en cause, je me suis effondré, si bien qu'il a dû commander un taxi pour me permettre de rentrer.

Il y a deux jours, Emma, Nathan et moi avons été filmés pendant que nous témoignions. Au début, j'ai flippé. Mais finalement, tout s'est bien passé. Le cameraman et le producteur se sont montrés super sympas. En réalité, je suis soulagé d'avoir pu raconter ma version des faits. J'ai également donné mon accord écrit pour que le documentaire soit diffusé. Impossible maintenant de me rétracter, il est trop tard, le mal est fait. Mon nom s'affiche dans tous les kiosques, et on me prend pour un criminel. C'est exactement ce que j'ai toujours cherché à éviter et, pourtant, c'est arrivé. Dire que je ne me suis douté de rien ! Mika doit sans doute déjà être au courant mais, évidemment, elle n'a pas pris la peine de me prévenir, et je n'arrive pas à la joindre depuis hier. C'est insupportable. Quand j'ai eu son texto, je n'ai pas été surpris. J'ai conscience que le rythme s'est accéléré et qu'il leur faut faire vite, afin que tout soit prêt en temps et en heure.

En conclusion, que me reste-t-il ? Je ne peux même pas m'exiler à l'étranger, je suis en liberté conditionnelle assortie d'une interdiction de quitter le territoire. Si tel n'était pas le cas, je suppose que j'aurais déjà un billet d'avion en poche. Ma vie est foutue. Tout ce que j'ai réussi à construire ces six derniers mois est parti en fumée en l'espace de quelques heures.

Devant l'immeuble, il y a une horde de paparazzis. Quand je découvre leur présence, je demande au taxi de continuer sans s'arrêter et de me déposer au coin d'une rue parallèle d'où je pourrai rejoindre mon appartement par les parkings souterrains qui sont communs entre les deux bâtiments.

Quand est-ce que tout ça va s'arrêter, bon sang ? Je n'ai rien fait pour mériter un traitement pareil. Toute ma putain d'existence, j'ai fait passer le bien-être des autres avant le mien. Emma, Nathan, Mika… Et pour quoi au final ? Pour rien du tout. Perdre mon emploi est ce qui pouvait m'arriver de plus dramatique. Qu'on parle de moi comme du mec de Mika, aucun problème, c'est la vérité. Je suis même fier d'être son petit ami. Mais avoir publié ces révélations est immonde, parce que les journalistes devaient bien savoir qu'il y aurait des répercussions terribles. Évidemment, ils s'en foutent comme de l'an quarante ! Quand je repense à la manière dont ils s'en sont pris à Ella, je ne devrais pas être étonné. Mais c'est pourtant le cas, en bon naïf que je suis.

L'enfer sur terre existe, j'y suis…

La tête dissimulée par la capuche de mon sweat, je me faufile dans le sous-sol et prends l'ascenseur qui mène au rez-de-chaussée de mon immeuble. Le concierge est là, et essaie de chasser la foule de photographes. Sans m'attarder, je file vers l'escalier que je grimpe quatre à quatre.

En refermant la porte de l'appartement, je pousse un soupir de soulagement. Au moins, ici, je suis à l'abri de ces charognards, protégé de tout ce bordel. C'est du moins ce que je ressens, jusqu'à ce que je m'aperçoive qu'il y a un paparazzi sur le balcon du bâtiment en face. Immédiatement, j'actionne les volets électriques qui descendent avec une lenteur exaspérante. Planqué contre le mur de l'entrée, je retiens mon souffle et ne respire mieux que quand tout est plongé dans le noir. Ce n'est pas possible ! C'est donc trop demander que de vouloir un minimum de tranquillité ? Encore que je ne suis pas sûr d'être capable de me détendre, vu mon état d'esprit.

Aussi difficilement que si je portais la croix du Christ sur mon dos, je m'avance vers le canapé et me laisse tomber lourdement dessus. Je ne prends même pas la peine d'allumer la lumière. À quoi bon, de toute façon ?

Quelques minutes plus tard, alors que je suis prostré, le regard perdu dans le vide, mon téléphone se met à sonner. Je n'ai aucune envie de répondre, mais je le récupère quand même dans la poche intérieure de mon anorak, histoire de m'assurer que ce n'est pas Emma ou Nath. En revanche, si Mika appelle, je ne décrocherai pas. Je ne veux pas la voir ni lui parler. Sous l'effet de la colère, je risque de prononcer des mots que je regretterai ensuite. Autant ne pas créer de situation qui pourrait s'envenimer. Le désespoir peut mener certaines personnes aux pires extrémités. Et là, très clairement, je suis désespéré. Je me connais, je sais parfaitement comment je fonctionne, il vaut mieux pour tout le monde que je reste seul pour le moment. Il est grand temps de penser d'abord à moi, pour changer…

À ma grande surprise, il s'agit de Marcel. Quoi ? Il est déjà au courant ? Mais oui, évidemment, c'est une publication nationale ! À quoi est-ce que je pensais, moi ?

— Allô ? je demande prudemment.

— Salut, fils. Je viens d'avoir ton frère en ligne, il m'a tout expliqué. Comment est-ce que le club réagit ?

— Je suis mis à pied, annoncé-je d'une voix sinistre.

— Ah non, merde ! Mais quelle bande de cons ! Attends que j'en touche deux mots à Robert, il va entendre parler du pays !

— Ce n'est pas lui, mais les parents des gosses. Il n'a rien pu faire.

Après un court silence, il reprend :

— Qu'est-ce que tu dirais de quelques jours de vacances, mon petit ?

— Ma vie est en train de se barrer en couille et, toi, tu me conseilles de partir en vacances ? Tu crois vraiment que c'est le moment ?

— Justement, te mettre au vert serait la meilleure solution, le temps que tout ce bordel se tasse. Tu ne crois pas ?

Je soupire longuement, avant d'admettre qu'il a sans doute raison. Après tout, c'est ce que Nathan avait fait au moment du scandale de la *sextape*. Ce serait bien plus intelligent de disparaître, j'en conviens. Mais dans le même temps, je n'ai pas envie de laisser Mika se dépatouiller toute seule avec ces vautours.

Ouais, mais tout est de sa faute, pas vrai ? me souffle ma conscience. *Qu'est-ce que tu te disais, il y a moins de cinq minutes, à propos du fait de penser à toi, plutôt qu'aux autres ? Il est peut-être temps de mettre tes grandes idées en pratique.*

— Qu'est-ce que tu proposes au juste ?

— Ma fille aînée possède une villa à Noirmoutier-en-l'Île. C'est un endroit super calme, surtout en cette saison. Tu pourrais réfléchir tranquillement à la manière dont tu vas appréhender la suite…

— Tu veux que je cohabite avec ta fille ?

— Mais non, triple buse ! Aline vit aux États-Unis avec son mari qui bosse à Washington, mais j'ai les clés de la maison. On pourrait s'y rendre ni vu ni connu.

— Tu peux t'absenter comme ça ?

— Hey, gamin, je suis à la retraite depuis l'an dernier. Au centre de formation, ils ne me tolèrent que parce que j'y ai travaillé pendant plus de quarante ans. Alors, je fais ce qui me plaît.

Il ne me faut pas plus de quelques secondes pour me décider.

— D'accord. On fait comment ?

— Je viens te chercher demain à la première heure. J'organise tout ça et je t'enverrai un texto pour te tenir au courant. En tout cas, je te sors de ce nid de guêpes avant que ces enflures aient ta peau.

— Merci, Marcel. Tu n'imagines pas à quel point je te suis reconnaissant. Ta proposition est inespérée.

— C'est normal. Pour moi, tu es comme un fils. Et je trouve que jusqu'à présent, tu n'as pas eu beaucoup de chance dans ta vie. Il est temps que ça change.

— Si seulement…

— Crois-en mon expérience, la roue tourne pour tout le monde, même pour les guignards comme toi.

Je souris en raccrochant. Dans le brouillard où j'évolue depuis ce matin, apparaît enfin une lumière. Oh ! ce n'est pas un néon, mais ça me suffit. Si Mika m'aime, elle comprendra mon besoin d'isolement. D'ailleurs, en parlant du loup…

J'entends un bruit de clé dans la serrure et elle apparaît juste après, dans un état aussi épouvantable que le mien. Elle a des cernes sombres sous les yeux, ses cheveux sont retenus en un chignon qui tient miraculeusement grâce à un stylo, et son visage est dénué de toute trace de maquillage. Hormis au réveil, je ne la vois pas souvent comme ça. Et pourtant, jamais elle ne m'a semblé aussi belle, aussi désirable. Ce sont sans doute nos dernières heures ensemble avant un petit moment, et je ne veux pas les passer à m'engueuler avec elle. Au fond, Mika est au moins autant dans la merde que moi. Faire la une de la presse à sensation n'est plaisant pour personne.

Dès qu'elle m'aperçoit, ses yeux se remplissent de larmes. La voir aussi émue ravive ma propre tristesse, et je cligne furieusement des paupières pour chasser cette foutue envie de chialer. Malheureusement, je n'y parviens pas. Je ne suis pas assez fort. Ou plutôt, je ne suis plus assez fort. C'est trop pour moi.

— Qu'est-ce que tu fais là ? demande-t-elle d'une voix rauque.

— J'ai été mis à pied.

À ces mots, elle éclate en sanglots, et je ne peux pas faire autrement que de tendre la main dans sa direction. La seule chose qui me permet de tenir, c'est d'avoir la certitude qu'elle m'aime. Et même si ce n'est pas le cas, je préfère y croire pour ne pas penser que j'ai absolument tout perdu.

Mika retire son manteau qui tombe au sol, enlève ses bottines et me rejoint en chaussettes sur le canapé.

— Je suis tellement désolée ! Je te jure que je ne savais pas. Si j'avais eu le moindre soupçon, j'aurais prévenu Harry pour qu'il empêche cette parution.

J'ai allumé une lampe située sur la console. C'est le seul éclairage qu'il y a dans l'appartement, alors qu'il n'est pas midi.

— Qui est derrière tout ça ? je m'enquiers, décidé à avoir le fin mot de l'histoire. C'est dans mon entourage ?

Le doute me taraude depuis que je suis monté dans le taxi. M'en prendre à Mika, si elle n'est responsable de rien, est complètement débile. Ce n'est pas elle qui a balancé, de toute évidence. Ça pourrait tout aussi bien être la famille de Manu ou un de mes anciens codétenus.

— Non. Ça vient de mon côté.

Je ne suis même pas soulagé de l'apprendre. Je repense juste à toutes les fois où je lui ai demandé d'arrêter de fouiner, de se retirer, et où elle ne m'a pas écouté. Putain, on aurait pu éviter ce bazar si elle avait tenu compte de mon avis, pour une fois.

— C'est Enrique. Nous l'avons découvert ce matin, c'est pour ça que je ne suis pas rentrée plus tôt.

Dire qu'avant son retour je voulais l'engueuler comme une merde ! Cette révélation me stoppe illico. Quoi ? Qu'est-ce que ce petit fumier a fait ?

— Tu peux répéter ?

— Enrique a engagé des détectives pour fouiller dans ton passé et trouver de quoi te couler. L'idée qu'on soit ensemble a dû lui sembler insupportable.

— Tu es sûre de ce que tu avances ?

— Certaine. Lorie, l'inspectrice de Strasbourg, était avec nous hier soir quand on a appris ce qui se tramait. Le chauffeur de taxi qui m'a emmenée au bureau s'est rendu compte que nous étions suivis. Il a relevé la plaque, et nous avons découvert que la voiture appartenait à une agence de détectives privés. Lorie, Stéphane et Claude y sont allés ce matin. Steph a également fait venir des flics parisiens qu'il connaît. Le directeur de l'agence a eu tellement peur qu'on lui retire sa licence qu'il a balancé l'identité de son client. Ensuite, quelques coups de fil ont suffi pour avoir la confirmation que c'était lui qui avait rencardé le magazine. J'ai porté plainte en notre nom à tous les deux contre l'hebdomadaire et contre Enrique. J'aurais sans doute dû le faire il y a longtemps. Stéphane et un inspecteur se sont ensuite rendus à l'entraînement des joueurs. Le flic l'a appréhendé devant tout le monde. Il paraît que ton frère était avec lui. Quand Nathan a appris ce qu'il avait fait, il est devenu fou de rage et il lui a cassé la gueule, si bien qu'il est suspendu pour le prochain match. Quant à Enrique, il risque de se faire virer. Apparemment, il était déjà sur la sellette depuis quelques mois, parce que ses résultats sont moins bons qu'avant. Bref, il est sacrément dans la merde avec cette plainte qui lui tombe dessus. Harry s'occupe de tout, et tu sais que c'est un as dans son domaine. Je suis tellement désolée de t'avoir fait autant de tort, tu n'imagines même pas…

Et elle recommence à sangloter comme une gamine. Qu'est-ce que je peux dire ? Rien du tout. Dans le fond, Mika n'est pas responsable de ce qui vient de se passer. Elle a juste repoussé un connard qui n'acceptait pas de l'être. Jamais elle n'aurait pu imaginer que ce salaud se vengerait de cette manière. Tout ceci n'a aucun rapport avec l'enquête. C'est simplement un mauvais concours de circonstances, comme bien trop souvent dans ma vie.

— Arrête de pleurer, Mika, ce n'est pas de ta faute.

— Tu dis ça, mais maintenant tu es dans la merde ! Tu n'as plus de boulot et tu n'es pas près de retrouver ton poste d'assistant entraîneur avec ce que ce torchon infâme vient de dévoiler. Ah, au fait, Claude voudrait t'offrir un poste de consultant sportif après la diffusion du reportage, chouine-t-elle avant de se moucher bruyamment.

— Tu es sérieuse ?

— Il a visionné les rushes de ton témoignage. Il te trouve très photogénique. D'après lui, toutes les meufs de France et de Navarre vont se coller devant BFM pour mater ta belle petite gueule. Stéphane est également prêt à contacter ses relations et ses amis pour t'aider à retrouver un travail. Tu vois, toutes les personnes qui t'approchent de près ou de loin pensent que tu es un mec bien et veulent absolument te soutenir.

— C'est sympa, mais pour l'instant j'ai surtout envie de me vider la tête. Tout ce bordel a fait resurgir un tas de souvenirs de mes années de prison, et j'ai besoin d'évacuer.

— Je comprends.

Je la serre contre moi, parce que j'ai besoin d'elle, besoin de caresser ses cheveux, de sentir sa chaleur. Nous restons silencieux un long moment. Mais, alors que je suis sur le point de lui annoncer mon départ demain à la première heure, je réalise qu'elle s'est endormie dans mes bras. La pauvre, elle n'a sans doute pas fermé l'œil de la nuit. Avec toute la délicatesse dont je suis capable, je la soulève et l'emmène dans ma chambre. Heureusement que je connais bien l'appartement désormais et que je peux me déplacer dans le noir, sinon ce serait un peu la merde.

Une fois qu'elle est allongée sur la couette, j'allume la lampe de chevet et lui retire ses fringues, pour ne la laisser qu'en sous-vêtements. Au moins, elle sera à l'aise. Je me déshabille et ne conserve que mon boxer. Il est à peine midi, mais je suis épuisé et déprimé, j'ai besoin de décompresser. À défaut de m'envoyer en l'air — ce qui serait un excellent remède —, je pense qu'un somme peut m'y aider. Mika est couchée sur le côté, et je me blottis contre elle, pressant mon corps endolori par la tension et le stress contre le sien.

Lorsque j'émerge, mes yeux se posent immédiatement sur mon réveil. Il est 15 heures. La pénombre me désoriente un instant, mais les événements du début de la matinée ne tardent pas à me revenir en pleine face tel un boomerang. Dans le couloir, j'entends la voix de Mika qui est au téléphone. Je tends l'oreille pour tenter de deviner ce qui se passe. À la teneur de la discussion, je comprends qu'il doit s'agir de son père et qu'elle n'est pas à la fête.

— Mais je m'en fiche de ton image ! Je fais ce que je veux de ma vie et je choisis qui en fait partie. Yann vaut mieux que tous les hommes que j'ai fréquentés jusqu'à présent. Tu peux m'engueuler autant que ça te chante, c'est lui que j'aime et personne d'autre. Et cette fois, j'en suis sûre, c'est le bon. D'ailleurs, pourquoi est-ce que tu râles ? C'est bien toi qui m'as fait tout un foin à Noël pour que je me case. Alors, de quoi tu te plains ?

Je souris, soudain plus serein. OK, j'ai sûrement perdu mon boulot. OK, ma vie est étalée sur la place publique, et j'ignore comment me défendre. OK, tout le monde sait ce que j'ai fait, alors que le cacher était primordial pour moi. Mais à côté de ça, je suis aimé par une femme exceptionnelle qui se bat bec et ongles pour tenter de me rendre mon honneur perdu. Nous vivons ensemble dans un appartement que j'adore, et les dernières semaines ont été les plus heureuses de toute ma vie. En conclusion et pour faire court : tant que je l'ai auprès de moi, je me sens bien. Un job ? J'en retrouverai un autre. L'humiliation ? Elle sera balayée par le prochain scandale. Si Harry fait bien son travail, la plainte sera rapidement examinée, et ils seront obligés de se rétracter. Et enfin, avoir honte de mon passé ? Quelle connerie ! Si on considère ce qui est réellement arrivé et la manière dont j'ai été condamné abusivement, je n'ai pas à rougir. Ce sont les flics et les juges qui devraient avoir honte, eux qui m'ont envoyé au placard sur la foi du témoignage d'un dingue qui voulait me mettre derrière les barreaux juste pour gonfler ses statistiques.

— Tu m'emmerdes, papa ! Tant que tu n'accepteras pas mes choix de vie, ce n'est plus la peine de m'appeler. Qu'est-ce qu'il faut que je fasse pour que tu me laisses respirer ? Que je parte en Syrie comme ma sœur ? Quand comprendras-tu que je suis une adulte et pas une gamine ? Ressaisis-toi, sinon tout ce que tu réussiras à faire, c'est éloigner tes enfants de toi. Si c'est ce que tu cherches, continue comme ça. Sinon, essaie donc l'autocritique, c'est bon pour l'ego et ça ne coûte rien.

Je l'entends balancer son portable sur la commode et revenir vers la chambre. Malgré moi, je sens un sourire flotter sur mes lèvres. Quoi qu'il arrive à l'avenir, je dois à Mika Moreau de m'avoir rendu un semblant de fierté et de dignité. Et ça, ça n'a pas de prix.

— Tu es réveillé ? Je suis désolée d'avoir parlé si fort, s'excuse-t-elle depuis le pas de la porte.

Je tends la main vers elle pour qu'elle me rejoigne au chaud sous la couette.

Seule la lampe de chevet est toujours allumée.

— Viens là. Il faut qu'on parle.

Une profonde inquiétude se lit sur son visage, mais elle avance tout de même dans ma direction et s'allonge près de moi. Ses pieds sont gelés, et j'y colle les miens pour les réchauffer. Jamais je n'ai connu de nana avec des orteils aussi glacés. Combien de fois m'a-t-elle réveillé en sursaut en les collant entre mes cuisses au milieu de la nuit ? Au début, je pestais intérieurement, mais j'ai fini par m'y habituer. J'irais même jusqu'à dire que ça va me manquer pendant mon absence.

— Tu ne vas pas me quitter maintenant, n'est-ce pas ? Yann, j'ai conscience que la situation est terriblement difficile pour toi, mais je t'en supplie, sois patient. Tout s'arrangera, je te le jure.

— La dernière fois que tu m'as fait une promesse, tu ne l'as pas respectée. J'ai donc envie de te dire que ta parole ne vaut pas grand-chose.

— Tu es injuste. Pour toi, j'ai mis mon job en péril et je suis en train de me fâcher avec ma famille. Je ne sais pas ce qu'il te faut de plus.

— Sauf que je ne t'ai jamais rien demandé. Ou plutôt si, je t'ai ordonné de te tenir à carreaux, ce que tu as été incapable de faire. En bonne tête de mule que tu es, tu as foncé droit dans le mur. Malgré cela, te perdre serait pire que tout. J'aime t'entendre me défendre bec et ongles comme tu viens de le faire. Et souvent, je me demande qui a le plus de *cojones*, si c'est toi ou moi. Seulement, j'en suis à un stade où je ne peux plus supporter ce qui nous arrive. Pour y voir plus clair, j'ai pris une décision et j'aimerais que, pour une fois dans ta vie, tu la respectes.

Elle ne répond pas, mais tout son corps s'est crispé.

— Je vais partir quelque temps.

— Non !

Son exclamation, lancée d'une voix aussi paniquée que désespérée, me serre le cœur. Mais je n'ai pas le choix et, au fond d'elle, Mika doit en avoir conscience aussi.

— Si, je m'en vais.

— Quand ?

— Demain matin, à l'aube.

— Où ?

— Je ne peux pas te le dire, mais c'est un endroit tranquille.

— Pour combien de temps ?

— Je n'en sais rien. J'ai besoin de me retrouver seul, de réfléchir posément à ce que j'attends de la vie et à ce que je ne veux plus. Tu avais raison en disant que je rasais les murs. La vérité, c'est que je vivais que dans la crainte que quelqu'un finisse par découvrir ce que j'avais fait. Et je ne supporte plus d'être comme ça. J'ai retrouvé ma fierté, et c'est grâce à toi.

— Quelle bonne idée j'ai eue ! Tu es peut-être en train de reprendre du poil de la bête, mais tu pars. Alors, je suis bien avancée. Mais tu as l'intention de revenir, quand même ?

— Tu me fais confiance ?

— Oui. Pleinement et entièrement confiance, Yann.

— Alors, tu ne devrais même pas me poser la question. Je t'aime, c'est tout ce qui importe, pas vrai ?

Elle ne pipe mot, mais sa grimace sceptique parle pour elle.

Dommage, parce que je ne ferai aucun compromis ni aucune promesse que je risque de ne pas pouvoir tenir.

— Je t'attendrai, finit-elle par chuchoter avec émotion. Oui, je t'attendrai dix ans s'il le faut, parce que je t'aime et qu'un amour comme celui-là, on ne peut pas le balancer à la poubelle.

— Donc, tout va bien…

— Rien ne va, au contraire. Tu pars et je…

Je lui coupe la parole en posant mes lèvres sur les siennes. L'heure n'est plus à la parlotte, et Dieu seul sait quand je reviendrai. Mika répond immédiatement à mon baiser, entrouvrant sa bouche pour que nos langues puissent se trouver et s'entremêler comme elles aiment tant le faire. Sa petite main, aux longs doigts effilés, glisse vers mon caleçon et écarte l'élastique. Je sens qu'elle est envahie par un sentiment d'urgence, le même que celui qui m'anime. Alors, je dégrafe son soutien-gorge que j'envoie valser à travers la pièce, son tanga ne tarde pas à prendre le même chemin. Nus l'un contre l'autre, nous gémissons de plaisir. J'ai l'impression de la sentir par chaque pore de ma peau, au bout de chaque terminaison nerveuse. Son odeur m'envoûte, sa chaleur me transcende, et ses soupirs me rendent dingue. L'aimer est paradoxalement ce qu'il y a de plus facile et de plus compliqué. Tout ce que je veux, c'est son bonheur, mais il semblerait qu'il passe obligatoirement par le mien.

Nos bouches reviennent sans cesse l'une vers l'autre, jusqu'au moment où je décide de redécouvrir son corps. Je mordille le lobe de son oreille, puis m'attaque à sa gorge dont la peau est si fine et si douce. Très vite, je poursuis mon exploration en direction de ses seins. Ces deux-là, je les adore. Longuement, je les lèche, je les suce et les titille. Sous moi, Mika se trémousse comme jamais. Dès qu'elle sent que je suis sur le point de descendre plus bas, elle m'arrête en me tirant les cheveux. Je lui lance un regard interrogateur, ne comprenant pas pourquoi elle réagit ainsi. D'habitude, elle adore ce genre de caresses.

— Viens…, souffle-t-elle simplement.

— Mais tu n'es pas prête. Je vais te faire mal.

— Je suis tellement chaude que tu risques de te brûler en me pénétrant.

À ces mots, je ris. Toutefois, je tiens quand même à m'assurer qu'elle est assez humide pour m'accueillir. Je glisse ma main entre ses cuisses et, effectivement, elle dit vrai puisqu'elle est littéralement trempée. J'aime savoir que je suis capable de la mettre dans cet état, aussi rapidement et si facilement. Déjà, ses jambes entourent ma taille, tandis qu'elle me presse de la prendre. Je me cale dans la bonne position et guide mon sexe vers mon paradis à moi. Dès que je suis en elle, tout reprend son sens, chaque chose est comme elle doit être. Je commence à bouger lentement, pour savourer chaque seconde. Quand je me retire, elle murmure :

— Ne me laisse pas…

Chaque fois que je reviens au creux de son corps, je réplique par un :

— Je t'aime.

Et ça continue…

— Reste avec moi.

— Je t'aime.

Encore et encore…

— Ne m'abandonne pas.

— Je t'aime.

— Pas maintenant.

— Je t'aime.

— J'ai besoin de toi.

— Je t'aime.

— Ne pars pas.

— Je t'aime.

— Je ne suis rien sans toi.

— Je t'aime.

Lorsque je me rends compte qu'elle est en train de pleurer, je m'arrête un instant, moi-même au bord des larmes. Je n'ai aucune envie de la laisser, mais je dois m'isoler pour mieux me retrouver. Nous nous embrassons furieusement, comme mus par l'énergie du désespoir. L'intensité de notre connexion est hallucinante, et je sais que nous vivons un moment unique, magique, presque mystique.

— Yann, gémit-elle tandis que l'orgasme la submerge et que je sens son sexe pulser autour du mien.

— Je t'aime, grogné-je en jouissant à mon tour dans un cri rauque.

— Moi aussi, je t'aime. Tu n'imagines pas à quel point je t'aime.

Durant les heures suivantes, je me repais d'elle autant de fois que mon corps me le permet. Assise sur moi, tandis que je la comprime contre mon torse, couchée sur le ventre pendant que je la recouvre intégralement, à quatre pattes devant moi alors que je suis agenouillé derrière elle, sur le côté, quand je suis allongé derrière elle. Je perds le compte du nombre de fois où je jouis. Ça en devient même douloureux au bout d'un moment, mais je continue encore avec une obstination qui vire à l'entêtement, comme si c'était notre dernière nuit. Lorsqu'elle me supplie enfin d'arrêter, arguant qu'elle ne pourra plus ni marcher ni s'asseoir demain, nous sommes tous deux trempés de sueur, et aussi essoufflés que si nous avions couru un marathon.

Je niche mon visage entre ses seins et la serre si fort contre moi que je me demande comment elle parvient à respirer. Mais elle ne se plaint pas, ne proteste pas, et se contente de me caresser les cheveux. C'est dans cette position que nous nous endormons, et que je me réveille quelques heures plus tard, gagné par une envie pressante.

De retour des toilettes, je découvre qu'il est 4 h 30 du matin. Dans le séjour, je récupère mon téléphone. Il y a un message de Marcel indiquant qu'il m'attendra à 5 heures, afin d'éviter que les paparazzis nous tombent dessus. Pour m'assurer que je pourrai sortir d'ici incognito, j'ouvre les volets et me rends sur le balcon pour examiner la rue. Je suis à poil, et ça caille affreusement, mais tant pis. Tout est calme, il n'y a pas âme qui vive. Je réponds donc à mon ami et lui indique que je serai prêt.

Sans perdre de temps, je file dans la salle de bains pour prendre une douche et m'habiller. Ensuite, je récupère mes affaires de toilette que je fourre en hâte dans mon sac de voyage. Sans faire de bruit, pour ne pas la réveiller, je vide consciencieusement mon armoire de mes vêtements. Mon bagage est resté dans le couloir, et je fais plusieurs allers-retours. Quand enfin tout y est, je retourne une dernière fois dans la chambre, afin de me repaître un dernier instant du spectacle sublime qu'elle m'offre. Puis, avec regret, je finis par éteindre la lampe de chevet qui était encore allumée et quitte cette pièce où j'ai connu les moments les plus intenses de ma vie. Un expresso plus tard, je suis prêt. Alors, doucement, je pose la clé de l'appartement sur la console de l'entrée et referme la porte derrière moi.

Chapitre 30

Mika

Il est parti. Le bruit de la porte qui se referme m'a réveillée. Pourtant, ce n'était qu'un petit clic. Mais, à mes oreilles, il a résonné aussi fort qu'un boulet de canon. Comme je m'en veux de ne pas avoir émergé plus tôt. Au moins, j'aurais pu l'embrasser une dernière fois. C'est peut-être mieux comme ça, finalement… Le regarder s'en aller aurait été horriblement difficile. Il y aurait forcément eu des drames et des larmes, des cris et des pleurs. Or, je ne pense pas qu'il avait besoin de ça, la situation est déjà bien assez compliquée pour lui.

En l'espace de quelques heures, Yann a perdu tout ce à quoi il tenait. Son travail, son anonymat, la vie qu'il s'est construite. Je comprends donc parfaitement son besoin d'isolement, mais c'est douloureux pour moi de l'accepter, d'imaginer qu'il ne sera pas à la maison quand je rentrerai et que nous ne nous promènerons plus le dimanche après-midi, tendrement enlacés dans les rues de Paris, que nous n'irons plus au cinéma ou dans un petit restaurant. En tout cas, ce n'est pas près d'arriver dans les prochains temps.

Il dit qu'il m'aime, et je pense qu'il est sincère. Mais, s'il réfléchit sérieusement à la situation, il comprendra très vite que ses ennuis ont commencé quand il a accepté de nous donner une chance et il me quittera. C'est peut-être pour ça que les moments volés avec lui au milieu de nos emplois du temps surchargés me semblaient si précieux. Je crois qu'inconsciemment, je savais déjà que notre histoire avait quelque chose d'éphémère. Bien sûr, je n'ai jamais cherché à lui nuire intentionnellement, mais enfermée dans mes certitudes, je n'ai pas voulu l'écouter lorsqu'il me demandait de tout arrêter. Et maintenant, je suis toute seule et complètement perdue sans lui.

Une heure plus tard, je pénètre dans le bâtiment de la chaîne. Il est à peine 6 heures, mais je ne pouvais pas rester chez moi sans risquer de péter un câble.

— Tu es déjà là ? lance une voix qui me fait sursauter. Et qu'est-ce que c'est que ça ?

Je pivote sur moi-même pour découvrir un Claude qui ressemble plus à un zombie qu'à un être humain. De toute évidence, il n'a pas quitté les locaux. J'avise mon sac de voyage qu'il désigne de l'index.

— J'ai décidé de squatter ici jusqu'à ce que l'émission soit diffusée.

— Et Yann ?

— Il s'est mis au vert pour quelque temps. Toute cette pression, c'était trop pour lui.

— Je comprends. C'est sans doute mieux, et puis ça te permettra de bosser à fond sur cette affaire. Au fait, j'ai contacté mon pote du magazine *Voilà*. Il est d'accord pour consacrer un article en double page à Yann.

— Non, mais tu es inconscient ou tu le fais exprès ? Tu crois vraiment que c'est le moment ? Qu'il n'en a pas déjà assez ?

— Il y sera fait mention de notre émission spéciale et du fait qu'Enrique ait voulu foutre un rival dans la merde. Premièrement, ça nous fera une pub d'enfer. Deuxièmement, l'autre crétin verra sa réputation traînée dans la boue, exactement comme il l'a fait pour Yann, et l'opinion publique pigera que c'est un véritable abruti. Parce que laisse-moi te dire ceci : il a très mal joué au niveau du timing, ce qui prouve qu'il n'est pas très futé.

— Comment ça ?

— Il a filé les infos au magazine trop tôt. Si les mecs avaient continué à fouiller, ils auraient su pour notre enquête. C'est là que nous avons beaucoup de chance. Je ne t'apprends rien en t'expliquant que nous devons faire un maximum d'audience. Il faut qu'on explose les compteurs pour que le plus grand nombre de spectateurs comprenne que ce pauvre Yann est simplement une victime. Et puis, ce sont peut-être des considérations bassement matérielles pour toi, mais il en va de ma crédibilité. J'ai misé gros sur toi et Steph, et la bande-annonce de la soirée spéciale tourne en boucle. Elle est sur tous les réseaux sociaux et va passer toutes les heures sur la chaîne jusqu'à dimanche.

Je ne peux qu'être d'accord avec son raisonnement. La plage horaire du dimanche à 20 h 30 est la meilleure, mais nous serons en concurrence avec la fiction proposée par TF1 et d'autres émissions à fort potentiel d'audimat.

— Enfin, maintenant qu'Enrique est sur la touche, il arrêtera de fourrer son nez dans nos affaires. Et va te chercher un kawa, tu as une tête de déterrée ! Il faut qu'on debriefe sur les invités du débat.

Après la diffusion du documentaire retraçant l'histoire de Yann, de son enfance à aujourd'hui, nous avons décidé, comme c'est toujours le cas, d'organiser une discussion où plusieurs intervenants seront sur le plateau.

Je dépose mes affaires dans la salle de repos où Stéphane dort et rejoins mon boss, munie d'un bloc-notes et d'un mug plein à ras bord de café.

— Bien, commence-t-il dès que je suis assise. Nathan Leray a confirmé sa présence, hier soir.

Dire que je suis étonnée est un euphémisme. Je suis littéralement sur le cul. Déjà le persuader de participer au documentaire était compliqué, mais là…

— Ton frère sera là aussi, en tant qu'avocat de Yann. Lorie sera présente, mais elle restera en coulisses : elle ne veut pas se montrer, à cause de la réserve à laquelle elle est tenue. En revanche, Madeleine Grangier, la jeune femme qui a témoigné sous couvert d'anonymat au sujet des méthodes de Dojong, a décliné notre proposition. Mais ce n'est pas grave puisqu'elle a accepté d'intervenir dans le reportage. Le commissaire du SRPJ de Lille a également refusé de venir, mais il y aura un représentant du syndicat des flics. Et sinon, le rédacteur en chef de *Peoplemag* a accepté notre invitation également.

Je grimace à cette annonce. C'est la revue merdique qui a publié le scoop sur Yann et moi.

— Ne fais pas cette tronche ! me tance mon patron. Il a parfaitement le droit de s'exprimer.

Je réfléchis un instant, avant de lui faire part de ma position, le plus calmement possible.

— Claude, est-ce que tu connais la vanne sur la différence entre potentiellement et concrètement ?

Il secoue la tête et attend que je lui raconte ma blague qui illustre très bien mon état d'esprit.

— C'est l'histoire d'un enfant qui veut que son père lui explique la différence entre potentiellement et concrètement. L'homme appelle sa femme et sa fille, puis leur demande si elles seraient prêtes à coucher avec un inconnu pour cent millions d'euros. Toutes les deux disent immédiatement oui. Alors, le type se tourne vers son gamin et lui lance : tu vois, mon garçon, potentiellement, nous sommes riches, et concrètement, il y a deux salopes dans cette pièce. OK, cette histoire n'est pas du meilleur goût, et certains pourraient même la taxer de sexiste. Mais je pense que tu as saisi l'idée générale.

Claude se met à rire, et je souris à mon tour. Seulement, c'est une grimace cynique. Aussi, je poursuis :

— Donc, je préfère te prévenir dès maintenant. Potentiellement, tu as de quoi faire le débat de l'année. Et concrètement, je vais me faire un plaisir de dézinguer le rédacteur en chef de cette putain de feuille de chou à coups de talons aiguilles.

— Il va falloir te contrôler, ma petite. Tu ne peux vraiment pas perdre ton sang-froid sur ce coup-là. Parce que si tu fais ça, tu foutras en l'air des semaines de travail, tu pourras faire une croix sur ta crédibilité journalistique et tu porteras préjudice à la chaîne, ainsi qu'à Yann et à Steph. Je ne pense pas que c'est ce que tu cherches.

— Dans ce cas, ne m'oblige pas à animer la discussion.

— Impossible. Tu es à l'origine de tout et tu maîtrises le dossier comme personne.

— Oui, mais je ne serai pas impartiale et tu le sais. Or, tu m'as toujours expliqué que celui qui anime un débat doit rester neutre. C'est un arbitre, pas un acteur.

Mon patron soupire longuement. Il sait que j'ai raison : me demander de ne pas prendre parti est inconcevable. Pas alors que je suis la compagne de celui autour de qui toute l'enquête tourne.

— Qu'est-ce que tu proposes dans ce cas ? s'enquiert-il après un petit silence.

— Vas-y, toi. Tu es le meilleur et tu connais les tenants et les aboutissants de l'affaire. Présente le débat avec Steph.

— Et toi ? Ce serait dégueulasse de tirer la couverture à moi, alors que tu as fait tout le boulot.

Je réfléchis posément à la question. Me retirer complètement est stupide, d'autant que je suis impliquée jusqu'au cou dans cette histoire. Soudain, une idée me vient. Et elle est bonne, très bonne même.

— Invite-moi.

— Quoi ?

— En tant que coréalisatrice du documentaire. Fais-moi participer au débat, au même titre que le rédacteur en chef du magazine et que Nath. Là, je serai beaucoup plus libre de dire ce que je pense.

Il demeure silencieux pendant un long moment, puis finit par acquiescer.

— D'accord, on fait comme ça. Bon sang, ça fait des mois que je n'ai pas pris l'antenne ! Mais je sens déjà que je vais m'éclater, lance-t-il en se frottant les mains, la mine réjouie.

Avant d'être directeur des programmes, Claude est avant tout journaliste et un journaliste de grande qualité. Si tel n'avait pas été le cas, il n'aurait jamais accepté que je bosse sur cette affaire. Mais il a compris que ce sujet était porteur et n'a pas omis les principes de notre métier, dont le plus important : la recherche de la vérité. C'était son adage lorsqu'il animait une émission politique à forte audience, ainsi que le journal du soir.

Le fait d'être impliqué à ce point semble lui plaire, si j'en juge par l'entrain soudain qui l'anime.

— Bon, ce n'est pas tout, mais on a du boulot et moins d'une semaine pour boucler.

Claude a raison, il faut que je me mette en mode professionnelle de l'information pour les jours à venir. Cela aura au moins le mérite de me faire oublier à quel point je me sens vide depuis le départ de Yann.

Chapitre 31

Yann

En ce vendredi matin frisquet, je marche le long de la petite plage. Voilà quatre jours que je suis à Noirmoutier et j'ai le sentiment de commencer tout juste à revivre, ou tout au moins à respirer plus librement. Je ne pourrai jamais remercier assez Marcel de m'avoir poussé à accepter cette proposition. M'éloigner de toute cette merde a été comme si on m'avait lancé une bouée de sauvetage. Ici, les gens respectent mon anonymat. S'ils me reconnaissent, ils ne le montrent pas. J'ai même l'impression qu'ils s'en fichent complètement. Et pour tout dire, ça me convient parfaitement.

Je n'ai aucune nouvelle de Mika et j'apprécie qu'elle respecte mon besoin d'isolement. Marcel vient de repartir pour Paris. Je n'ai rien demandé, mais je soupçonne que c'est en lien avec mon affaire, parce que ce n'était pas prévu, hier encore. Dans l'après-midi, il a eu un coup de fil et, en soirée, il m'a expliqué qu'il devait s'absenter, sans précision supplémentaire. De mon côté, je n'ai posé aucune question. Dans la mesure où je sais que me protéger est sa priorité, j'ai confiance en lui.

Mon téléphone portable sonne dans la poche de ma veste, et je me crispe aussitôt. Combien d'appels ai-je eus de numéros inconnus, auxquels je n'ai pas répondu ? Des dizaines… En écoutant les messages, j'ai découvert qu'il s'agissait de reporters qui me proposaient des interviews et voulaient carrément me payer pour ça. Pire encore, j'ai appris ce matin en me rendant au bureau de tabac pour acheter des clopes — car, malheureusement, avec toute cette pression, j'ai recommencé à fumer —, que je faisais la une d'un autre magazine à sensation. J'en ai pris un exemplaire, fou de rage que Mika n'ait pas pu empêcher cette parution une fois de plus. Mais en lisant l'article, j'ai compris qu'il s'agissait probablement d'un coup monté, puisqu'il est fait mention de la grande émission spéciale — notez l'ironie — que BFM diffuse en mon honneur dimanche soir. En clair, on appelle ça de la pub, même un néophyte dans mon genre s'en rend compte. Il est également indiqué qu'Enrique est à l'origine de la précédente publication pour se venger de Mika, son ex-petite amie qui le repoussait. D'après l'éditorialiste, le joueur de foot risque gros, déjà sur la sellette dans son club. C'est à ça que je réfléchis depuis le début de ma promenade. Comment ce mec à l'avenir si prometteur a-t-il pu se compromettre à ce point ? Pourquoi tout foutre en l'air pour une femme qui ne voulait clairement plus de lui ? Je sais que Mickaëlla Moreau est une personne d'exception, mais quand même… Pour un peu, j'aurais presque pitié de ce connard.

La sonnerie s'arrête pour reprendre de plus belle. Je sors mon portable de ma poche et découvre qu'il s'agit de Nathan. Aussitôt, je décroche.

— Hey, frangin !

— Salut, Yann. Comment ça va ? Marcel m'a dit qu'il revenait à Paris. Tu as envie que je vienne, histoire que tu ne sois pas tout seul à ruminer ?

— Non, c'est bon. Il t'a appelé ?

— Oui, juste avant, il était en voiture. Il a décidé d'accepter l'invitation de BFM pour dimanche soir. Il interviendra pendant le débat qui suivra le documentaire. Robert aussi, d'ailleurs.

Je fronce les sourcils, étonné.

— Robert ? Et en quel honneur ?

— Aucune idée, mais il paraît que c'est un sacré bordel au centre de formation.

— Comment ça ?

— Les mômes dont tu t'occupes se sont tous mis en grève. Ils ont fabriqué des pancartes et font un sitting devant le Camp des Loges.

Là, je ne suis plus surpris, je suis carrément scotché.

— Tu peux répéter ?

— Tu as très bien entendu. Ils refusent de reprendre les entraînements, tant qu'on ne t'aura pas rendu ta place. Il paraît que ça va passer aux informations, aujourd'hui.

— Franchement, je ne sais pas s'ils font bien. À part avoir des ennuis, je ne vois pas ce que ça peut leur apporter.

— Yann, ils t'adorent. Ils trouvent que tu es le meilleur coach qu'ils aient jamais eu. Et comme Robert est de leur avis, il va le crier haut et fort, dimanche. Ce sera une sacrée soirée en perspective. D'ailleurs, tu es au courant qu'il y aura un public pour le débat ? Tous les joueurs du PSG seront présents, le président aussi. À mon avis, ce sera suffisant pour que les parents plient et qu'on te rende ton poste. Il paraît qu'il y en a déjà certains qui ont rappelé le big boss pour revenir sur leurs menaces.

— Waouh !

C'est tout ce qui sort de ma bouche. Je suis tellement ému que je ne sais pas quoi répondre d'autre.

— Ouais, comme tu dis. Tout le monde t'adore, frangin. Mes potes te soutiennent, mais il n'y a pas que ça. Toutes les personnes qui t'ont approché sont d'accord pour affirmer que tu es un mec bien, genre vraiment exceptionnel. Il est temps que ça se sache et surtout que tu en prennes conscience. On a beau être unanimes, ça ne sert à rien tant que toi tu n'en es pas convaincu. Et tu t'es considéré pendant si longtemps comme un salaud et un assassin, que tu ignores qui tu es.

Je rougis furieusement, réalisant que Nathan appuie exactement là où ça fait mal. Mais quelque chose me dit qu'il n'a pas fait cette analyse tout seul.

— Ella ne t'aurait pas soufflé ces paroles au cul pour qu'elles ressortent par ta bouche ?

Mon frère rit, mais ne me contredit pas.

— Tu ne veux pas venir à Paris pour assister à l'émission ?

Je me crispe aussitôt.

— Non, Nath, je suis désolé. J'ai besoin de tranquillité et je suis bien ici.

— Ouais, mais tu ne pourras pas jouer au bernard-l'ermite pendant toute ta vie ! Il va bien falloir que tu te décides à revenir parmi les vivants un jour ou l'autre.

— Au bernard-l'ermite ? C'est un coquillage, je ne vois pas le rapport. Tu ne confondrais pas avec un ermite ?

— Peu importe, on s'en fout ! Tu as pigé l'idée générale, réplique-t-il, vaguement agacé.

— Écoute, Nathan, je viens tout juste d'arriver, il me faut plus de temps. D'ailleurs, c'est tout ce qui me reste… du temps.

— Et tes cours ?

— Je n'en sais rien. On verra…

— Comme tu voudras. Mais si tu changes d'avis, tu n'as qu'à m'envoyer un texto pour que je vienne te chercher.

— C'est noté. Merci pour ton soutien.

— C'est normal. Pendant sept ans, je n'ai pas été là pour toi. Il n'est pas question que je répète la même erreur. Ah, et un dernier truc…

— Oui ?

— Enrique quitte le club. Il a été vendu au FC Bâle.

— Mais qu'est-ce qu'il va foutre en Suisse ?

— Au moins tu sais où ça se trouve ! Entre nous, je n'en avais aucune idée.

— On sait très bien que la géographie, ce n'est pas vraiment ton fort.

Il rit, pas vexé pour deux sous, ce qui prouve qu'il est beaucoup mieux dans sa peau. Merci, Ella ! Il fut un temps où il ne m'aurait plus adressé la parole pendant des semaines pour avoir osé faire une telle remarque.

— Les maths non plus d'ailleurs, ajoute-t-il en se marrant.

— Oui, mais j'ai entendu dire que tu te débrouillais très bien en physique et en anglais. On ne peut pas être bon partout.

— C'est vrai. Mais je suis surtout un as au foot et, ça, ce n'est pas donné à tout le monde. Dis, Yann…, murmure-t-il après un petit silence.

— Quoi ?

— Est-ce que tu regrettes de ne pas avoir intégré le centre de formation de Lille ? Marcel est persuadé que tu avais la stature et le talent d'un joueur de classe internationale. Et je me souviens que tu étais bien meilleur que moi quand on était mômes.

J'imagine qu'il est rongé par les remords, qu'il se sent coupable d'une potentielle carrière avortée. Or, ce n'est pas le cas.

— Franchement ? Non. Je ne te cache pas que la décision a été dure à prendre à l'époque. C'est pour cette raison que je t'ai fait bosser comme un dingue. Comme ça, nous pouvions intégrer le centre ensemble. Marcel et moi, on avait un deal. Je devais y entrer en même temps que toi. Mais il est arrivé ce que tu sais, et tout a été remis en cause. En taule, ça a failli me rendre fou. Je n'arrêtais pas de penser à ce que j'avais raté. Et puis, il a bien fallu que je me fasse à l'idée si je ne voulais pas perdre définitivement la boule. Aujourd'hui, je me rends compte que je n'aurais probablement pas été heureux. Contrairement à toi, je n'avais rien d'un killer sur le terrain. J'étais plus porté sur la stratégie, la technique. Mais par-dessus tout, j'aime entraîner, transmettre mon savoir. C'est ça qui me plaît. Au fond, j'en suis conscient depuis longtemps.

— C'est vrai ?

— Ouais, ça a commencé lorsque j'ai monté l'équipe de notre quartier et, surtout, quand j'ai détecté ton potentiel et que je t'ai pris en main. Je sentais déjà que c'était mon truc, même si je ne voulais pas me l'avouer, parce que c'était beaucoup plus prestigieux de devenir joueur que d'être un homme de l'ombre. Comme toi, j'avais une putain de soif de reconnaissance, une envie folle de me sortir de la merde dans laquelle nous étions. Mais j'avais déjà en tête de reprendre mes études et de passer le diplôme d'entraîneur après avoir pris ma retraite en tant que joueur. Je n'imaginais pas que ma carrière durerait plus de dix ans.

— Il n'est pas trop tard, tu sais.

— J'en doute. Quoi que j'entreprenne, les choses tournent systématiquement en eau de boudin. Ça a toujours été comme ça, alors je ne vois pas pourquoi ça changerait maintenant.

— Bordel, mais arrête de jouer les défaitistes, ça ne te ressemble pas ! Tu es un mec brillant, intelligent. Si c'est ce que tu veux, tu y arriveras, il faut juste que tu t'accroches. Moi, j'en suis convaincu, donc toi aussi tu dois y croire.

— Mais ce sont des études longues et fastidieuses. J'ai déjà vingt-sept ans. Je ne serai pas diplômé avant au moins quatre ans.

— Et alors ? Ce n'est pas toi qui viens de m'expliquer que tu as du temps à revendre ? Mika te soutiendra quoi que tu décides…

— Tiens donc… Et depuis quand tu dis du bien d'elle ? Je pensais que tu ne pouvais pas la saquer.

— C'est une connasse blonde, ça ne change pas. Mais je dois lui reconnaître une qualité : elle est tenace et se bat pour celui qu'elle aime. Elle aurait pu laisser tomber cent fois, mais elle ne l'a pas fait.

— C'est encore Ella qui parle ?

— Ouais, mais on sait, toi et moi, qu'elle a raison sur ce coup.

Nous discutons encore quelques minutes, puis je raccroche. Quand je reprends la direction de la maison, je me sens plus léger. Cette conversation m'a fait du bien. Et si Nathan était dans le vrai pour une fois ? Si j'étais un homme de valeur et non l'ignoble meurtrier que je suis persuadé d'être depuis si longtemps ? Cela remettrait beaucoup de choses en question, notamment mon avenir qui semble soudain beaucoup moins sombre.

Chapitre 32

Mika

Le grand jour est enfin arrivé. En ce dimanche après-midi, je suis toujours au boulot. En réalité, je n'ai pas quitté le bureau depuis plusieurs jours et je suis carrément sur les rotules. Quand toute cette histoire sera derrière moi, je pense que je dormirai pendant une semaine non-stop tellement je me sens épuisée.

Assise dans le bureau que je partage désormais avec Steph, je prends le temps de faire une petite pause. Dehors, c'est le branle-bas de combat. Tout le monde est sur le pont, et il règne dans les locaux une effervescence que je n'ai jamais connue. Si tout se déroule selon nos plans, cette émission aura un impact énorme. Claude a ameuté tous ses potes des stations radio, l'annonce du documentaire est relayée partout. Les réseaux sociaux sont en train de s'enflammer et Yann bénéficie actuellement d'un immense élan de sympathie de la part de l'opinion publique. En même temps, avec le titre que nous avons donné à la soirée, c'était un peu couru d'avance : *Yannick Leray, chronique d'une terrible erreur judiciaire*. Sans compter les récents événements au Camp des Loges qui ne sont pas étrangers à cette vague de sympathie. Les journalistes des chaînes d'info nationales ont clairement laissé entendre que mon amoureux pourrait être une victime impuissante, sans toutefois entrer dans les détails. Du coup, cela a attisé la curiosité du public.

La seule ombre au tableau, c'est le témoignage larmoyant de la mère de Manu qui a essayé de faire passer son fils pour un enfant de chœur, alors que nous savons tous que c'était loin d'être le cas. L'interview qu'elle a donnée à une chaîne concurrente était pitoyable. Mais ce n'est rien par rapport au mépris que cette femme a suscité quand nous avons dévoilé qu'elle avait touché cinq mille euros pour s'exprimer. Et encore, c'était à celui qui payait le mieux, mais personne n'a surenchéri. Maintenant, elle est perçue comme une espèce de garce qui tente de se faire du fric sur le dos de son gamin mort.

— Mika ! hurle Claude depuis le couloir.

— J'arrive…

Je crois qu'il est encore plus stressé que moi. Ou alors, il est tout simplement excité à l'idée de refaire du direct et d'être aux manettes avec Steph. Sans doute est-ce un savant mélange des deux. Pour ma part, la fatigue et le trac me rendent presque apathique. Mais il faut que je tienne quelques heures encore. Ce n'est pas seulement mon avenir professionnel qui en dépend, mais ma vie tout entière.

Lorsque je sors du bureau, je trouve Claude en train de discuter avec Harry. Il est déjà là ? Comment ça se fait ?

— Papa veut faire partie des intervenants en tant que garde des Sceaux, m'informe immédiatement mon frangin.

J'ouvre de grands yeux, épouvantée à cette perspective. Oh non !

— Certainement pas, répliqué-je aussitôt. Il va foutre la merde, tu le sais aussi bien que moi.

— Il souhaite annoncer qu'il va demander la réouverture de l'enquête, fait valoir mon boss.

— Le SRPJ de Lille ne l'a pas attendu pour le faire. Ils ont d'ailleurs bien avancé. Le dossier sera rapidement bouclé et présenté à un juge. Mon père ne peut pas s'attribuer ce mérite. Désolée.

— Oui, mais c'est un ministre quand même…, proteste mon patron.

— Et un vieil enquiquineur ! Où était-il jusqu'à présent ? Il n'est pas question qu'il mette un pied sur le plateau. La dernière fois que je l'ai eu au téléphone, j'ai eu droit à un sermon sur son image qui pourrait être entachée par ma vie privée. Comme s'il avait besoin de moi pour ça ! Il se débrouille très bien tout seul pour se saborder.

À voir la façon dont il hoche énergiquement la tête, Harry semble d'accord avec moi. De ce que j'ai appris par ma mère qui m'a appelée rapidement hier, Harry est fou de rage contre notre paternel qui l'a viré de son poste sans préavis quand il a su qu'il m'avait communiqué les dossiers. Dire qu'il avait renoncé à un job incroyable à New York pour donner un coup de main à ce vieux con. Mais sans mon frère, jamais je n'aurais découvert le pot aux roses ! Et maintenant, il voudrait profiter de la popularité de Yann pour tirer la couverture à lui ? Et puis quoi encore ? Même pas en rêve ! Et je ne vous parle pas du comportement infect qu'il a eu à Noël et de ses tentatives minables pour obliger son fils à rompre avec sa copine, juste parce qu'elle n'est pas la bru dont il rêverait. Cependant, Harry est très amoureux et pas près de céder. Il a finalement décidé d'ouvrir son propre cabinet, ce qui n'est pas plus mal. Yann est son premier client.

— Je te préviens, Claude, si mon paternel fait partie des invités, je me tire, et tu ne me reverras pas de sitôt.

— Moi non plus, je ne veux pas de lui, intervient mon frangin. Sans compter que les spectateurs vont sérieusement se demander s'ils n'ont pas affaire à une réunion de famille et si tout ceci n'est pas monté de toutes pièces pour servir les intérêts politiques d'un seul homme. Cette idée est beaucoup trop casse-gueule.

— D'autant que le vieux est complètement ingérable et peut tout foutre en l'air. On a travaillé trop dur pour prendre un tel risque.

— D'accord. Je me range à votre avis, mais pas question pour moi de le lui annoncer. Vous vous démerdez, déclare Claude qui a sans doute d'autres chats à fouetter. Parce que si ton paternel veut me mettre des bâtons dans les roues, je suis bon pour élever des alligators en Andorre ! Jamais la direction ne me soutiendra sur ce coup.

— Je m'en occupe, intervient Harry avec un petit sourire sadique.

Je le soupçonne d'être très content de la situation. Il tient enfin sa revanche sur ce père si écrasant. S'entendre dire que sa présence est indésirable sur le plateau alors que nous nous y trouvons et qu'il ne pourra pas se servir de nous pour redorer son blason va le faire fumer littéralement de rage. Je le sais et mon frère aussi.

— OK, mais surtout, surtout, je t'interdis de le ménager, murmuré-je à mon frère. Ce vieux con n'aura que ce qu'il mérite.

Il m'embrasse sur la joue et sort son téléphone portable.

— Compte sur moi pour le foutre en pétard.

— Mika ! Tu es attendue dans une demi-heure à la coiffure et au maquillage. Va prendre ta douche ! hurle la jeune femme chargée de nous rendre présentables à l'antenne.

— OK, je fais vite !

Pas de temps à perdre, il faut que je me dépêche. Sauf qu'en arrivant près de la salle de bains commune, je suis à nouveau hélée.

— Mika !

Je me tourne, un sourire lumineux aux lèvres. Ella est en train de marcher à grands pas dans ma direction. Je ne l'ai pas revue depuis le soir où j'ai eu droit à son sermon d'enfer. Personne ne peut imaginer à quel point ma jumelle m'a manqué. Nos déjeuners, nos confidences, nos regards qui en disent long, me paraissent remonter à une éternité.

— Comme je suis contente de te voir, ma bécasse de sœur, lance-t-elle avec humour.

— Moi aussi, espèce de vieille dinde ratatinée. Qu'est-ce que tu fais ici ?

— Je serai dans le public pendant l'émission. Officiellement, c'est pour soutenir mon fiancé. Officieusement, j'aimerais te présenter mes excuses pour t'avoir négligée et te féliciter de ne pas m'avoir écoutée. Nathan a vu des rushes du documentaire et m'a expliqué tout le travail que tu as accompli. Il ne te l'avouera jamais, mais il est très impressionné.

— Tiens donc…

— Tu le connais, tu sais qu'il est prompt à réagir, mais il le regrette souvent après. En tout cas, contrairement à moi, tu n'as rien d'une lâche et tu te bats pour ceux que tu aimes. Alors, tu as droit à toute mon admiration.

Je la serre contre moi, incapable de lui en vouloir une seconde de plus. Enfin, si, un peu quand même…

— Tu as des nouvelles de Yann ? je demande avec anxiété.

— Parce que tu n'en as pas, toi ? s'étonne-t-elle.

— Non. J'attends qu'il m'appelle, mais il n'a pas l'air de se décider.

Ma sœur me tire dans un coin du couloir, pour pouvoir me parler loin de l'agitation des techniciens qui vont et viennent.

— Tout ce que je sais, c'est que ces vacances lui font du bien. Il se recentre sur l'essentiel, tu vois ?

Je ne peux retenir une grimace dépitée. Si j'avais imaginé représenter l'essentiel, je me suis gourée sur toute la ligne.

— Il paraît qu'il y a un de ces pataquès depuis son départ forcé… Les mômes sont furieux, Robert ne décolère pas qu'on lui ait enlevé son meilleur assistant, et même le président du club est en train de prendre fait et cause pour lui. Bref, ça remue sec. Les gens ont envie de le soutenir.

— Et toi ? Tu en dis quoi ?

— Que si tu joues bien ton jeu, tu seras son héroïne. Mais c'est sérieux, tu es réellement amoureuse de lui ?

J'ouvre de grands yeux, surprise par cette question. Quoi ? Elle n'a pas compris ?

— Tu crois sincèrement que je me battrais comme je le fais, que je tenterais de déplacer des montagnes, si ce n'était pas le cas ?

— C'est vrai. Néanmoins, tu as très souvent changé de partenaire...

— Car aucun d'eux n'était le bon, avant ma rencontre avec Yann. Il faudrait quand même que tu me fasses confiance ! Avec mes anciens petits amis, chaque fois, j'ai eu envie d'essayer, parce que je pensais que ça pouvait coller. Mais à quoi bon poursuivre une relation quand tu sais que tu n'as aucun avenir avec la personne ? Tandis qu'aujourd'hui...

— Je suis désolée, Mika, tu es sans doute dans le vrai. Simplement, Yann est un homme spécial, alors évite de lui faire du mal. Sinon, c'est moi que tu auras sur le dos.

— Pour l'instant, la seule qui a des raisons de souffrir ici, c'est moi. Je te signale qu'il est parti au moment où j'avais le plus besoin de sa présence. Mais j'ai accepté ce choix, parce que j'ai compris que c'était important pour lui. En ce moment, il a l'air d'être en contact avec tout le monde, sauf avec moi ! Comment est-ce que je dois le prendre ? Tu te rends compte que si cette soirée est un fiasco, c'est ma carrière qui est en jeu ? Tu l'as imprimé, ça ?

Je me suis mise à crier, tellement je suis en colère. Les réflexions de ma sœur sont si humiliantes que je ne peux pas passer outre. Ce n'est pas la première fois qu'elle me parle de cette façon, mais là, c'est la fois de trop. Elle croit que j'ignore à quel point Yannick Leray est un être exceptionnel ? Mais elle se fiche de qui ? S'il y en a une qui a compris ça depuis longtemps, c'est bien moi. Avant même qu'on vive sous le même toit, et qu'on soit amants.

— Je... je ne savais pas, bégaie-t-elle, rouge de confusion.

Probablement, vient-elle tout juste de comprendre que la réalité n'est absolument pas celle qu'elle imaginait. Si elle s'était un tant soit peu préoccupée de mon sort depuis qu'elle est avec Leray, elle serait au fait de la situation. Mais la vérité crue et basique, c'est que depuis qu'elle est éprise de Nathan, ma sœur m'a tout bonnement perdue de vue, uniquement centrée par sa sublime histoire d'amour. Je ne lui en veux pas, c'est humain. En revanche, je refuse qu'elle me critique comme elle vient de le faire alors qu'elle n'est même pas au courant de ce qui se passe dans ma vie.

— La prochaine fois, ne juge pas une situation dont tu ne connais ni les tenants ni les aboutissants. Et pour info, je te signale que j'ai été là pour toi quand tu t'es retrouvée dans la merde. Je t'ai défendue face à papa, je t'ai consolée le soir où ce connard t'a humiliée et les jours qui ont suivi, et tout ça sans jamais remettre en cause aucun de tes choix de vie. On ne peut pas dire que j'ai eu droit au même soutien de ta part. Où étais-tu ces dernières semaines ? Ah oui, c'est vrai ! Tu m'as écartée, parce que ton mec n'était pas content. Waouh, quel exploit !

— Mika ! hurle la maquilleuse.

— J'arrive ! Désolée, je suis attendue. Le fait que tu ne m'encourages pas officiellement, mais officieusement, comme tu viens si bien de me l'expliquer, en dit long sur la manière dont tu agis quand on a besoin de toi.

Sans lui laisser le temps de répondre, je lui tourne le dos pour m'engouffrer dans la salle de bains. J'ai conscience d'avoir été dure, mais je ne supporte plus que quiconque critique ma vie et mes décisions, sans au moins avoir essayé de comprendre mes motivations. Toute ma famille a tendance à me sous-estimer, et j'en ai ma claque de tout ça. Ils ne m'épaulent pas ? Tant pis. En revanche, je n'accepterai dorénavant plus aucune leçon de morale. De personne.

Chapitre 33

Yann

Assis sur le canapé, je me sens de plus en plus fébrile. Claude m'a appelé hier pour me proposer de me joindre à eux afin de participer au débat, mais j'ai refusé tout net. Il m'a également proposé un job de consultant auprès de Mika, offre que j'ai accepté d'étudier, cette fois. Non seulement c'est hyper bien payé pour quelques heures de boulot, mais en plus j'adorerais bosser avec miss blondasse, alias la femme de ma vie.

Emma a voulu venir à Noirmoutier mais, là aussi, j'ai dit non. Je tiens à être seul pour découvrir le travail de Mika. Quel que soit le résultat, je sais déjà que j'en serai fortement perturbé et je ne veux aucun témoin quand je péterai un câble.

Même si je me trouve lâche, je n'arrive pas à téléphoner à ma petite amie. J'ignore de quoi j'ai peur, mais c'est plus fort que moi. Cent fois, j'ai failli la contacter avant de renoncer avant la première sonnerie. Je pense que, dans la mesure où c'est elle qui a déclenché tout le bordel dont je veux absolument me couper, la rappeler me donnerait l'impression de replonger dans la merde, tête la première.

Alors, je suis là, à attendre que l'émission commence, seul comme un con. Enfin, pas vraiment comme un con. L'isolement a du bon. Il vous permet de réfléchir sur vous-même sans influence extérieure, et ça fait du bien. Ainsi, j'ai pu me rendre compte que j'ai fondamentalement changé depuis ma sortie de prison. J'arrête aussi de me dire que je suis sans cesse en proie à la poisse et je vois plutôt les choses sous un autre angle. Pour chaque décision prise, j'ai dû assumer des conséquences souvent lourdes. Donc, non seulement je ne dois rien à personne, mais plus important encore : je n'ai plus rien à prouver à qui que ce soit. À partir de là, je mesure ma chance. Je suis libre, je suis amoureux d'une femme exceptionnelle qui m'aime inconditionnellement et je sais exactement ce que j'attends de mon avenir. Une relation épanouie avec Mika et un boulot qui m'apporte le sentiment d'aider les autres, dans un domaine que j'adore : le foot. C'est décidé, je veux continuer à entraîner des gamins, et surtout leur expliquer mes déboires, afin qu'aucun d'eux ne connaisse l'enfer que j'ai vécu quand j'étais en taule. Et croyez-moi, c'est déjà un pas de géant, parce que je suis prêt à partager ma propre expérience pour leur éviter de reproduire mes conneries. En réalité, je comprends enfin que ma vie n'est pas finie. Certes, j'ai eu le sentiment qu'elle s'arrêtait au moment où les flics m'ont embarqué mais, en réalité, elle ne fait que commencer.

Lorsque le générique de l'émission spéciale débute, la boule logée dans mon estomac remonte jusque dans ma gorge. C'est dingue quand même ! J'ai presque davantage peur ce soir que le jour de mon procès. À ma grande surprise, Mika ne la présente pas. C'est Steph, son collègue, qui est aux commandes, ainsi que Claude, dont je découvre le visage pour la première fois. Pas moche, le type ! J'ai intérêt à me méfier.

Si ta meuf avait voulu qu'il la saute, elle sortirait avec lui depuis un moment, me souffle ma conscience à juste titre.

C'est vrai. Il faut que j'apprenne à lui faire confiance et surtout à me faire confiance. Ce serait déjà un bon début. Si cette beauté a décidé que j'étais assez bien pour être son mec, pourquoi ne pas la croire ? Depuis le départ, je redoute qu'elle me voie comme un *loser* alors qu'en réalité elle ne m'a jamais considéré comme tel. C'est moi et moi seul qui ai voulu imaginer que c'était le cas. Comme mon frère, je resterai toujours le môme des bas-fonds de Roubaix dont les parents ont foiré dans les grandes largeurs. Rien qu'avec ça, il y avait un terrain prédisposé au complexe d'infériorité. Mika est à mes yeux une princesse, issue d'un milieu aisé, le style de femme qui ne perd pas son temps avec un type dans mon genre. Ajoutez à cela sept ans de placard, très peu d'instruction et l'impression d'être un moins que rien, et on comprend mieux pourquoi j'ai eu ce sentiment dès le départ.

Menteur ! s'insurge ma raison. *C'est si facile de prendre les choses comme ça. Au moins, si elle te quittait, tu n'aurais pas à te remettre en question, puisque tu aurais été l'éternel perdant, le mec le plus malchanceux du monde. Mais toi et moi, on sait très bien que tout ça, ce sont des conneries. Tu manques juste de courage et de confiance en toi.*

Avant de venir ici, jamais je n'aurais osé admettre ça. Mais après cette période de vacances forcées, où j'ai voulu réfléchir sur moi-même, j'ose enfin me l'avouer.

Claude annonce le déroulement des réjouissances, d'un ton solennel.

— Mesdames et messieurs, bonsoir et bienvenue sur BFM pour une soirée exceptionnelle en compagnie de Stéphane Cordet et moi-même. Si vous ignorez ce qu'est le journalisme d'investigation, vous allez le découvrir avec nous. Un homme a été accusé d'un meurtre qu'il n'a peut-être pas commis. Voilà qui résume en peu de mots l'affaire que nous allons traiter ce soir. Et cet homme n'est pas n'importe qui. Il s'agit de Yannick Leray, le frère aîné du joueur star du PSG, Nathan Leray. Tout d'abord, nous allons diffuser un documentaire, afin que vous sachiez qui est réellement Yannick Leray. Une enfance difficile, un parcours chaotique, mais la promesse d'un avenir radieux grâce au football. Jusqu'à ce jour terrible où il a été condamné à douze ans de prison pour coups et blessures avec circonstances aggravantes, ayant entraîné la mort sans intention de la donner. Nous aurons ensuite une discussion avec différents protagonistes de l'histoire. Mickaëlla Moreau, journaliste sportive sur notre chaîne, à l'origine de cette enquête, nous expliquera comment elle en est venue à effectuer des recherches sur Yannick Leray.

Comme dans un ballet parfaitement orchestré, Stéphane enchaîne :

— Avec nous ce soir, Marcel Berthoux, entraîneur au centre de formation du LOSC, ainsi que Robert Lefrère, actuel responsable de celui du PSG où Yannick Leray était en poste en tant qu'assistant jusqu'à très récemment.

Je me mets à rire doucement. Alors, là, Mika ne va pas s'ennuyer avec ces deux-là. Claude reprend la main dans la foulée.

— Nous avons aussi la chance d'avoir sur ce plateau, Nathan Leray, le frère cadet de Yannick, M. Despré, représentant du principal syndicat de la police, ainsi que Richard Guerlain, rédacteur de la revue *Peoplemag*, magazine qui a révélé le passé de celui qui est au cœur de cette émission. Et enfin, nous sommes également en présence de Me Bernard-Henri Moreau, l'avocat de monsieur Leray.

Ce mec, c'est ma plus grande découverte. Je le prenais pour un connard fini depuis que Nath m'avait raconté son comportement le soir où il avait été invité pour la première fois par la famille Moreau. Mais Mika semble proche de lui, ce qui le rend d'emblée plus sympa. De plus, il m'a contacté avant-hier, afin que je signe les documents qui lui permettront de me représenter pour les procédures judiciaires, que ce soit face à l'État ou à la presse, et nous avons longuement discuté. De ses sœurs, de lui, de leur famille en général et de Georges en particulier. Il s'est confié sur ses récents déboires en toute sincérité, et j'ai compris que derrière le pédant prétentieux se cache un mec sensible. Au début, j'étais sceptique quand Mika a proposé qu'il s'occupe de mon cas. Mais qui refuserait d'être défendu gratuitement par un ténor du barreau ? Personnellement, je n'avais pas les moyens de faire la fine bouche. Harry vient d'ouvrir son propre cabinet et je suis son premier client. Je sens que le mec va se défoncer pour que justice soit faite, et ça me va. Lors de nos appels, je n'ai pas eu l'impression d'avoir affaire à un gros snob prétentieux. J'ai plutôt eu le sentiment de discuter avec un type cool qui maîtrise parfaitement son job. Comme pour Claude, c'est la première fois que je vois sa bobine. Il est assez canon, je dois dire. Avec ses cheveux blonds et ses yeux sombres, il ressemble beaucoup à Mika.

— Pour vous permettre de comprendre pourquoi nous avons décidé de consacrer une soirée spéciale à ce quasi-inconnu, voici un documentaire qui retrace l'histoire de la tribu Leray et expose par le menu le déroulement de l'enquête effectuée par Mickaëlla et Stéphane. À tout à l'heure, chers téléspectateurs.

Lorsque la diffusion du film commence, j'ai l'impression de replonger dans mon passé, et la sensation est pour le moins déstabilisante. En effet, je découvre des photos de ma mère quand elle était jeune — sans doute prêtées par Emma. C'était une très belle femme, brune aux yeux gris. Dans la famille, je suis le seul à avoir hérité de son physique. Enfin, Léa aussi était son portrait craché. Contrairement à Nath et Emma, j'ai toujours eu une relation très fusionnelle avec notre mère. Malgré ses conneries, je l'aimais tendrement. À mes yeux, elle n'était qu'une victime, une pauvre femme qui avait fait les mauvais choix et était incapable de les assumer. Tiens, ça me rappelle un truc, cette histoire de choix ! Peu avant sa mort, elle m'a fait promettre de prendre soin des autres. Cela explique en partie pourquoi protéger ma famille est si important à mes yeux. Le sentiment d'avoir échoué s'est insinué dans mon cœur il y a fort longtemps et a sans doute contribué à l'image déplorable que j'ai de moi-même.

Mon père apparaît également. Lui, il avait tout du *bad boy*, ce qu'il était du reste. Et pas un *bad boy* de romance, qui est tatoué et déclame des sonnets de Shakespeare ! Non, un vrai de vrai, violent, drogué et alcoolique. La voix off explique que c'est lui qui a initié ma mère aux joies de la picole et de la défonce, lui qui la battait comme plâtre lorsqu'il avait un coup dans le nez, c'est-à-dire presque tout le temps, lui qui s'est barré comme un lâche en abandonnant femme et enfants dans le dénuement le plus total. Si elle avait plus ou moins gardé la tête hors de l'eau tant qu'il était là — c'était souvent moins que plus —, elle a sombré complètement au moment où il l'a quittée. Après ça, tout est parti en steak… Le réalisateur montre des clichés de notre enfance, puis de notre adolescence, quand notre aînée a dû nous prendre en charge après sa mort.

Intervient alors le témoignage de Marcel.

— La première fois que j'ai vu Yann avec un ballon dans les pieds, il n'était qu'un gamin. À l'époque, il jouait dans le club de Roubaix, et je n'étais pas encore recruteur pour le centre de formation. Je me suis alors dit : ce petit mec est un véritable prodige. Je l'ai d'ailleurs toujours gardé à l'œil. Quand il a eu seize ans, je lui ai demandé de passer les tests pour intégrer le centre. Je voulais absolument m'occuper de lui. Tout coach rêve de dégoter une perle, et nous avons de la chance si cela nous arrive ne serait-ce qu'une fois au cours d'une carrière. Avec lui, je tenais mon miracle. Mais il a refusé. J'ai cru devenir fou ce jour-là. Comment ce môme si brillant était-il capable de renoncer à une telle carrière alors qu'il avait de l'or dans les pieds ? Il m'a expliqué qu'il ne pouvait pas laisser sa famille, qu'ils avaient trop besoin de lui depuis le décès de leur mère. Qu'est-ce que je pouvais répondre à ça ? C'était tout à son honneur. J'ai décidé de rester en contact avec lui. Je me disais qu'il avait encore du temps devant lui, qu'à un moment ou à un autre, il se rendrait compte qu'il avait commis une erreur. Je me souviens être tombé sur lui, un jour, alors qu'il fumait. Sacrebleu, je te l'ai engueulé ! Après ça, on s'est revus de temps à autre. Je crois que c'est pour compenser la frustration de ne pas avoir pu intégrer le centre qu'il a monté une équipe de quartier. Et puis, un jour, il m'a contacté pour me demander de venir regarder jouer son petit frère. J'y suis allé, évidemment. Nathan était excellent, mais pour moi il n'avait pas le génie de Yannick. Alors, j'ai proposé un deal à celui que je considérais comme mon petit protégé. Je prenais Nathan au centre à condition que lui aussi signe pour intégrer le club en même temps. Là, il a donné son accord, et j'ai pensé que je pourrais enfin m'occuper sérieusement de lui. Seulement, sa petite sœur Léa est morte, et ensuite tout s'est enchaîné.

Puis, c'est au tour de Nath de témoigner. Il semble très ému face à la caméra.

— Yann, c'était mon roc, l'unique personne de la famille sur qui je pouvais me reposer. Il m'a toujours préservé et empêché de faire les mauvais choix. Lorsqu'on grandit dans un tel environnement, il est bien évident qu'on a plus de chances de finir délinquant que médecin. Ce n'est de la faute de personne, on n'a juste pas tiré les bonnes cartes au départ. Heureusement, mon frère m'a montré comment prendre soin de moi, manger sainement, me défouler dans le sport plutôt que dans des bagarres. Grâce à son influence, je me suis tenu éloigné de la drogue et des gangs de notre cité. Yann est un homme exceptionnel, un frère attentionné et protecteur. Toute sa vie, son seul souci, c'était de nous protéger. Il ne sortait que rarement, parce qu'il avait besoin de savoir que nous étions en sécurité. Avec le bordel que provoquaient nos parents, ce n'était pas gagné. Combien de fois, nous sommes-nous enfermés dans la salle de bains pour éviter que la violence de notre père se retourne contre nous ? Le pire, c'est qu'il prenait les branlées à ma place, quand je faisais une connerie. Notre cher papa n'était pas un tendre, loin de là. Mais Yann a toujours privilégié notre bien-être à tous, au détriment du sien la plupart du temps. Je lui dois tout. Le pire, c'est qu'à la première occasion, je lui ai tourné le dos par manque de tolérance, parce que j'étais un jeune branleur. Je n'ai appris que très récemment qu'il avait mis ses propres chances de réussite entre parenthèses pour moi. Ça a été un véritable choc. Donc, j'ai encore plus de raisons de dire tout haut que sans lui, sans son soutien, je ne serais personne et certainement pas un footballeur connu.

Dans ses yeux et dans sa voix, je perçois tout l'amour qu'il me porte. Emma également témoigne sur la façon dont je l'ai aidée, tant financièrement que dans la vie de tous les jours.

— J'étais au courant depuis longtemps de ce à quoi il avait renoncé pour ne pas me laisser seule avec Nathan et Léa, alors que j'avais déjà des enfants et un commerce à faire tourner. Quand on a démarré la boulangerie, il a accepté de bosser gratuitement pendant les six premiers mois pour nous soutenir. J'ai été malade de ce qui lui est arrivé, parce que je savais qu'il ne méritait pas ça.

Jusque-là, tout va bien. Je suis ému, mais rien de dramatique. C'est alors que le reportage évoque Léa. Là, c'est plus dur. Ma sœur était une fille si belle, si gentille… Personne n'aurait pu anticiper ce qui allait suivre. Je me découvre à l'écran, expliquant qu'elle était fragile, que c'était une enfant de l'alcool et que je m'en veux de ne pas avoir été capable de la protéger, parce que j'étais trop accaparé par le foot et par Nathan. Lui-même le confirme. C'est sans doute le grand regret de notre vie, un échec dont nous ne nous relèverons jamais.

— Aucun de nous n'a rien vu venir. Léa était toujours joviale, tellement adorable, mais elle était aussi très influençable. Elle avait maigri un peu, n'était plus si enjouée, mais on était trop occupés à tenter de sortir nos propres têtes de l'eau pour nous en rendre compte. Jamais je ne me pardonnerai de ne pas avoir été assez attentif. Je sais qu'il en va de même pour Yann et Emma.

Passé le premier tiers du documentaire, on en arrive à l'affaire en tant que telle. Des images floutées des vidéos X apparaissent, ainsi que d'autres de la tombe de ma sœur. Éric intervient alors, expliquant le lien qui unissait Léa à Manu.

— Léa fréquentait cette petite frappe depuis plusieurs mois. Quand je l'ai découvert, je l'ai prévenue que ce type était un dealer et surtout un salopard. Il terrorisait tous les jeunes du quartier. J'ai cru qu'elle m'avait écouté, qu'elle avait compris. Elle m'avait assuré qu'elle avait cessé de le voir, et je n'ai pas mis sa parole en doute. J'aurais sans doute dû. Persuadé qu'elle n'était plus sous son emprise, je me suis consacré à mon commerce qui venait de démarrer. Je voulais offrir une vie meilleure à ma femme et à mes enfants.

C'est Tony qui parle ensuite.

— Yann était mon meilleur pote. Un soir, mon cousin qui était un amateur de sites porno a reconnu Léa sur une vidéo. Il m'a immédiatement envoyé un texto pour me prévenir. J'ai vérifié par moi-même, et ce n'était pas très beau à voir. Évidemment, j'ai reconnu la voix de Manu qui encourageait ces connards à abuser d'elle. Pendant deux jours, je me suis demandé s'il fallait prévenir Yann. J'ai décidé que oui. Après tout, nous savions tous que Manu avait entraîné cette gamine dans la spirale de la drogue et qu'elle était morte à cause des saletés que cet enfoiré lui fourguait à tour de bras. Il était fou de Léa, et c'était le meilleur moyen de la garder sous sa coupe. Elle n'était pas la première que Manu filmait. En plus d'être dealer, il se livrait aussi au proxénétisme. Il attendait que les filles soient shootées pour profiter d'elles et se faire du fric quand elles étaient trop mal en point pour se défendre. J'ai souvent regretté de l'avoir balancé à Yann ce soir-là. J'aurais dû être plus diplomate. Mais à l'époque, je ne pouvais pas imaginer ce qui arriverait à Yann. Ce gars, c'est vraiment un mec bien. Il avait toujours un mot gentil, il aidait les mamies à traverser la rue et portait leurs courses. C'est pour ça que je n'ai pas compris qu'il soit arrêté et encore moins qu'il soit inculpé. J'ai voulu déposer pour lui au procès, seulement le flic m'a dit que je n'étais pas de bonne moralité parce que mon père était en taule pour un braquage, alors que je n'avais rien à voir avec ça.

Je suis étonné de découvrir une interview du frère et de la sœur de Manu, totalement shootés, qui déclarent à quel point leur frangin était un ange de gentillesse d'une voix pâteuse. Dans la mesure où ils ont l'air défoncés, leur témoignage n'est absolument pas crédible. Bon point pour Mika. Elle a eu raison. Si elle ne leur avait pas donné l'opportunité de s'exprimer, on aurait pu croire que cette émission n'avait rien d'objectif. Mais, en les montrant sous leur vrai jour, c'est-à-dire une bande de dégénérés complètement camés, elle permet au public de se faire sa propre opinion.

Il est ensuite fait mention de Dojong. Courte biographie et états de services. Ça, j'aime beaucoup moins, même si je comprends que c'est nécessaire. L'affaire est narrée dans le détail tout comme l'instruction, dont la voix off pointe clairement les manquements. Le procès est relaté et, là, intervient le témoignage d'un médecin légiste qui confirme ce que Mika m'a déjà expliqué, à savoir que le rapport d'autopsie était bidonné. Il semblerait que Dojong ait été coutumier du fait, puisqu'il a eu recours à ce procédé dans vingt enquêtes en moins de trois ans. Deux inspecteurs, l'un de Lille et l'autre de Strasbourg, dont les visages sont floutés et les voix déformées pour assurer leur anonymat, racontent alors comment cette enflure tenait ses collègues par les couilles en les faisant chanter ou en instaurant un climat de terreur. Une autre jeune femme, dont on n'aperçoit que la silhouette de dos, narre de quelle manière il s'en est pris à son petit ami et comment il les a piégés. Son témoignage est accablant. C'est ensuite au tour de Mika de faire le récit de sa visite en prison.

— J'ai rencontré Greg Dojong la veille de son décès. Quand j'y repense, je suis pétrifiée, tellement son comportement était inquiétant. Avec le recul, je suis sûre qu'il n'aurait jamais rien avoué.

Très clairement, j'ai vite compris qu'il avait un sérieux problème psychologique. Ça se voyait à son regard et à son attitude générale.

Un psychiatre explique juste après que le mec avait tout d'un parfait psychopathe, laissant un parcours jonché d'affaires glauques et de morts suspectes.

Alors que je m'attends à ce que le reportage touche à sa fin, Marcel et Robert entrent à leur tour en scène pour indiquer à quel point je fais du bon boulot au Camp des Loges et comment certains parents sont intervenus pour que je sois mis à pied. Même le président du PSG déclare devant la caméra qu'il a regretté de devoir se séparer de moi et qu'il espère que cette mesure sera temporaire. Puis, j'aperçois les gamins, mes mômes, former un piquet de grève et refuser de s'entraîner tant que je ne serai pas de retour. Sont ensuite diffusées des images où on me voit les échauffer et courir avec eux pour les motiver, leur détailler les subtilités du jeu et leur faire des *high five*. J'en suis ému au-delà des mots. Quand le générique de fin défile, j'ai les yeux emplis de larmes.

Il est prévu que le débat qui s'ensuit dure environ une heure. C'est Claude qui donne le top départ.

— Mika, pourriez-vous expliquer aux téléspectateurs comment et pourquoi vous avez décidé de mener l'enquête ?

— J'ai rencontré Yannick Leray lors d'une interview de son frère pour la chaîne. Immédiatement, j'ai compris qu'il se passait quelque chose entre nous et que c'était fort. Il m'a longtemps repoussée, et j'ai très vite supposé que cela pouvait être en rapport avec son passé.

— Mais vous ne saviez pas qu'il avait été incarcéré, n'est-ce pas ?

— Bien sûr que si. Ma sœur m'avait révélé l'histoire sous le sceau du secret, si bien que je ne lui ai jamais dit que j'étais au courant. Puis, les choses ont évolué entre nous, et nous avons commencé à sortir ensemble.

— C'était sérieux ?

— Il faudra lui poser la question, mais en ce qui me concerne, oui, ça l'était.

— Mais alors ? Pourquoi ? Est-ce lui qui vous a demandé d'effectuer des recherches ?

— Jamais de la vie ! C'était même tout le contraire. Un jour, je lui ai expliqué que je connaissais la vérité au sujet de son passé de détenu et que cela ne changeait rien pour moi. L'homme que je désirais, c'était celui qu'il était devenu aujourd'hui. Au début de notre relation, Yann m'a fait jurer de ne jamais mentionner cette période. J'ai respecté cette promesse dans un premier temps. Mais plus les jours se suivaient et plus je me rendais compte qu'il y avait une inadéquation entre l'homme dont je tombais lentement mais sûrement amoureuse et celui dont m'avait parlé ma sœur. J'ai voulu en savoir plus, histoire de le cerner et de le comprendre mieux. Mais comme il refusait de s'exprimer à ce sujet, j'ai décidé d'aborder la question avec mon ami et collègue Stéphane Cordet. Il m'a trouvé le rapport du procès, et c'est là que j'ai noté des choses bizarres qui titillaient la journaliste que je suis. Nous en avons longuement discuté, Steph et moi, et il a proposé de m'aider. Plus nous cherchions, plus nous avions l'impression de déterrer un truc énorme. Comment avait-on pu condamner un homme sur la foi du seul témoignage de cet inspecteur ? Pourquoi le médecin légiste n'avait-il pas fait de déposition ? Comment un type connu pour être un dealer et un drogué notoire pouvait-il avoir des analyses aussi *clean* ? Pourquoi les jurés avaient-ils retenu la préméditation, mais pas l'intention de tuer ? Cela n'avait aucun sens…

— Comment a réagi Yannick Leray quand il a appris que vous enquêtiez sur lui ?

— Mal, très mal même. Mais il comprenait également mes motivations. J'agissais dans le but de l'aider, puisque je voulais faire la lumière sur un dysfonctionnement évident du système. Hélas, ne dit-on pas que le chemin de l'enfer est pavé de bonnes intentions ? À cause de cette affaire, il a perdu son travail, et réaliser qu'il avait pu être accusé injustement a été terrible pour lui.

— Pourtant, vous avez continué et êtes allée jusqu'au bout. Pourquoi ?

— Parce que je l'aime. Je suis convaincue qu'il mérite tellement mieux que d'être considéré comme un ancien détenu condamné pour meurtre, un paria de la société. Comment peut-on espérer reconstruire une vie sociale et professionnelle après sept ans d'enfermement ?

Une fois de plus, les larmes menacent de couler. Cette fille me tuera, c'est sûr ! En direct, j'assiste au taillage de short du rédacteur de *Peoplemag* par mon amoureuse. Sans colère mais avec une froide détermination, elle lui colle le nez dans sa merde, sous les regards ravis de Marcel et Robert.

— En révélant le passé de Yann, vous saviez parfaitement que vous alliez lui porter gravement préjudice. Quand on travaille avec des adolescents, il est évident qu'on a toutes les chances de perdre son emploi. C'est exactement ce qui s'est passé. Vous devriez avoir honte de vos méthodes si amorales. Je suis également journaliste, mais ma conception du métier n'a rien en commun avec la vôtre.

Harry assène ensuite le coup de grâce en indiquant qu'il vient de déposer plainte contre le journal. Il explique ensuite qu'il compte me défendre et assurer ma réhabilitation.

— Dans mon métier, on n'a pas très souvent l'occasion de défendre des innocents, murmure-t-il avec gravité. Nous avons plus fréquemment affaire à des truands qu'à la veuve et l'orphelin. Mais quand ça arrive, on se bat bec et ongles pour faire valoir le bon droit d'une victime. C'est ce à quoi je compte bien m'employer.

Et il est brillant, très brillant même. Entre eux, c'est un duo parfaitement synchronisé qui fonctionne à merveille. Le flic du syndicat essaie de défendre Dojong et la police française plus généralement, mais il a droit exactement au même traitement. Une fois de plus, Harry le fout à terre, secondé de manière particulièrement efficace par un Nathan en grande forme.

Lorsque le débat se termine enfin, la caméra opère un plan sur le public. Avec émotion, je découvre qu'il y a là tout le PSG au grand complet, mes adolescents, mais également Ella, Emma et Éric, ainsi que des habitants de mon ancien quartier à Roubaix. Pour finir, et juste avant que les deux animateurs rendent l'antenne, il y a un direct avec le procureur général qui déclare que, au vu de tous les éléments rassemblés par les journalistes, une instruction sera rouverte en vue d'une enquête qui pourrait déboucher sur un nouveau procès. Puis, comme souvent sur la chaîne, un intervenant débarque et explique qu'un sondage d'opinion effectué tout le long de l'émission révèle que 89 % des personnes qui y ont répondu estiment que je n'aurais jamais dû faire sept ans de prison et que je mérite de retrouver mon emploi.

Longtemps après, j'éteins la télévision, profondément perturbé. C'est dingue ! Je n'arrive pas à réaliser que ces gens viennent de me réhabiliter magistralement. Pourtant, c'est exactement ce qui s'est passé.

De toute la nuit, je ne ferme pas l'œil, cogitant pendant des heures sur cet immense gâchis et sur ces années perdues. À l'aube, le visage gonflé par les larmes et le nez rouge comme si on m'avait greffé une tomate, je m'installe sur la terrasse où il fait un froid de canard pour allumer la clope qui accompagne mon café du matin.

J'ai le sentiment d'avoir fait le deuil de cette période sombre pendant la nuit. Désormais, je peux avancer sans me retourner. Je réalise également que je ne me suis pas senti aussi léger et aussi serein depuis des années. Et je peux clairement affirmer qu'aujourd'hui est un jour nouveau. Les choses vont changer, parce que je ferai en sorte que ce soit le cas. Plus question de laisser qui que ce soit décider à ma place de ce qui est bon pour moi.

Avec un sourire serein, je me dirige vers la chambre, sentant le sommeil me gagner enfin. Juste avant de m'endormir, je songe que tout ce qui m'arrive de bien c'est à Mika que je le dois et à son entêtement. Et, pour la première fois, je me dis qu'elle a bien fait de ne pas m'écouter, de ne pas tenir compte de mes ordres. Cette femme est un véritable miracle. Mon miracle à moi.

Chapitre 34

Mika

Ils sont tous en train de sabler le champagne pour fêter l'énorme succès de l'émission. D'après les premières estimations, l'audimat a été excellent et nous avons battu le score du film de TF1, ce qui n'était jamais arrivé jusqu'à présent.

Pourtant, je n'ai aucune envie de trinquer. Je me sens complètement à l'ouest. À mesure que la pression et le stress redescendent, la tristesse gagne du terrain, parce que je suis seule pour savourer cette victoire. J'espérais qu'il serait là ce soir, ou qu'il me contacterait à l'issue du direct. Mais mon portable demeure désespérément muet.

— Il va t'appeler, fait Ella derrière moi. Laisse-lui juste le temps de digérer tout ça. Ce n'est pas évident pour lui.

Elle a raison, j'en ai parfaitement conscience. Mais cela ne m'empêche pas d'avoir le cœur lourd.

— Tu sais que tu as fait un boulot extraordinaire ? Je ne m'attendais pas à un reportage de cette qualité, aussi bien documenté. Je suis très impressionnée.

— Si tu commençais par cesser de me sous-estimer, comme tout le reste de la famille, tu saurais que je suis douée dans mon travail.

— Jusqu'à présent, ça consistait à commenter des matchs de foot. Excuse-moi, mais ce n'est pas tout à fait la même chose.

— Et alors ? Il n'y a rien de déshonorant à être journaliste sportive. C'est quoi, ce snobisme mal placé ? Tu veux faire concurrence à papa ?

— Désolée, je ne voulais pas me montrer condescendante. Mais tu avoueras que ce que tu viens d'accomplir n'a rien à voir avec les interviews des joueurs ou l'annonce des scores.

— Je n'étais pas seule sur cette affaire. Stéphane, Lorie et Claude m'ont beaucoup aidée.

— Tu es trop modeste. Est-ce que tu comptes changer de registre et arrêter le journalisme sportif pour les investigations ?

— Aucune idée, je n'y ai pas encore vraiment réfléchi. Là, la situation était particulière, parce qu'elle concernait Yann. Mais ne plus faire que ça, je ne suis pas sûre de le vouloir réellement.

— Tu feras le bon choix, j'en suis persuadée. Mika, je regrette mes propos de tout à l'heure et la façon dont je me suis comportée ces derniers temps. Tu as raison quand tu dis que je t'ai un peu laissée en plan avec l'arrivée de Nathan dans ma vie. Je vais essayer de rectifier le tir à l'avenir, je te le promets.

— Oui, fais donc ça ! D'ailleurs, pour la peine, c'est toi qui paieras le resto durant le mois à venir, lancé-je avec un sourire qui lui indique mieux que des mots qu'elle est toute pardonnée.

Nous nous embrassons avec affection.

— Tu as conscience que papa est fumasse après toi ? s'enquiert ma jumelle avec malice en s'écartant.

— Pour ne pas changer…

— Il affirme que c'est de ta faute si Harry a été viré.

— Quoi ? C'est l'hôpital qui se fout de la charité ! Il l'a éjecté sans rien demander à personne, n'inversons pas les rôles.

— Il m'a rendu un fier service, en réalité, intervient le principal intéressé.

Ma jumelle le salue avec une certaine réserve. Lui et Ella ne sont pas très proches et ne l'ont d'ailleurs jamais été. De plus, la soirée où il a contribué à humilier Nathan lui reste salement en travers, même si Harry a essayé de se rattraper par la suite. En effet, c'est lui qui l'a défendue quand il y a eu l'histoire de la *sextape*. Et il l'a fait avec brio.

— Comment ça ? demande-t-elle malgré tout.

— Si j'étais resté au ministère avec lui, j'aurais fini par lui ressembler. Et avec le recul, je me rends compte que c'était sans doute le pire des scénarios.

— Je confirme, murmuré-je avec un grand sourire.

— De toute façon, tant qu'il n'acceptera pas ma copine, il pourra courir pour que je l'aide. J'ai toujours eu peur de me lancer et d'ouvrir mon propre cabinet. Là, mon renvoi m'a poussé à me décider, et c'est ce qui pouvait m'arriver de mieux. Je suis enfin débarrassé de son influence et dorénavant libre d'être celui que je veux vraiment être.

— Et quand est-ce que tu nous la présentes, cette perle rare ? je m'enquiers.

— Maintenant ?

Il fait signe à quelqu'un derrière moi. Avec surprise, je vois une jeune femme à la beauté stupéfiante s'approcher de nous. Bon sang, à côté d'elle, Naomi Campbell passe pour un boudin. Même Ella est scotchée.

— Rama, voici mes sœurs, Mika et Ella. Les filles, je vous présente Rama, mon amoureuse.

— Comme c'est mignon ! je m'exclame en lui claquant la bise.

— Enchantée, fait ensuite ma jumelle en m'imitant.

Nous restons longtemps à discuter. Rama est adorable et elle semble très éprise de mon frère. J'accepte les félicitations de mes collègues et de mon boss, puis le plateau se vide peu à peu jusqu'à devenir désert. C'est le moment que je redoute depuis le début de la soirée, parce que ça signifie que je vais devoir rentrer chez moi pour retrouver un appartement désormais vide. Je n'ai pas envie d'affronter cette solitude, mais ai-je vraiment le choix ?

Chapitre 35

Mika

Déprimée, voilà ce que je suis. Depuis que l'émission a eu lieu, hier soir, tout me semble dépourvu d'intérêt. Pendant des semaines, je me suis raccrochée à cet unique objectif qui a fait office de moteur pour me pousser à avancer. Mais là, il n'y a plus rien…

Il est 14 heures, et je suis toujours au lit. J'ai ignoré les appels et les messages de félicitations, pour pouvoir me morfondre en paix. Je me sens comme une coquille vide et je traîne mon spleen dans tout l'appartement. Yann n'a donné aucune nouvelle. Je ne sais même pas s'il a apprécié mon travail. C'est désespérant.

La sonnerie caractéristique de mon portable me fait gémir. C'est la chanson de Princesse Erika *Faut que je travaille*, ce qui m'indique que l'appel vient de Claude. C'est la cinquième fois qu'il tente de me joindre. Il vaut sans doute mieux que je décroche au lieu d'attendre stupidement un appel qui ne viendra de toute évidence pas. Sans compter que mon boss est capable de débarquer pour m'engueuler.

— Ouais, qu'est-ce que tu veux ? je grogne, de mauvaise humeur.

— Ramène ton cul, je dois te parler de ton avenir.

— J'ai pas envie, fiche-moi la paix.

— Je te préviens, si tu n'es pas dans mon bureau dans une heure, je te vire.

Je me redresse, fumasse.

— J'aimerais bien voir ça ! De toute façon, j'ai eu un mail de M6, ce matin, alors si tu me fous à la porte j'irai chez eux.

Évidemment, il s'agit d'un mensonge, et je suis à peu près certaine qu'il n'y croit pas un instant.

— Ici, dans une heure, ou tu seras bonne pour élever des poules à Séoul.

— Pauvre con ! pesté-je en raccrochant.

Je me laisse retomber sur mon oreiller, me demandant où sont passés mon caractère bien trempé et ma combativité à toute épreuve. Qui est ce légume qui se complaît dans son propre malheur ? C'est vrai, merde ! Au lieu d'attendre un coup de fil de Yann, pourquoi est-ce que je ne lui téléphone pas moi-même ? Depuis quand est-ce que je suis passive au lieu de prendre des initiatives ?

Submergée par un regain d'énergie, je me lève et me précipite dans la salle de bains. Après une douche qui est plus que bienvenue, je m'habille en hâte et prépare un sac avec quelques affaires. Après mon entrevue avec Claude, j'irai cuisiner Ella pour qu'elle me dise où se trouve Yann, et ensuite je me mettrai en route pour le retrouver.

Mais tout d'abord, il faut que je me rende au boulot, avant d'être lourdée pour de bon. Le stagiaire me remplace efficacement sur l'actualité sportive, mais je suppose que Claude va me demander de reprendre la main.

Lorsque j'arrive dans les locaux de la chaîne, je suis d'une humeur de dogue. Je n'ai pas réussi à joindre Ella avant de partir de l'appartement, et ça me fout sur les nerfs, parce que ça veut dire que je vais devoir appeler cet abruti de Nathan. Or, tout le monde sait que, entre lui et moi, ce n'est pas le grand amour, loin de là.

Je file vers le bureau de Claude, sans prêter attention à mes collègues qui me lancent toutes sortes de compliments. Ouais, j'ai fait du super boulot, c'est bon, on est au courant ! C'est presque vexant de voir les gens s'en étonner à ce point. Comme s'ils me découvraient enfin. Cela signifie-t-il qu'ils me prenaient tous pour une triple buse jusqu'à présent ? Tout porte à le croire.

Après avoir frappé à la porte de mon boss, j'entre sans attendre qu'il m'y invite. Je suis de fort mauvais poil et j'ai très envie que ça se sache.

— Ah, voilà la star du jour ! s'exclame Claude, un grand sourire aux lèvres.

— Salut. Qu'est-ce que tu veux ? Je te préviens, je n'ai pas beaucoup de temps, j'ai des trucs à faire.

Bon, comme entrée en matière, c'est peut-être un peu brutal. La réaction de Stéphane me le confirme : assis dans un fauteuil à côté de celui où je m'installe, il me fusille du regard.

— J'aimerais qu'on discute de ton avenir, avant qu'une autre chaîne te fasse une proposition que tu ne pourras pas refuser, miss M6. Mais d'abord, petite mise au point au sujet d'hier. C'est pour cette raison que j'ai demandé à Steph d'être présent. Les enfants, j'ai le plaisir de vous annoncer qu'on a littéralement cassé la baraque ! Meilleure audience de la soirée, et l'opinion publique est de notre côté. Ta cote de popularité est en train de grimper en flèche, tout comme celle de Yann, celle de Steph, et même la mienne. C'est dire ! Je ne te cache pas que refaire du direct a été génial. J'ai donc décidé, après mûres réflexions, de récupérer une tranche horaire, histoire de me rappeler que je suis un journaliste avant d'être un bureaucrate. Du coup, Stéphane a accepté de me seconder à la direction des programmes, pour que je puisse bosser plus sereinement. Mais, comme ses nouvelles tâches seront assez chronophages, il voudrait que tu travailles à temps partiel avec lui. Vu la qualité de ton boulot, je suis sûr que votre association fera des merveilles.

— Et la rubrique sportive ?

Je ne dis pas que sa proposition ne m'intéresse pas, mais je n'ai pas forcément envie d'abandonner complètement le sport. Travailler dans deux domaines différents serait finalement une excellente alternative.

— Justement, j'allais y venir. J'ai choisi de recruter un nouveau collaborateur qui sera aux manettes avec toi. Tu feras les interviews, et lui commentera les rencontres. Les analyses seront conjointes, puisque vous bosserez en binôme sur les interventions à l'antenne. Enfin, uniquement pour le foot. Pour le reste, c'est toi qui restes aux commandes. Donc, tu te coltines les matchs de rugby, de tennis, les grands prix de formule 1 et tutti quanti, pour en faire le résumé diffusé comme d'habitude le dimanche soir. D'ailleurs, j'ai décidé conjointement avec mon nouvel adjoint que tu aurais ta propre émission. Trente minutes de sport en *access prime time*. Qu'est-ce que tu en dis ?

Un sourire lumineux éclaire mon visage. Avoir sa propre émission à une heure de grande écoute, c'est le Graal pour tout journaliste qui a un minimum d'ambition. Mais il reste un petit problème.

— Je te remercie, c'est très sympa de ta part. En revanche, pour le stagiaire, je ne sais pas s'il fera l'affaire. Il est gentil et travaille bien, mais il est beaucoup trop timide pour passer à l'antenne. Il rougit rien que quand je lui adresse la parole, alors imagine devant une caméra.

— Ah, mais ce n'est pas de lui que je parle.

Je fronce les sourcils, perplexe. Qu'est-ce qu'il raconte ? Avec qui vais-je encore devoir m'associer ? S'il essaie de caser un de ses potes ou qu'il me fourgue un crétin fini, ce sera *niet* sans négociation possible.

Claude pianote sur son portable et, moins d'une minute plus tard, on toque.

— Entrez !

C'est moi ou il a l'air particulièrement content de lui ?

— Mika, voici ton nouveau collaborateur.

Je me tourne et découvre, complètement scotchée, celui qui se tient sur le seuil du bureau.

— Je suppose que je n'ai pas besoin de vous présenter.

Puis, sur un signe de tête, il se lève, aussitôt imité par Steph, et tous deux quittent la pièce, me laissant seule avec Yann.

— Salut, murmure-t-il en refermant la porte derrière lui.

Je ne sais pas comment je dois réagir. La surprise est telle que je suis à court de mots. Moi qui pensais que j'allais encore devoir lui courir après ! Cette fois, c'est lui qui vient à moi, et je dois admettre que ça me fait du bien.

— Hey…

C'est tout ce qui parvient à sortir de ma bouche. Je cherche désespérément mon cerveau et ma langue qui ont l'air de s'être fait la malle. Si vous les voyez, merci de me les rapporter. Aucune récompense à la clé, si ce n'est ma reconnaissance éternelle.

— Tu vas bien ? demande-t-il en s'asseyant dans le fauteuil qu'occupait Steph, il y a quelques instants.

Je hoche la tête affirmativement, toujours muette comme une carpe.

— Bravo, tu as fait un travail formidable, et il fallait du cran pour avouer aussi ouvertement et aussi naturellement que tes recherches étaient avant tout dictées par l'amour que tu me portes. J'ai été très ému, tu sais.

— Tu aurais pu appeler…

Eurêka ! J'arrive de nouveau à parler !

— C'est vrai, et j'ai eu envie de le faire cent fois. Mais j'avais besoin de faire le point tout seul. Ce matin, j'ai décidé que j'allais assez bien pour revenir parmi les vivants.

— Sérieusement ?

— Mika, tu me manquais tellement… Je n'en pouvais plus…

Je ne peux retenir une petite grimace de contrariété.

— Tu dis ça, mais tu n'as jamais cherché à me joindre, alors que tu étais en contact avec presque tout le monde, même avec cet abruti de Claude !

Cette fois, je laisse libre cours à ma rancœur. Je suis à la fois vexée et furieuse.

— Il y a une chose que tu sembles ignorer, ma belle. Je n'ai téléphoné à personne. Ce sont les gens qui m'ont contacté. Qu'est-ce qui t'a empêché de le faire ? Si tu m'avais appelé, j'aurais répondu.

Il paraît si serein et si détendu que je me demande un instant si c'est vraiment lui. Son regard hanté et tourmenté a disparu au profit de prunelles plus lumineuses que jamais.

— Tu m'as expliqué que tu voulais t'isoler, j'ai respecté ton choix.

— Et je t'en remercie infiniment. Disons qu'il y a des personnes dans notre entourage qui n'ont pas fait preuve d'autant de compréhension.

— Je vois ça…

— Et maintenant que tu as pesté et que tu m'as bien montré que tu n'étais pas contente, est-ce que je peux enfin t'embrasser ?

Je ris, à la fois soulagée et heureuse. Il était grand temps que le poids qui m'oppresse la poitrine s'en aille pour de bon.

— Tu as plutôt intérêt !

— Sinon ? demande-t-il avec malice.

— Sinon je t'envoie planter des patates dans les Carpates !

Yann se marre et se jette sur moi. L'instant d'après, nos lèvres affamées se retrouvent pour un baiser torride et empreint d'un amour infini.

Quand il daigne enfin me laisser respirer, je murmure contre sa bouche :

— Promets-moi que tout ce bordel est derrière nous.

— Pas tout à fait, mais le plus difficile est passé. L'avenir qui se profile me semble plus radieux que jamais.

Je ris, et des larmes de bonheur roulent sur mes joues.

— Ne pleure pas, ma chérie, souffle-t-il avec une émotion palpable. Je suis de retour, et plus jamais je ne repartirai.

Chapitre 36

Mika

Un mois plus tard

Debout, dans l'église de la commune de Trélon, je n'en reviens toujours pas de l'événement qui est sur le point de se dérouler. Et pourtant…

Dans quelques minutes, ma sœur jumelle va devenir madame Leray. Légalement, elle l'est déjà, puisqu'elle a dit oui à son Nathan d'amour hier, à la mairie de Roubaix. Mais tout le monde sait que dans les mariages, c'est la cérémonie religieuse qui compte vraiment.

Quelle surprise quand ils nous l'ont annoncé, il y a trois semaines de cela. Bien sûr, ils étaient fiancés depuis Noël, mais cela ne signifiait pas que la noce aurait lieu dans la foulée. Apparemment, ils attendaient que l'émission ait eu lieu pour nous indiquer la date du mariage, ayant compris que le moment n'était pas propice. Ella était d'avis de reporter les festivités, mais cette tête le lard de Nath n'a pas voulu en entendre parler, estimant qu'il avait déjà assez patienté comme ça.

Près de moi, Yann est visiblement très ému. D'ailleurs, je suis dans le même état que lui lorsqu'Ella s'avance au bras de notre père, splendide dans sa belle robe en dentelle. Waouh ! Elle est tout simplement sublime, pour ne pas dire resplendissante. Quand il la découvre, Nath semble presque sur le point de se mettre à baver. Je souris, heureuse et sereine. Et ce n'est pas seulement à cause du mariage de ma sœur.

Les choses se déroulent parfaitement bien entre Yann et moi en ce moment. Non seulement nous avons recommencé à vivre ensemble, mais en plus nous bossons ensemble. C'est génial de passer certaines soirées à visionner des matchs de foot à deux ou d'aller directement au stade avec lui pour y assister. De plus, il remplit ses fonctions avec sérieux et accomplit un boulot formidable, ce qui me libère pour mes autres activités. Actuellement, j'enquête sur une affaire de dopage dans le milieu du cyclisme. Ce n'est pas la première, mais celle-là promet de devenir le scandale de l'année, tellement les ramifications sont importantes et étendues. Un peu comme quand Lance Armstrong s'est fait choper.

Pour sa part, mon amoureux a repris le chemin du Camp des Loges, les parents ayant plié face à la détermination de leurs enfants. Il bosse en semaine en tant qu'entraîneur, tout en suivant ses cours du soir, et le week-end avec moi. C'est un emploi du temps chargé pour tous les deux, mais je pense que nous avons trouvé un mode de fonctionnement qui nous convient.

Après la cérémonie, nous nous avançons vers la sortie et nous installons dans la voiture de mon chéri — il s'est acheté un RAV4 d'occasion —, direction le château de Trélon où la fête doit se dérouler. Ça me fait mal de le reconnaître, mais Nathan a vraiment bien fait les choses. Déjà, l'église du village, typique du Nord, était parfaite. Extérieur en briques rouges, dans le style flamand, et intérieur blanc et bleu, à la fois accueillant et chaleureux.

Le château, quant à lui, est simplement extraordinaire. De grandes tentes chauffées ont été installées sur la pelouse et, en ce début du mois d'avril, nous avons une chance dingue, il ne pleut pas. Durant toute la soirée, Yann et moi dansons et nous amusons comme des fous. Quant aux jeunes mariés, ils sont si amoureux que, par moments, ça en devient gênant.

Alors que nous reprenons la voiture, pour gagner l'hôtel où une chambre est réservée, je ne peux m'empêcher de m'extasier.

— Quelle belle cérémonie. C'était si romantique…

— Tiens donc. Je ne savais pas que tu étais promariage. Une féministe dans ton genre…

— L'un n'empêche pas l'autre. Je suis féministe, mais j'adore également les histoires qui se terminent bien. Après, on dit aussi que l'amour rend aveugle et que le mariage rend la vue… Peut-être que ma sœur va comprendre demain matin qu'elle a fait une erreur monumentale en épousant ce rustre de Nathan. Mais je veux croire qu'il peut y avoir des fins heureuses. Je suis un peu fleur bleue, dans le fond…

Yann sourit mystérieusement.

— Alors, si je te demandais en mariage, tu accepterais ?

Je reste silencieuse pendant un moment, ne sachant pas comment je dois prendre cette question.

— Pourquoi tu me demandes ça ? Ce n'est pas comme si c'était à l'ordre du jour, on n'a jamais abordé le sujet.

— Tu ne m'as pas répondu…

— Je t'aime et j'ai la certitude que ce n'est pas une simple aventure. Alors, je pense que je te dirais oui.

— C'est bon à savoir…

Cette nuit-là, Yann me fait l'amour comme jamais. Fougueux et infatigable. C'est moi qui demande grâce après deux heures d'érotisme et de trucs complètement indécents. Depuis quelque temps, nous allons toujours plus loin, essayant des pratiques un peu inavouables, des jeux de rôles, ou encore l'utilisation de jouets pour pimenter nos ébats. Et l'objectif est largement atteint pour ce qui est d'épicer les choses. C'est une explosion de tous les sens. J'aime qu'il puisse faire preuve de tant d'imagination, qu'il se montre autoritaire au lit sans être brutal, qu'il me fasse décoller comme personne.

Trois jours après ce week-end de rêve, j'arrive à l'appartement vers 20 heures. Ella vient de m'envoyer un message depuis les Maldives où elle est en voyage de noces. Il paraît qu'elle ne s'est même pas encore baignée dans l'océan Indien depuis qu'elle y est. On se demande bien à quoi ils occupent leur temps, ces deux-là !

Yann étant en cours, je ne suis pas très pressée de rentrer. Toute la journée, j'ai épluché des listings pour trouver un lien entre différentes personnes que je soupçonne d'être impliquées dans l'affaire de dopage sur laquelle je travaille et j'en ai carrément ras la casquette.

Lorsque j'ouvre la porte, un délicieux fumet m'accueille. Qu'est-ce qui se passe ? Je ne me suis pas trompée d'étage, pourtant.

Dans le salon, la table a été dressée avec de la belle porcelaine et des bougies. Diantre ! Qu'ai-je fait pour mériter ça ? Mon amoureux arrive juste après et me prie de me mettre à l'aise avant de m'installer à table. Je ne proteste pas et file dans la salle de bains où je prends une douche rapide, puis j'enfile un pantalon noir et un chemisier en soie blanche. S'il a fait un effort pour le dîner, le minimum est de ne pas y aller en survêtement ou en pyjama.

Quelques minutes plus tard, je suis assise devant mon assiette, impatiente.

— Suprême de volaille label rouge et sa sauce aux girolles, sur son lit de légumes et croquettes, annonce Yann en apportant les assiettes.

J'attends qu'il me rejoigne pour demander :

— C'est en quel honneur, ce dîner ?

— Patience, tu verras. Et je précise que ce n'est pas moi qui ai préparé le repas alors tu peux manger sans peur.

— Ouf, je suis rassurée !

Je ris en m'emparant de mes couverts. Mon jules a bien des qualités, mais cuisiner n'en fait définitivement pas partie. La nourriture est succulente, et je déguste mon plat de bon appétit. Néanmoins, je reste perplexe. Ce n'est pas mon anniversaire, ni le sien, et ce n'est pas la Saint-Valentin non plus. Alors quoi ?

Après avoir débarrassé et rapporté le dessert, une sublime pavlova aux fruits rouges qui me fait saliver tellement elle a l'air délicieuse, Yann dépose un petit paquet devant moi.

— Je viens de signer un CDI avec le club, alors je voulais marquer le coup et t'offrir un petit cadeau. Pour te remercier de m'avoir aidé et soutenu pendant tout ce temps. Mais je te préviens, ce n'est pas grand-chose.

Enfin, tout s'explique ! C'est une excellente nouvelle, et je suis ravie pour lui. Néanmoins, je ressens un vague pincement au cœur que je ne parviens pas à ignorer et qui me fait me sentir totalement idiote. Qu'est-ce que je croyais au juste ? J'ai vraiment une imagination trop fertile.

— Oh ! C'est formidable, félicitations, mon chéri.

Je déballe tranquillement, persuadée qu'il s'agit d'une paire de boucles d'oreilles, puisqu'il sait que je les collectionne. Quelle n'est donc pas ma surprise de découvrir une superbe bague sur laquelle est monté un solitaire…

— Épouse-moi, murmure-t-il au moment où mon regard croise le sien.

Je reste coite d'émotion. Même si je l'espérais tout au fond de moi, je ne m'y attendais pas le moins du monde.

— Alors, tu ne réponds pas ? s'enquiert-il, la mine soudain plus sombre. Tu ne veux pas devenir ma femme ?

Je lui souris avec bonheur et déclare sans la moindre hésitation :

— Si, Yann Leray, je veux devenir ta femme. Ce serait un grand honneur. Je t'aime. J'ai envie de me marier avec toi, d'avoir des enfants avec toi, et de vieillir avec toi. Et…

Je n'ai pas le temps de terminer ma phrase, car il se précipite sur moi pour m'embrasser, puis passer la bague à mon annulaire.

— Je t'aime, Mickaëlla Moreau, et il est temps que tout le monde le sache.

Émue aux larmes, je m'accroche à lui, si merveilleusement heureuse que je me demande si c'est seulement possible de l'être autant.

— Moi aussi, je t'aime, Yannick Leray, plus que tout.

Épilogue

Yann

Trois ans plus tard

— Monsieur Yannick Leray, le tribunal vous déclare non coupable des chefs d'accusation qui vous sont reprochés. Aucun élément matériel ne permet de prouver que vous avez tué Manuel Ortega. Dans ces conditions, nous prononçons un non-lieu. Par ailleurs, au nom de la justice française, je vous présente mes excuses les plus sincères pour les sept années que vous avez passées en prison. À titre de dédommagement pour le préjudice moral que vous avez subi, nous condamnons l'État français à vous verser la somme de quatre cent mille euros. La justice essaie de faire son travail au mieux, mais il arrive qu'il y ait encore des erreurs judiciaires. Vous en êtes malheureusement le parfait exemple.

Le marteau résonne, en même temps que la salle exulte. Enfin, je suis innocenté. Près de moi, ma femme pleure, les mains croisées sur son ventre rebondi. Elle porte notre premier enfant, un petit garçon que nous sommes impatients d'accueillir.

Il aura fallu trois ans pour que je sois réhabilité. Trois longues années de procédure pour boucler l'enquête, puis instruire le dossier, et qu'enfin se déroule un nouveau procès. Je songe avec cynisme que la justice avait été beaucoup plus rapide pour me condamner, il y a dix ans de cela. Au final, on ne saura jamais la vérité. Personne ne peut dire si Manu est mort des suites de sa chute ou d'une overdose. Mais dans le doute et faute de preuves, je suis déclaré non coupable. Toute ma vie, je m'en voudrai de cette bagarre qui m'a coûté très cher et m'a forcé à dire adieu à ma jeunesse et à mon avenir en tant que footballeur. La violence et la colère ne sont pas bonnes conseillères, c'est sans doute ce qu'il faut retenir de cette pitoyable histoire.

Beaucoup d'événements se sont produits durant ces trois années, heureux pour la plupart. Mika et moi nous sommes mariés pendant l'été qui a suivi ma demande. Contrairement à la noce d'Ella et de Nathan, la nôtre n'avait rien de grandiose, c'était juste un moment privilégié en famille et entre amis dans la maison de Noirmoutier, prêtée pour l'occasion par la fille de Marcel. Je tenais beaucoup à célébrer notre union là-bas. D'ailleurs, notre rêve, à Mika et moi, serait de racheter cette superbe demeure. Avec l'indemnité que je dois percevoir et nos économies, ce sera enfin possible, et comme la fille de Marcel n'a pas l'air de vouloir revenir en France, je vais lui faire une offre, en croisant les doigts pour qu'elle soit d'accord. Si elle accepte, il ne nous restera plus qu'à en faire notre cocon, un nid où nous pourrons filer pendant les vacances ou pour un long week-end.

Avec fierté, j'observe l'amour de ma vie qui est désormais une figure incontournable de BFM. À plusieurs reprises, elle a refusé les offres d'autres grandes chaînes, et je crois qu'elle a bien fait. J'ai bossé avec elle pendant un an, puis j'ai décidé d'arrêter après la coupe du monde remportée par les Bleus, une victoire dont Nath a été un acteur déterminant.

Notre couple passait hyper bien à la télé et était de plus en plus plébiscité, mais quand Robert a choisi de prendre sa retraite, on m'a proposé son poste, et je me suis empressé d'accepter. C'est ce qui me fait vraiment kiffer dans la vie, alors autant m'y consacrer à temps complet. Parallèlement, j'ai eu mon DAEU et je viens de valider une licence en management du sport. De plus, j'ai eu mon brevet d'entraîneur, ce qui me donne une plus grande crédibilité dans mon job et m'a permis d'obtenir un meilleur salaire. Si je le décidais, je pourrais devenir coach d'un club pro, mais pour le moment, ce n'est pas à l'ordre du jour, même s'il m'est déjà arrivé de remplacer l'entraîneur des titulaires quand il était absent.

Sans être riches à millions, nous vivons très confortablement. Les parents de Mika nous ont offert l'appartement de la rue Saint-Martin en guise de cadeau de mariage. C'était une énorme et très agréable surprise. On dirait même que Georges Moreau m'apprécie, pour une raison qui m'échappe.

Harry a pu faire décoller son cabinet grâce à mon affaire qui a été très médiatisée. Depuis, il est blindé de clients. Il épouse Rama dans deux mois, contre l'avis de son père, mais il semblerait qu'il ait appris à s'en passer, ce qui est une très bonne chose.

Aujourd'hui, Nathan est là, seul. Ella a accouché pas plus tard que la semaine dernière, mais il tenait absolument à être présent pour le verdict. Pas de bol pour eux — ou chance inouïe, ça dépend de quel point de vue on se place —, il est devenu papa de jumeaux. Deux garçons prénommés Sacha et Noah. Il paraît qu'il a dégusté pendant qu'Ella les mettait au monde tellement elle l'a engueulé. J'aurais adoré voir ça ! Je le soupçonne d'être très content d'avoir pu s'échapper quelques heures de sa maison où on ne parle, vit et respire qu'au rythme des biberons et des couches. Ce soir, nous avons décidé de sortir entre mecs, lui, Harry et moi pour fêter ce verdict et la naissance de ses fils. Je pense que cette virée lui fera plus de bien qu'à n'importe lequel d'entre nous.

Pour ma part, je me sens heureux et serein. Notre existence à tous est loin d'être un long fleuve tranquille : elle est conditionnée par nos choix et devient ce que nous en faisons. Ma vie est parfaite à mes yeux. Dès l'instant où j'ai cessé de me considérer comme une victime qui assistait à ses propres malheurs sans réaction, tout a changé. J'ai pris les choses en main et je suis devenu l'acteur principal de ma propre destinée. Et je n'oublie pas que tout ce bonheur, je le dois à une seule femme, celle qui m'a donné son amour et a cru en moi comme personne. Quoi qu'il se passe à l'avenir, je serai présent à ses côtés et je la soutiendrai comme elle l'a fait pour moi.

Je pensais, il y a quatre ans, que je n'avais plus rien à attendre de la vie, que mes chances de bonheur étaient loin derrière moi. Eh bien, j'avais tort. Je sais que même si ces trois dernières années ont été emplies de joies, rien n'était vraiment fini tant que ce verdict n'était pas rendu. Aujourd'hui, je me sens enfin libéré du fardeau que je portais seul sur mes épaules depuis trop longtemps. En reconnaissant mon innocence, la justice vient de me rendre ma dignité, achevant la tâche que Mika avait commencée. La décision qui a été prononcée, il y a quelques minutes, marque un tournant capital puisqu'elle rompt l'ultime lien qui m'unissait à mon passé. Maintenant, je peux regarder devant moi, sans avoir à me retourner à tout bout de champ. C'est le premier jour du reste de ma vie. Une vie heureuse avec Mika, emplie de rires, d'enfants et d'amour.

REMERCIEMENTS

Comme toujours, je remercie en tout premier lieu mon mari et mes enfants. Vous êtes tout pour moi. Vous le méritez pour nous supporter, ma passion de la romance et moi !

Ensuite, un grand merci à Typhaine, mon éditrice adorée que j'aime d'amour. Notre binôme est une véritable *dream-team*, c'en est hallucinant. Je souhaite à tout auteur d'être amené à collaborer avec une personne avec qui ça se passe aussi bien. Une deuxième aventure ensemble, mais pas la dernière !

Un merci tout particulier au staff de HarperCollins France : Sophie, Marie et Pauline. C'est toujours un plaisir de travailler avec vous.

Merci à ma famille : ma sœur, ma marraine et ma maman plus spécialement. Merci d'être si fières de moi quand je ne le suis pas toujours. Votre soutien est formidable.

Et pour finir, je vous embrasse très fort, vous, mes si chères lectrices, qui me suivez et soutenez depuis des années. Votre fidélité est ma plus belle récompense. J'espère ne jamais vous décevoir.

Composé et édité par HarperCollins France.

Achevé d'imprimer en janvier 2019.

BRODARD & TAUPIN

La Flèche
Dépôt légal : février 2019.

Pour limiter l'empreinte environnementale de ses livres, HarperCollins France s'engage à n'utiliser que du papier fabriqué à partir de bois provenant de forêts gérées durablement et de manière responsable.

Imprimé en France